中公文庫

人生について

小林秀雄

中央公論新社

目次

人生について

私の人生観

この前ここでお話しを依頼された時、「私の人生観」という課題を与えられました。急病で御約束を果せず、主催者の方に御迷惑をかけたが、私としては、講演などするより、勝手に独りで病気でもしている方が余程気が楽だった。今度は、不幸にして急病にもならず、どうも大変重ッ苦しい気持ちで、こうしてここに立たされているわけであります。

どうも私は講演というものを好まない。だから、今迄に随分講演はしましたが、自分で進んでやった事は先ずありませぬ。みんな世間の義理とか人情とかの関係で止むなくやったものばかりです。

私が講演というものを好まぬ理由は、非常に簡単でして、それは、講演というものの価値をあまり信用出来ぬからです。自分の本当に言いたい事は、講演という形式では現す事が出来ない、と考えているからです。無論これは、私の勝手な言い分である。私の人生観から割出した結論である。政治家は、演説ではとうてい己れの政見は発表出来ないなどとは考えない。ヒットラアの様な演説気違いになりますと、雄弁術というものが発達すれば書くという様な陳腐な表現形式は、将来大打撃を受けるであろうという様な事を「我が闘争」の中で言っております。人によって考えはいろいろであるが、まあ職業というものが別々なのだから、それでよろしいのでしょう。私は、書くのが職業だから、この職業に、自分の喜びも悲しみも託して、この職業に深入りしております。深入りしてみると、仕事の中に、自ら一種職業の秘密とでも言うべきものが現れて来るのを感じて来る。あらゆる専門家の特権であります。秘密と申しても、無論これは公開したくないという意味の秘密ではない、公開が不可能なのだ。人には全く通じ様もない或るものなのだ。それどころか、自分にもはっきりしたものではないかも知れぬ。ともかく、私は、自分の職業の命ずる特殊な具体的技術のなかに、そのなかだけに、私の考え方、私の感じ方、要するに私の生きる流儀を感得している。かような意識が職業に対する愛着であります。

天職という言葉がある。若し天という言葉を、自分の職業に対していよいよ深まって行く意識的な愛着の極限概念と解するなら、これは正しい立派な言葉であります。今日天職という様な言葉がもはや陳腐に聞えるのは、今日では様々な事情から、人が自分の一切の喜びや悲しみを託して悔いぬ職業を見附ける事が大変困難になったので、多くの人が職業のなかに人間の目的を発見する事を諦めて了ったからです。これは悲しむべき事であります。

そういう様な次第で、私は書きたい主題は沢山持っているが、進んで喋りたい事など何にもない。喋って済ませる事は、喋って済ますが、喋る事ではどうしても現れて来ない思想というものがあって、これが文章という言葉の特殊な組合せを要求するからであります。若し私に人生観というものがあるとすれば、そちらの方に現れざるを得ない。従って、私の人生観というものをまともにお話しする事は、うまく行く筈がないから、皆が使っている人生観という言葉についてお話ししたい。

人生観人生観と解り切った様に言っているが、本当はどういう意味合いの言葉なのだろうか。人生という言葉も観という言葉も、非常に古い言葉であるが、両方くっついて人生観というのは、古い事ではありますまい。少くとも、この言葉が普通に使われ出したのは、ごく近頃の事で、やはり西洋の近代思想が這入って来て、人生に対する新しい見方とか、考え方とかが起った時から、人生観という言葉も盛んに使われる様になったのだと思う。併しそれかと言って、人生観に相当する言葉は外国にはない様です。或る人の説によると、オイケンの Lebensanschauungen が人生観と訳されて以来、人生観という言葉が広く使われる様になったと言うが、Leben は人生だが Anschauung という言葉は観とは余程違う様だ。観という言葉には日本人独特の語感があるからであります。

この言葉に非常な価値をおいたのは、言う迄もなく仏教の思想でありましょう。私は仏教の専門家ではないから、常識的なお話ししか出来ぬし、折に触れ読み齧った処から判断するから、どうしても得手勝手な考えを、お話しする事になると思うが、その点は、御勘弁願いたい。

観というのは見るという意味であるが、そこいらのものが、電車だとか、犬ころだとか、そんなものがやたらに見えたところで仕方がない、極楽浄土が見えて来なければいけない。無量寿経という御経に、十六観というものが説かれております。それによりますと極楽浄土というものは、空想するものではない。まざまざと観えて来るものだという。観るという事には順序があり、順序を踏んで観る修練を積めば当然観えて来るものだと説くのであります。先ず日想観とか水想観とかいうものから始める。日輪に想いを凝らせば、太陽が没しても心には太陽の姿が残るであろう。清冽珠の如き水を想えば、やがて極楽の宝の池の清澄な水が心に映じて来るであろう。水底にきらめく、色とりどりの砂の一粒一粒も見えて来る。池には七宝の蓮華が咲き乱れ、その数六十億、その一つ一つの葉を見れば、八万四千の葉脈が走り、八万四千の光を発しておる、という具合にやって行って、今度は、自分が蓮華の上に坐っていると想え、蓮華合する想を作し、蓮華開く想を作せ、すると虚空に仏菩薩が遍満する有様を観るだろう、と言うのです。文学的に見てもなかなか美しいお経でありますが、もともとこのお経は、或る絶望した女性の為に、仏が平易に説かれたものという事になっているので、お釈迦様が菩提樹の下で悟りを開いたのはこんな方法ではなかっただろう、禅観というもっと哲学的な観法によって覚者となったと言われているが、しかしこの観という意味合いは恐らく同じ事であろうと思われます。禅というのは考える、思惟する、という意味だ、禅観というのは思惟するところを眼で観るという事になる。だから仏教でいう観法とは単なる認識論ではないのでありまして、人間の深い認識では、考える事と見る事とが同じにならねばならぬ、そういう身心相応した認識に達する為には、又身心相応した工夫を要する。そういう工夫を観法というと解してよかろうかと思われます。

禅宗というものが宋から這入って来て拡った後は、禅観の観の方を略して、禅という様になったが、それ以前の日本の仏教では、寧ろ禅の方を略して観と言っていた、止観と言っていた様である。止という言葉には強い意味はないそうです。観をする為に、心を静かにする、観をする為の心の準備なのであって、例えば、法華経の行者が山にこもる、都にいては心が散って雑念を生じ易いから山に行く、平たく言えばそれが止であります。

止観の法が伝来したのは余程古い事です、天平時代である。唐招提寺に行かれた方は、開基鑑真の肖像を御覧になっているでしょうが、あの人が支那から伝えたものだそうです。あの坐像は、肖像彫刻として比類なく見事な出来で、勿論日本一でしょうが、世界一かも知れぬと思われる。瞑目端坐して微笑しているが、実はこの和尚様は眼が見えない。日本の学問僧の懇望によって、日本における仏教の布教を思い立ったのであるが、暴風だとかその他いろいろの障碍の為に五回も渡航を失敗している、揚州から薩摩まで来るのに十二年もかかっている。その間に日本の学問僧も死に先方の弟子も死に、和尚も船が南方に流された時病気にかかって失明された。あの国宝の坐像は、そういう坐像であります。彼が招来した摩訶止観は、今日では、もう死語と化しているかも知れないが、坐像は生きております。あの坐像が私達に与える感銘は、私達が止観というものについて、何か肝腎なものを感得している証拠ではあるまいか。美術品というものは、まことに不思議な作用をするものです。

これは絵であるが、坊様の坐像で、もう一つ私の非常に好きなものがあります。これも日本一だと言っていいかも知れませんが、それは高山寺にある明恵上人の像である。御覧になった方も多かろうと思いますが、一面に松林が描かれ、坊様が木の股の恰好なところへチョコンと乗って坐禅を組んでいる。珠数も香炉も木の枝にぶら下っていて、小鳥が飛びかい、栗鼠が遊んでいる。まことに穏やかな美しい、又異様な精神力が奥の方に隠れている様な絵であります。この絵は空想画ではないので、上人の伝記を読むと、ほぼこの通りの坊様であった事がわかる。この絵は高山寺の裏山を描いたものだが、木の股でも木の空洞《うろ》でも石の上でも、坐禅をするに恰好なところには、昼でも夜でも坐っていた坊様です。この裏山で、「面一尺ともある石に、我坐せずという石、よもあらじ」と語ったと伝記は言っております。この坊様は戯れに自ら無耳法師と言っていた如く、絵では少々横を向いているから解らないが、向う側の耳はないのです。未だ二十歳くらいの頃ですが、こんな安穏な修行をしていては、到底真智を得る事は出来ぬ、と眼を抉ろうとした、併し眼がつぶれたら経文を読むことが出来ぬ、では鼻にしようかと考えたが、しまりなく鼻水がたれては経文を汚すかも知れない、耳なら穴さえあれば仔細はないと考えて、耳を切りました。そういう烈しい気性の人でしたが、兼好が徒然草で書いている有名な阿字の逸話の様に、子供の様に天真爛漫な人であった。よく独りで石をひろっては、石打をしていたという、石打というのはどういう遊びかはっきりわからないが、無論石蹴りの様な子供の遊びだったでしょう。何故そんな事をするかときかれて、難かしい経文が心に浮んで来てたまらぬからだ、と答えた。若い頃から、天竺に行ってお釈迦様の跡を弔いたいという熱望を持っていたが、中年になってからこれを決行しようとしました。いろいろ旧記を調べて印度行の旅程を立てた。この旅程表は今も高山寺に遺っているそうですが、長安の都から天竺の王舎城まで八千三百三十三里十二町、十二町まで調べあげた、一日に八里では何日、七里では何日、五里ずつ歩けば五年目の何月何日午の刻に向うへつく予定である、と書いてある。旅装までととのえたが、春日大明神の夢のお告げがあって、思いとどまった。まあ思いとどまってよかった。行ったら虎にでも喰われるのが落ちだったでしょう。天竺に行けなくなって口惜しいので、紀州の鷹島という島で坐禅をした時、海岸の石を一つひろって来た、天竺の水もこの海岸に通じている、仏跡を洗った水はこの磯辺の石も洗っている筈である。してみれば、この石も仏跡の形見である、と言って生涯肌身を離さず愛翫した。死ぬ時には、小石に向って辞世の歌を詠んでおります。「我ナクテ後ニシヌバン人ナクバ飛ンデカヘレネ鷹島ノ石」というのです。屹度石は飛んで帰りたかったに違いなかったろうが、飛んで帰れず、今も猶高山寺に止っている。何もおかしな話ではない。考えようによっては、人間とても同じ事だ。人間は何と人間らしからぬ沢山の望みを抱き、とどのつまりは何んとただの人間で止まる事でしょうか。専門歌人が、こんな歌はつまらぬなどと言っても作者の人格に想いを致さねば意味のない事です。この人は実に無邪気な歌を詠んでいる、序でに一つあげておきましょうか。「マメノコノ中ナルモチキトミユルカナ白雲カカル山ノ端ノ月」

石に向って歌をよむなどという事は、この坊様には、朝飯前の事で、島に手紙を出しております。これも紀州にある苅藻島という、しばらくの間修行していた島なのであるが、その島に手紙を出した、宛名は島殿とある。御無沙汰をしているが其後お変りはないか、桜の頃になったが、貴方の処の桜が思い出されて、恋慕の情止み難いものがある。物言わぬ桜に文をやれば物狂いと世人は言うだろう。ここで上人は面白い言葉を使っている、「非分ノ世間ノ振舞ニ同ズル程ニ、乍レ思ツ、ミテ候也」、非分というのは物の道理を弁えぬという意味だ、どうせ理窟のわからん世間だ、仕方がないと我慢していた、というのです。処が今はもう我慢がならぬ、「物狂ハシク思ハン人」こそ本当の友達にすべきである。衆生を摂護する身で傍の友の心を守らぬとは心ないわざである、不取敢御機嫌を伺う事とする、「併期二後信一候、恐惶敬白」――弟子が驚いて、誰方にお渡しすればよいかと聞くと、何、島の何処かに置いてくればよいと答えた。そういう伝記を心に思い浮べて、明恵上人の画像を見ると、この大自然をわがものとした、いかにも美しい人間像が、観というものについて、諸君に言葉以上のものを伝える筈であります。

明恵上人の大先輩に恵心僧都という人があった。仏教の思想がわれわれ日本人の生活の表現である美術や文学のなかに本当に滲透して来たのは、平安も中期以後の事でありますが、恵心はこの頃の代表的思想家であって、この頃の日本の文化を知る為には、この人の主著「往生要集」を読む事が、どうしても必要である。仕方がないから読むには読むが、何分にも浅学であるから、この中に充満した死語を生かして読むだけの力がない。しかしそれにしても、この書に現れた地獄や極楽の有様を叙したところなどは、古い教典の引用を巧みに塩梅したものですが、異様に鮮明な印象を与える一種の名文であって、著者の観法というものの強さ烈しさが自ら感じられる様に思われるものであります。又、この人は立派な仏画を遺している。申し上げるまでもないが、高野山にある、あの驚くべき二十五菩薩来迎図であります。阿弥陀様が、管絃歌舞の聖衆《しょうじゅ》を引連れて、光り輝く雲に乗り、欣求《ごんぐ》浄土を念ずる臨終の人間の為に来迎する。これは所謂来迎芸術というもののうちで最も優れたものであるが、絵の構想は、微細にわたって「往生要集」の中に記されている。即ち恵心の心にまざまざと映じたがままの図に相違ないのであります。今日でも、死人は北枕に寝かすという風習はあるが、当時の人は、臨終の覚悟をする為に北枕して寝たのです。顔を西の方に向け、阿弥陀様の像を安置して、阿弥陀様の左の手に五色の糸をかけ、その端を握って浄土の観を修したのである。意識不明の患者にカンフルを注射するのと比べると余程高級な風習です。来迎図というものが盛んに描かれる様になって、仏像の代りに来迎図をかける様になった。恵心僧都は、この種の来迎図の創始者という事になっておりますが、まあこれは伝説に過ぎないかも知れない、恐らく、今はもう名も伝わらぬ傑れた絵仏師の作でありましょう。絵仏師というのは僧籍にある絵師をいうのですが、これは、僧でありながらたまたま画技にも長じていた人という意味ではないので、当時は僧籍にある事は絵師として大成するには大事な条件であった。又逆に密教の場合などでは、画技に長じている事は僧となる為の殆ど必須の条件だったのであります。まあ、当時の絵仏師の実際の状態がどういうものであったかという問題になると難かしい事になるでしょうが、ああいう優れた来迎図が、僧と絵師との根本的な一致、観法即ち画法であったという事を明らかに語っているところに注意したいのであります。申すまでもなく画家は、眼が生命であるから、見るという事については、常人の思い及ばぬ深い細かい工夫を凝しているものであって、遂に視力というものが、そのまま理論の力でもあり思想の力でもある、という自覚に到達しなければならぬ筈のものである。この様な認識の性質は、観法の性質に既にある事は、前にお話しした通りでありますが、この画家の自覚というものは、絵をかくという行為を離れては意味をなさぬというところに注意すると、観という言葉に又新しい意味合いが生じて来るのである。絵かきが美を認識するとは、即ち美を創り出す事である。同様な事が観法にもある。念仏と見仏とは同じ事である。仏というアイディアを持っただけでは駄目だ、それが体験出来る様にならなくてはいけない、という事は、日常坐臥、己れの体験に即して仏を現さねばならぬ、創らねばならぬという事になる。そういう意味合いが観という言葉にはあると解してよかろうと思うのです。

源平の大乱による藤原貴族の没落は、一般の生活人にも非常に暮し難くい時代をもたらしたのですが、この機に当って、法然や親鸞の宗教改革運動が起った事は周知の事である。こういう新宗教は、末法の世に生れた凡愚の身で、自力に頼って見仏に至るなどとは不可解不可能な事だとします。「もし我等当時の眼に仏を見ば魔なりとしるべし」という考えであって、この宗教運動が否定したものは、これまでの仏教の、単に審美的傾向という様なものではなく、自力を頼んだ観法そのもの、人間の自己表現そのもの、仏のなかに自己を見るという様な高級な自己表現さえも、魔道として痛烈に否定し去ったのであります。時代相を看破した天才等の頭に宿ったかような思想は、勿論、形式化した宗教に新しい生命を吹込んだのであるが、こういう厳しい純粋な宗教的智慧は、美術の誕生には甚だ不都合なものだ。そもそもの動機の上から審美的智慧とは反目するものである。事実、新宗教は、非常な勢いで拡ったが、殆ど創始者の深い思想には関係ない勢いで拡ったが、優れた美術は今日に至るまで遂に生み出さなかったのであります。併し文化の流れというものは、複雑なものであって、観法の伝統は、新しく宋から這入った禅宗が受けつぐ事になりました。禅宗は、御承知の様に「直指人心見性成仏《じきしにんしんけんしょうじょうぶつ》」と言って、徹底した自己観察の道を行くのであります。「不立文字《ふりゅうもんじ》」という事を強調するが、これは言語表現の難かしさに関する異常に強い意識を表明したものであって、自己表現の否定をいうのではない。言語道断の境に至って、はじめて本当の言語が生れるという、甚だ贅沢な自己表現欲を語っているものだと考えられる。教理論として形式化したお釈迦様の菩提樹の下の禅観に、新しい命を吹き込んだこの運動は、当初の緊張状態が過ぎて次第にゆとりが出て来る様になりますと、当然その内部から芸術表現を生む様になる。それが、わが国の美術史の上で非常に大切な室町の水墨画となって完成するのであります。画家はやはり僧籍にあった。画僧といわれているのがそれである。今日から考えると、余程妙な事に思われますが、こういう画僧達は、ただただ舶載された宋元画、これを画本と言っていたが、この画本だけを虎の子にしていた。誰も支那に行った事はない。実地にモデルに出会った事はない。行ったのは雪舟くらいなものでしょう。それも僅か一年余りの旅行です。画論などというものも当時どれだけ行われていたか、甚だ覚束ないもので、ただめいめい勝手に画本を賞玩し、模倣して、遂にあれだけの画業をなした。これは驚くべき事でありまして、何処の国のいつの時代の風景画家にも、この様な芸当をやり遂げたものはないのであります。彼等の画業と、異国の先輩達の画業との優劣が問題なのではない。山水は徒らに外部に存するのではない、寧ろ山水は胸中にあるのだ、という確信がもし彼等になかったなら、何事も起り得なかったというところが肝要なのである。彼等には画筆とともに禅家の観法の工夫があった。画筆をとって写す事の出来る自然というモデルが眼前にチラチラしているなどという事は何事でもない。自然観とは真如感という事である。真如という言葉は、かくの如く在るという意味です。何とも名附け様のないかくの如く在るものが、われわれを取巻いている。われわれの皮膚に触れ、われわれに血を通わせてくるほど、しっくり取巻いているのであって、何処其処の山が見えたり、何処其処の川を眺めるという様な事ではない。これを悟るには、精神の烈しい工夫を要するのであって、支那に出かけて行けば、確かに、支那の山水に出会えるというだけの話であれば、日本にいれば日本の山水にしか出会えないでしょう。それは自然という「かくの如く在るもの」に出会う事ではない。要するに、室町水墨画の優れたものは、自然に対する人間の根本の態度の透徹は、外的条件の如何にかかわらず、いかなるものを表現し得るかという事を、明らかに語っているのであります。

観法というものが、文学の世界にも深く這入って行ったのも無論の事であって、その著しい例が西行であります。前にお話しした明恵上人の伝記を書いた喜海という人の伝えるところによると、或る時西行がこういう意味の事を明恵上人に語ったのを、傍で聞いた事があるという。自分が歌を詠むのは、遥かに尋常とは異っている。月も花も郭公も雪も凡そ相ある所、皆是虚妄ならざるはない。分り切った事である。であるから、花を詠んでも花と思った事もなければ、月を詠ずるが実は月だと思った事はない、「虚空ノ如クナル心ノ上ニオイテ、種々ノ風情ヲ色ドルト云ヘドモ更ニ蹤跡ナシ」と言ったという。歌を詠んでいるのではない、秘密の真言を唱えているのだ、歌によって法を得ているのだ。さような次第で歌と言っても、ただ縁に随い興に随い詠み置いたまでのものである、そう言ったそうです。

仏教の思想を言うものは、誰でも一切は空であるという、空の思想を言います。成る程、大乗仏教思想の発展の基礎となった、最も古い教典である般若経には、空観というものが説かれている。併し、仏教には、空の思想があると言ってみても、例えばキリスト教には恩寵の思想がある、というのと同じ様に、一向はじまらぬ事である。観という言葉の意味合いは、今迄段々お話しした通り、これは仏教者の根本の行為であり体験である。キリスト教者にとっては、祈りというものがそれに当ると考えてもよかろう。空と観ずるのであり、恩寵を祈るのである。観ずる者、祈る者の独特の体験を離れて、そういう概念を云々すると意味をなさなくなる、という処が難かしい処です。西行の歌には諸行無常の思想がある、一切空の思想がある。そういう風に言うなら、そんなものは、当時の歌に、何処にでも見附かるだろう。一切は空だと承知した歌人は、当時沢山いただろうが、空を観ずる力量にはピンからキリまであって、その力量の程は、歌という形にはっきり現れるから誤魔化しが利かぬ。空の問題にどれほど深入りしているかを自他に証する為には、自分の空を創り出してみなければならぬ。こうなると、問題は、尋常の思想の問題とは自ら異ったものになる筈である。般若の有名な真空妙有、まことの空はたえなる有であるという言い方は、そういう消息を語っていると考えてよい様に思われます。西行の言葉を借りれば、虚空の如くなる心の上において、種々の風情を色どるという事がなければならぬという事になる。

諸行無常という言葉も、誤解されている様です。現代人だから誤解するのではない、昔から誤解されていた。平家にある様に「おごれる人も久しからず、唯春の夜の夢の如し」そういう風に、つまり「盛者必衰のことわりを示す」ものと誤解されて来た。太田道灌が未だ若い頃、何事につけ心おごれる様があったのを、父親が苦が苦がしく思い、おごれる人も久しからず、と書いて与えたところが、道灌は、早速筆をとって、横に、おごらざる人も久しからず、と書いたという逸話があります。

この逸話は、次の様な事を語っている。因果の理法は、自然界の出来事のみならず、人間の幸不幸の隅々まで滲透しているが、人間については、何事も知らぬ。常無しとは又、心なしという事であって、全く心ない理法というものを、人間の心が受容れる事はまことに難かしい事である、そういう事を語っております。私達の心の弱さは、この非人間的な理法を、知らず知らずのうちに、人間的に解釈せざるを得ない。因果話や宿命論が現れるのも、そういう理由によるものと思われます。言う迄もなく、近代の科学は、そんな曖昧な解釈を許さない。因果律は、その全く非人間的な純粋な姿で、私達の上に君臨している。という事は、私達が、まともに見る事の出来ぬものから、眼を外らして了ったという事だ。因果律という、抽象的な図式を、何処か浮世の風には当らぬところに、しまいこんで了ったという事です。これは私達の心が強くなったという事でしょうか。それとも、人間の心の弱さの反面を語るものだろうか。いずれにせよ、ここに、自然の世界と価値の世界との分離が現れた。近代文明は、この分離によって進歩した事に間違いはないが、やがて私達は、この分離に悩まねばならぬ仕儀に立ち到った。現代の苦痛に満ちた文学や哲学は、明らかにその事を語っているのであります。

釈迦は、菩提樹の下で、縁起法というものについて悟る処があったと言われている。無論、専門の学者にはいろいろと議論があるに違いないと思うが、平ったく言えば、縁起法とは因果の理法の事だ、と言ってよかろうと思います。言う迄もなく、これは、人生は果敢無いという事について、感慨を催すという様な事ではない。人間の事業も、人間の喜怒哀楽も、更に、さようなものは果敢無いとか果敢無くないとかいう一切の尤もらしい人間の思想も、凡て、此あれば彼あり、此滅すれば彼滅すという非人間的な縁起の法に帰する。更に又、帰するところ、かような法こそ真実だと考える主体も亦、縁起の一法に過ぎないとする。諸法無我である。一切は空である。人生は春の夜の夢の如きものだが、人生という夢を織る縁起の法も亦夢の如きものだ。かような場所から、釈迦はどうして立ち上る事が出来たか。さような空を観る事によって、体験する事によって、立ち上った。

釈迦の哲学的智慧は、あらゆる哲学的智慧の例に洩れず、烈しい否定精神から始った様である。般若経は、その見取図だと言ってよろしい様で、ただ空と言うだけでは足らず、空々だとか大空だとか畢竟空だとか、やたらに空の字を重ねている、重ねた末、空は有に転ずると説く。成る程、釈迦の哲学的智慧の見取図と言ってもよいかも知れないが、釈迦という全人格の見取図とは言えますまい。

肯定が否定を招き、否定が肯定を生むという果てしない精神の旅は、哲学的思惟の常であり、そういう精神の運動は、恰も蚕が糸を吐くが如く、つまる処、己れを自足的な大系の中に閉じこめて了う。般若経を土台として、哲学というか神学というか、精緻な観念論の大系が、其後仏教史上にいろいろ現れた、そういうものに関する詳しい知識は、私にはないが、恐らく自足した思弁的汎神論の性質を、いよいよ帯びたものになったと推察されます。だが、そういうものの中に、釈迦という人間を閉じ込める事は出来ますまい。彼は寧ろ逆の道を歩いた人だと思われます。阿含《あごん》経の中に、こういう意味の話がある。ある人が釈迦に、この世は無常であるか、常住であるか、有限であるか、無限であるか、生命とは何か、肉体とは何か、そういう形而上学的問題をいろいろ持ち出して解答を迫ったところが、釈迦は、そういう質問には自分は答えない、お前は毒矢に当っているのに、医者に毒矢の本質について解答を求める負傷者の様なものだ。どんな解答が与えられるにせよ、それはお前の苦しみと死とには何の関係もない事だ。自分は毒矢を抜く事を教えるだけである、そう答えた。これが、所謂如来の不記であります。つまり、不記とは形而上学の不可能を言うのであるが、ただ、そういう消極的な意味に止まらない。空の形而上学は不可能だが、空の体験というものは可能である、空は不記だが、行う事によって空を現す事は出来る。本当に知るとは、行う事だ、そういう積極的な意味合いも含まれている様であります。釈迦の哲学的思弁が、遂に空という哲学的観念を得たのではない。いや、それよりも、彼にとって、空とは哲学的観念と呼ぶべきものではなかったでありましょう。ただ、彼の絶対的な批判力の前で、人間が見る見る崩壊して行く様を彼は見たのだ、と言った方がよい様に思われる。見るとは行う第一歩であります。諸行無常の思想が釈迦を見舞ったと同じ頃、ヘラクレイトスは万物流転という事を考えていた。釈迦を観念論者と呼ぶ事が出来ない様に、ヘラクレイトスを唯物論者と呼ぶ事は出来まい。さような区別が、どんなに囚われずにものを考える力を、現代の知識人から奪っているか、これは気が附けば気が附くほど恐ろしい事だ。二人とも、何ものにも囚われず、徹底的に見、徹底的に考える事により、当時の宗教や道徳や哲学から遥かに遠くへ行って了った人と想像されるのであって、その点では、釈迦も亦、ヘラクレイトスの様に「暗い人」だったでありましょう。ただ、彼は、ヘラクレイトスの様に「泣いている智者」とはならなかった処が異る。私の勝手な想像でありますが、釈迦の空とは、ヘラクレイトスの火の如きものではなかったかと思うのです。前者は内省から始めたかも知れぬ、後者は自然の観察から始めたかも知れぬ、いずれにしても、人間的な立場というものを悉く疑って達したところには、空と呼ぼうと火と呼ぼうと構わぬが、人間には取り附く島もない「無我の法」が現れたに相違ない、という風に思われるのである。彼等にすれば、かように思考するに到ったという事は、即ちかように知覚するに到ったという事だ。ヘラクレイトスが岸辺に遊ぶ子供に火を見た様に、釈迦は、沙羅の花に空を見たでしょう。そういう彼等の決定的な知覚が、空は教典註解者の手に渡り、火はストア派哲学者の手に渡り、どうにでも解釈出来る哲学的観念と変じた、と言えないでしょうか。無我の法の発見は、恐らく釈迦を少しも安心などさせなかったのである。人間どもを容赦なく焼きつくす火が見えていたのである。進んで火に焼かれる他、これに対するどんな態度も迷いであると彼は決意したのではあるまいか。不死鳥は灰の中から飛び立たぬ筈があろうか、心ない火が、そのまま慈悲の火となって、人の胸に燃えないと誰が言おうか。それが彼の空観である、私にはそういう風に思われます。

これも亦私の勝手な想像になるのですが、こんな風にも考えられるかと思う。縁起の法とは一応は因果の理法と言えるだろうが、近代科学の言う因果律とは、恐らくまるで違った意味を持っていた。世界は、自然も精神も、色受想行識の五蘊、五つの言わばカテゴリイの相互依存関係に帰すると釈迦は考えた。この五蘊の運動は、ただもう無常であり、そこには何等実体的なものも、常住なものもない。そう考える考え自体さえ、この運動から離れた格別なものではない。釈迦が、烈しい内省から導いた、こういう哲学的直感は、現代の唯物論より遥かに徹底したものだと言えましょう。彼は、彼の全人格を賭けて、そういう風に直覚したのであって、彼の悟性の要請によって、さような世界理解に関する図式が現れたのではない。縁起の法は、因果の理法と呼ぶより、無我の法と言うべきものであって、凡そ真理というものは「我」を立てるところに現れる、人間的条件に順じて、様々な真理があるに過ぎない、と釈迦は考えた。最も人間臭くない因果律という真理も、悟性という人間的条件に固執するからあるのである。因果律は真理であろう、併し真如ではない、truth であろうが、reality ではない。大切な事は、真理に頼って現実を限定する事ではない、在るがままの現実体験の純化である。見るところを、考える事によって抽象化するのではない、見る事が考える事と同じになるまで、視力を純化するのが問題なのである。釈迦を画家に見立てるわけではないが、釈迦の空とは、画家の美の様に、決して現実の一般化による統一原理という様なものではないと言いたいのです。だから、現実の人間的限定の徹底した否定がそのまま、「無我」であり「不記」である豊饒な現実の体験となったと思われる。つまり諸行無常の体験であるが、釈迦は、諸行無常を又、一切諸行苦とも言っているのでありまして、無常と苦とは同じものなのだ。存在の理解と価値の判断は、彼には同じ行為なのだ。成る程、愚者にとっては、これらは同じ行為だ、そして愚者は常に誤る。賢者は、誤るまいとして、自然の世界と価値の世界とを区別し、両者の妥協を喜んだり、両者の衝突に悩んだりしている。両者は、同じ行為であって、而も誤るという事がない、そういう境地に釈迦は、どういう工夫によって、到ったか。吾が身のある苦痛を感ずるのと全く同じ様に、世界苦という観念を感ずる為に、彼はどんな修練を重ねたか。そういう事は解らぬ。が、たしかにそういう事が出来たのでなければ、認識するとは、勝利を得る事ではあるまい。覚者とは征服者ではあるまい。彼の勝利感こそ、彼の慈悲だったに相違ない。かようなものが、彼の空観であったであろうと思われます。

そういう釈迦の様な天才の宗教的体験は、格別なものとしても、仏教の心観というものの性質には、キリスト教の祈りに比べると余程審美的なものがあった様に思われます。やはり、美しい自然の中に生れた宗教と、沙漠に生れた宗教との相違からくるのでありましょう。苦行を否定した釈迦は、牛乳を飲み、美しい林の中で修行したが、飢えたキリストは、無花果の樹に、今より後、果を結ばざれ、と言っている。キリストは、泥棒と一緒に礫になったが、お釈迦様が死ぬ時には、象も泣いた蛇も泣いたと伝説は語ります。余程の違いです。それは兎も角、仏教は、キリスト教の様な異教の美との争いを知らぬ。それというのも、釈迦の内証がどういうものであったにせよ、仏教者の観法という根本的な体験が、審美的性質を持っていたからでありましょう。観法はそのまま素直に画家の画法に通じ、詩人の詩法に通じた。西行の和歌における、宗祇の連歌における、雪舟の絵における、利休の茶における、其貫道する物は一なり、と芭蕉は言っているが、彼の言う風雅とは、空観だと考えてもよろしいでしょう。西行が、虚空の如くなる心において、様々の風情を色どる、と言った処を、芭蕉は、虚に居て実をおこなう、と言ったと考えても差支えあるまい。あらゆる思想は、通貨の様なもので、人手から人手に渡って、薄穢く汚れるものです。仏教思想も例外ではない。仏教の厭世思想とか虚無思想とか言われるものも、その汚れを言うのであります。芭蕉が、貫道する処は一なりと言った意味は、何々思想とかイデオロギイとかいう通貨形態をとらぬ以前の、言わば、思想の源泉ともいうべきものが、達人達の手によって捕えられた、という意味であろう。

扨て、観という言葉の周りをうろうろして、一向埒があかぬ様な次第であるが、もともと説明の適わぬものを持った言葉だから仕方がない。だが観は、日本の優れた芸術家達の行為のうちを貫道しているのであり、私達は、彼等の表現するところに、それを感得しているという事は疑えぬ。西行の歌に託された仏教思想を云々すれば、そのうちで観という言葉は死ぬが、例えば、「春風の花を散らすと見る夢はさめても胸の騒ぐなりけり」と歌われて、私達の胸中にも何ものかが騒ぐならば、西行の空観は、私達のうちに生きているわけでしょう。まるで虚空から花が降って来る様な歌だ。厭人も厭世もありはしない。この悲しみは生命に溢れています。この歌を美しいと感ずる限り、私達は、めいめいの美的経験のうちに、空即是色の教えを感得しているわけではないか。美しいと感ずる限りだ、感じなければ縁なき衆生である、まことに不思議な事であります。前にもお話しした通り、空観とは、真理に関する方法ではなく、真如を得る道なのである、現実を様々に限定する様々な理解を空しくして、はじめて、現実そのものと共感共鳴する事が出来るとする修練なのである。かくの如きものが、やがてわが国の芸術家の修練に通じ、貫道して自分に至ったと芭蕉は言うのだが、今日に至っても、貫道しているものはやはり貫道しているでありましょう。仏教によって養われた自然や人生に対する観照的態度、審美的態度は、意外に深く私達の心に滲透しているのであって、丁度雑沓する群集の中でふと孤独を感ずる様に、現代の環境のあわただしさの中で、ふと我に還るといった様な時に、私はよく、成る程と合点するのです。まるで遠い過去から通信を受けた様に感じます。決して私の趣味などではない。私はそうは思わぬ。正直に生きている日本人には、みんな経験がある筈だと思っています。人間は伝統から離れて決して生きる事は出来ぬものだからであります。ただ何故私達は、生きる為に、そんな奇妙な具合に伝統とめぐり会わねばならぬか、それだけが問題だ。これはたしかに、日本独特の悲劇であって、かような悲劇を見て見ぬ振りをする文化主義者など、合理的道化に過ぎぬ。何故なら伝統のない処に文化はないからです。

一体文化などという言葉からしてでたらめである。文化という言葉は、本来、民を化するのに武力を用いないという意味の言葉なのだが、それを culture の訳語に当てはめて了ったから、文化と言われても、私達には何の語感もない。語感というもののない言葉が、でたらめに使われるのも無理はありませぬ。culture という言葉は、極く普通の意味で栽培するという言葉です。西洋人には、その語感は充分に感得されている筈ですから、culture の意味が、いろいろ多岐に分れ、複雑になっても根本の意味合いは恐らく誤られてはおりますまい。果樹を栽培して、いい実を結ばせる、それが culture だ、つまり果樹の素質なり個性なりを育てて、これを発揮させる事が、cultivate である。自然を材料とする個性を無視した加工は technique であって、culture ではない。technique は国際的にもなり得よう、事実なっているが、国際文化などというのは妄想である。意味をなさぬ。最近の文部省の漢字制限或は新仮名づかいの問題について、私は屢々人から意見を訊ねられるのですが、私は、まっこうからこれに反対する理由を持っていないから反対はしないまでだ、日本の言葉の難かしさから来る学生の負担を幾分でも軽くしようとする仕事に、反対する理由はない。併し、そういう運動の合理性の陰に、まことに軽薄な精神が隠れている事を私は嗅ぎつけている。それが、今申した technique と culture との混同である。文部省のお役人は、恐らくエンジンを直す様な手つきで、国語の修正をやったのでありましょう。恐らく、現代日本語を易しくすれば、日本歴史も易しくなると言った顔附きでやったでありましょう。多くの文学者が、尻馬に乗って、文学者たる事を止めて、エンジニアになりました。あわただしく、又憐れな敗戦国風景であります。やがて落着く時も来ましょう。歴史には歴史の摂理というものがある。

話が脇道に外れて了いました。戻りましょう。正岡子規の万葉復興運動以来、西行より実朝の方が、余程評判がよろしい歌人となった様ですが、貫道するところは一つなのだ。子規の感動したのは、万葉歌人の現実尊重であり、子規は写生と言う言葉を好んで使った。斎藤茂吉氏の「短歌写生の説」によると、子規は、写生の真意は直覚していたが、写生という言葉は、ごく無造作に使っていた。写生とは sketch という意味ではない、生を写す、神を伝えるという意味だ。この言葉の伝統をだんだん辿って行くと、宋の画論につき当る。つまり禅の観法につき当るのであります。だから、斎藤氏は写生を説いて実相観入という様な言葉を使っている。観入とは聞きなれぬ言葉ですが、やはり仏典にある言葉なのだろ

う と思います。空海なら目撃と言うところかも知れない、空海は詩を論じ、「須らく心を凝らして其物を目撃すべし、便ち心を以て之を撃ち、深く其境を穿れ」と教えている。そういう意味合いと思われるので、これは、近代の西洋の科学思想が齎した realism とは、まるで違った心掛けなのであります。やはりこれは観なのであり、心を物に入れる、心で物を撃つ、それは現実の体験に関する工夫なのである。realism は現実の observation というものを根本としているが、observation には適当な訳語がない。観察と訳していますが、仏典では観察という言葉は、観法とか観行とかいう言葉と同じ意味で使われていた様です。もっと平たい意味にとっても、私達には、観察という言葉は見抜くという伝統的な語感を持っている。observe という言葉は、もともと規則などを守るという意味である。近代科学の言う自然の正確な observation とは、自然の合法則性だけに注目する。実相の合法則性の遵奉者としての成功の道は、実相観入という様な法則を捨てる道とは別なのでありま す。西洋から realism という言葉が輸入されて、誰でもリアリズムという言葉を使う様になった、万葉のリアリズム、西鶴のリアリズム、という具合に。併し、人間聞きなれぬ言葉は、自分流に合点して使う他はない。realism にある observation の精神などは、自分流ではないから考えない事に致した、ここにはどうも意識するとしないとにかかわらず、日本人である私達にはどうも止むを得ないものがある様です。

徳田秋声氏が逝くなられる前に、自分も今に至ってはじめてリアリズムの荘厳さというものを悟った、と人に語ったという話を聞きましたが、これも亦観であって、observationではない。今日、徳田氏の作の様な所謂私小説というものに対して、非難の声が高い。無論これには多くの道理があります。いや、ちと道理があり過ぎる、と言った方がいいかも知れぬ。時勢の動きに乗ずる道理を言う論者は多いが、非難にかかわらず、古いものの中の何が新しいものに抵抗しているのかに注意する者は少い。いや、実際それは、こびり付いておちぬ汚れに過ぎぬか、それとも確かに抵抗している生きた何ものかであるか、そう問うてみる者さえ少いのです。併し、このささやかな問いこそ大切なのだ。本当の文化批評家が、先ず叩かねばならぬキイなのであります。誰も人間の進歩を望まぬ者はない、だが所謂進歩主義者は、最初から間違ったキイを叩く、と言うより、ピアノが違っている、と言った方がいいかも知れない。彼はcultureというピアノを叩くのではない、techniqueというピアノを叩く。一国の文化も、一人の人間の様に生きているもので、古いものと新しいもの、変らぬものと変るものとが、その中で肉体と精神の様に結ばれている。文化は、物が変化する様には決して変って行くものではない、人間が成長する様に発展して行くものだ。もし一国の文化にも人間の様に自覚能力があれば、自分の新しい一片の感覚にも、自分の古い全過去があると言うであろう。進歩主義者の誤りは、かくの如き有機体に対する全体的直覚を持たず、文化という因果の鎖をつまぐるところにあると思う。

＊＊＊

アランが、或る著名な歴史家の書いたトルストイ伝を論じたものを、いつか読みまして、今でもよく覚えておりますが、ほぼこういう意味の事を書いていた。ここに書かれた事柄は、一つ一つ取上げてみれば、どれも疑い様のない事実である。ところが全体としてみると、どうしてこう嘘らしい臭いがして来るか。三途の川をうろついている様なトルストイが現れるか。いや、確かにアランは、三途の川と書いておりました。何故、確かな事実を描いた筈なのに影しか描けておらぬのか。トルストイの生涯は、実に烈しく長い生涯であった。先ず、己れの情熱の赴くがままに生きた。次に、凡てを自分の家庭に捧げて生きた。次には、公衆の為に。最後には、福音の為に。これらの花や実や収穫は、悉く私達の糧である。私達が食い尽す事の出来ない糧である。併し、彼自身は食い尽したのである。彼自身は、花は萎れ、実は落ちるのを見たのだ。彼の命は、もはや取返しのつかぬ里程標を一つ一つ辿ったのだ。思い出の裡にある十年とは何か。そんなものはない。十年は諸君の現在の裡に隠れているだろう。嘗て抱いていたが、もはや知らぬ思想とは、一体何ものか。

時間は、自分の歩く足を決して見せやせぬ。ところが、歴史家というものはおかしな事をする。時間のやり直しをする。時間を逆に歩こうとする。「復活」から「アンナ・カレニナ」に還って来る。「コサック」を書き乍ら、「クロイチェル・ソナタ」を予見している。トルストイには決して起らなかった思想の様々な組合せが、歴史家の頭では、苦もなく起っている。トルストイも私達と同様、常に未来を望んで掛け替えのないその日その日を前進したのだ。何故、歴史家というものは、私達が現に生きる生き方で古人とともに生きてみようとしないか。そういう事をアランは書いておりました。そういう事になるのです。歴史の見方が発達して来ますと、過去の時間を知的に再構成するという事に頭を奪われ、言わば時間そのものを見失うといった様な事になり勝ちなのである。私達が、少年の日の楽しい思い出に耽る時、少年の日の希望は蘇り、私達は未来を目指して生きる。老人は思い出に生きるという、だが、彼が過去に賭けているものは、彼の余命という未来である。かくの如きが、時間というものの不思議であります。この様な場合、私達は、過去を作り直していないとは言わぬ。過ぎた時間の再構成は必ず行われているのであるが、それは、まことに微妙な、それと気附かぬ自らなる創作であります。又、西行流に言ってみれば、時間そのものの如き心において過去の風情を色どる、そういう事が行われるのである。私達の思い出という心の動きのうちに、深く隠れている、この様な演技が、歴史家達に、過去の人達を思い出す時に、応用出来ぬわけがありますまい。併し、今日の様な批評時代になりますと、人々は自分の思い出さえ、批評意識によって、滅茶滅茶にしているのでありますす。戦に破れた事が、うまく思い出せないのである。その代り、過去の批判だとか清算だとかいう事が、盛んに言われる。これは思い出す事ではない。批判とか清算とかの名の下に、要するに過去は別様であり得たであろうという風に過去を扱っているのです。凡庸な歴史家なみに掛け替えのなかった過去を玩弄するのである。戦の日の自分は、今日の平和時の同じ自分だ。二度と生きてみる事は、決して出来ぬ命の持続がある筈である。無智は、知ってみれば幻であったか。誤りは、正してみれば無意味であったか。実に子供らしい考えである。軽薄な進歩主義を生む、かような考えは、私達がその日その日を取返しがつかず生きているという事に関する、大事な或る内的感覚の欠如から来ているのでありまます。

宮本武蔵の独行道のなかの一条に「我事に於て後悔せず」という言葉がある。菊池寛さんは、よほどこの言葉がお好きだったらしく、人から揮毫を請われるとよくこれを書いておられた。菊池さんは、いつも「我れ事」と書いておられたが、私は「我が事」と読む方がよろしいのだろうと思っている。それは兎も角、これは勿論一つのパラドックスでありまして、自分はつねに慎重に正しく行動して来たから、世人の様に後悔などはせぬという様な浅薄な意味ではない。今日の言葉で申せば、自己批判だとか自己清算だとかいうものは、皆嘘の皮であると、武蔵は言っているのだ。そんな方法では、真に自己を知る事は出来ない、そういう小賢しい方法は、寧ろ自己欺瞞に導かれる道だと言えよう、そういう意味合いがあると私は思う。昨日の事を後悔したければ、後悔するがよい、いずれ今日の事を後悔しなければならぬ明日がやって来るだろう。その日その日が自己批判に暮れる様な道を何処まで歩いても、批判する主体の姿に出会う事はない。別な道が屹度あるのだ、自分という本体に出会う道があるのだ、後悔などというお目出度い手段で、自分をごまかさぬと決心してみろ、そういう確信を武蔵は語っているのである。それは、今日まで自分が生きて来たことについて、その掛け替えのない命の持続感というものを持て、という事になるでしょう。そこに行為の極意があるのであって、後悔など、先き立っても立たなくても大した事ではない、そういう極意に通じなければ、事前の予想も事後の反省も、影と戯れる様なものだ、とこの達人は言うのであります。行為は別々だが、それに賭けた命はいつも同じだ、その同じ姿を行為の緊張感の裡に悟得する、かくの如きが、あのパラドックスの語る武蔵の自己認識なのだと考えます。これは彼の観法である。認識論ではない。

武蔵は、見るという事について、観見二つの見様があるという事を言っている。細川忠利の為に書いた覚書のなかに、目付之事というのがあって、立会いの際、相手方に目を付ける場合、観の目強く、見の目弱く見るべし、と言っております。見の目とは、彼に言わせれば常の目、普通の目の働き方である。敵の動きがああだとかこうだとか分析的に知的に合点する目であるが、もう一つ相手の存在を全体的に直覚する目がある。「目の玉を動かさず、うらやかに見る」目がある、そういう目は、「敵合近づくとも、いか程も遠く見る目」だと言うのです。「意は目に付き、心は付かざるもの也」、常の目は見ようとするが、見ようとしない心にも目はあるのである。言わば心眼です。見ようとする意が目を曇らせる。だから見の目を弱く観の目を強くせよと言う。

今日、史観とか歴史観とかいう言葉が、しきりに使われているが、武蔵流に言うと、どうもこれは観というより見と言った方がよろしい様だ。歴史観という言葉は、或る立場からする歴史の批判或は解釈という意味に専ら使われているが、観という言葉には、もともと或る立場に立って、或る立場に頼って物を見るという事を強く否定する意味合いがある、現実の一切のカテゴリカルな限定を否定して、現実そのものと共鳴共感するという意味合いがある、という事は既にお話しした通りです。歴史家というものは、物的状態を調べるのではない、歴史という人間と立会うのだとも言えるのであって、先に挙げた、アランの非難した歴史家の如きは、武蔵に言わせれば、目付之事に関する工夫がまるでない、という事になる。三途の川をさまようトルストイを見る様な歴史家は、「敵合遠ざかるとも、いか程も近く見る目」、そういう目がない。遠ざかった日のあれこれの出来事は、ただ遠ざかったあれこれの出来事と映る。丁度、敵と立会って、相手のばらばらの動作しか見えぬ様なものだ。歴史家が沢山の文献を整理する上手下手が言われるが、根本は目付之事なのだ。たった一つの文献が、叩かれたキィの様に鳴っておるかおらぬか、過去のある音《ノオト》が持続し現在の心に様々な共鳴を呼び起しているかどうか、それを歴史家の耳が聞いているかどうかによって、相手にする歴史という人間の姿がたしかに眼前にいるかいないかが定まるのです。大歴史家とは、思い出の達人であって、文献整理の名人ではない。自己を知る工夫は、そのまま歴史を知る工夫に通じなければならぬ筈のものであります。

批評眼とは、ジロジロ見る目、見の目を言う。今日は、人々が争って見の目を強くする様になった時代である。観という言葉の意味は判然と定義し難いとしても、その伝統的な語感はある筈なのであるが、歴史観と言っても、そういう語感は注意する者も殆どない。時勢が変れば語感も変ると言いたいところだろうが、どうもそんな簡単な事ではなさそうです。語感などという古臭いものは詩人にまかせて置けと小説家までが言い兼ねない様な時勢が到来したらしい。詩人にとっては、言葉の意味とは、即ち語感の事である。語感とは言わば言葉の姿だ、言葉というものが生きており実在しているその表情の如きものだ。詩人には死語も空語もない筈です。若し人間の歴史は、何を措いても言葉の歴史だと言えるなら、人間の歴史とは、広い意味での文学史に他ならぬのである。私達の共感の存するところ、古典は今もなお生きている。文献という死語が生きるか生きぬかは、同じ私達の詩的共感の深浅による、詩人の持つ観の目の強弱によるのであります。

批評しようとする心の働きは、否定の働きで、在るがままのものをそのまま受納れるのが厭で、これを壊しにかかる傾向である。かような働きがなければ、無論向上というものはないわけで、批評は創造の塩である筈だが、この傾向が進み過ぎると、一向塩が利かなくなるというおかしな事になります。批評に批評を重ね、解釈は解釈を生むという具合で、批評や解釈ばかりが、鼠算の様に増え、人々はそのなかでうろうろして、出口がまるで見付からぬ、という事になる。当人達にしてみれば、うろうろしているどころの段ではない。烈しく働いている積りであろう。又、確かにこの働きはジャアナリズムの上に現れて、そこに文化の花が咲いている様に見えもしよう。併し、実は、凡そ堪《こら》え性のない精神が、烈しい消費に悩んでいるに過ぎず、而も何かを生産している様な振りを、大真面目でしているに過ぎない。まことに巧みに巧んだ精神の消費形式の展覧である。何が文化活動でしょうか。文化活動とは、一軒でもいい、確かに家が建つという事だ。木造建築でもいい、思想建築でもいいが、ともかく精神の刻印を打たれたある現実の形が創り出されるという事だ。そういう特殊な物を作り出す勤労である。手仕事である。文化という観念は、作るという行為によってのみ知る事が出来るのであるが、文化人という猿は、文化というらっきょうの皮を剝いて飽く事を知らぬ。そこら中が、らっきょうの皮だらけになり、みんな非生産的不安を感じている様な次第なのですが、この不安は、政治的不安の様に、はっきり経験されるものではない。精神の奥所に隠れた、甚だ悪質なものの様であります。

文化の生産とは、自然と精神との立会いである。手仕事をする者はいつも眼の前にある物について心を砕いている。批評という言葉さえ知らぬ職人でも、物に衝突する精神の手ごたえ、それが批評だと言えば、解り切った事だと言うでしょう。現代の批評病は、いろいろな症例を現しているが、根本のところは、物に対するこの心の手ごたえを失っている事から来ている様に思われます。何かを批評している積りであるが、その何かが実は無いのである。いや対象が与えられただけでは不足なのだと言うが、対象が確かに与えられているという事は、そんなに当り前な解り切った事であろうか。そこには、何か深い仔細が隠れていやしまいか。そんな事は、思ってもみない。直ぐ批評という乗物に乗って走り出す。もう決して還って来ない。往きも還りもない世界に飛び込むのだから、仕方がありませぬ。もう出会うものと言ったら、何の手ごたえもない言葉ばかりだ。手ごたえがなければ、これはもう何かに出会うという事ではない。だから、彼は、この手ごたえのない言葉によって孤独になるのです。而も孤独感などというものはてんでない。ない筈です。自分と運命の全く異る他人という存在がいよいよはっきり見え、自己流に生きようとして、これと衝突せざるを得ないからこそ孤独感というものがあるのである。言葉のあらゆる誤魔化しや戯れが許される。抽象的議論はいけないという言葉が、そのまま現実的議論に化ける。現代の知識人は、懐疑派であると言われるが、言葉の洒落に過ぎないのであって、知識人が、これほど軽信家になったのは、空前の事であろうと、私は考えております。事に当って自らを試すという面倒を省くところに生ずる言葉に関する驚くべき軽信が、事に当って、懐疑する様な外見を呈しているだけです。事になんか実はまるで当ってはおらぬのだから、懐疑など起りようがない、懐疑とは、経験を尊重する者は皆持っている精神の或る活力なのであって、実験が成功するまでは、容易に言葉を信じまいとする意志であります。疑う事がもともと人間の正常な能力である以上、懐疑を精神の一つの美徳と考えなければ意味はないわけだ。能率のいい竹馬を作ろうと工夫する子供でも、この活力を行使するが、知識人が、例えば唯物史観という形而上学を信ずる為にも信じない為にも、精神の活力などまるで必要としていないとは、まことにおかしな事になったものです。懐疑するので何事も実行出来ないという精神倒錯の症例を、近代の大小説家は、侮蔑の念を籠めて幾人となく描いたのであるが、大小説家というものは、侮蔑の念など露骨に現すものではないから、残念乍ら読者はみな誤読を楽しむという結果となりました。

正常に考えれば、実行家というものは、みな懐疑派である。精神は、いつも未知な事物に衝突していて、既知の言葉を警戒しているからだ。先ず信ずるから疑う事が出来るのである。与えられた事物には、常に精神の法則を超える何ものかがある。実行という行為には、常に理論より豊富な何ものかが含まれている、さような現実性に関する畏敬の念が先ず在るのである。だから強く疑う事が出来るのです、最後の一つ手前のものまでは。理論家に事実はかくかくだと抗議してもなんにもならない、そんな事では驚かない。理論には例外があると言うでしょう。理論家に欠けているものは、もっと内的なものです。何も彼もどうしてこう思い通りになるか、これはちとおかしいという感覚、確かにこれは或る内的な感覚であるが、それが欠けている。現実畏敬の念がない事が根本なのだと思う。現実畏敬の念のない人には、決して現実は与えられない。批評の対象が確かに与えられているという事は、決して解り切った事ではないと申したのもその事であります。

私がここで、特に言いたい事は、科学とは極めて厳格に構成された学問であり、仮説と験証との間を非常な忍耐力をもって、往ったり来たりする勤労であって、今日の文化人が何かにつけて口にしたがる科学的な物の見方とか考え方とかいうものとは関係がないという事です。そんなものは単なる言葉に過ぎませぬ。実際には、様々な種類の科学があり、見る対象に従い、見る人の気質に従い、異った様々な見方があるだけです。対象も持たず気質も持たぬ精神は、科学的見方という様な漠然たる観念を振り廻すよりほかに能がない。心理的現実だとか歴史的現実だとか、何んだとか彼んだとかいう現実の合理的模像が、彼を閉じ込めている。出口が見付からぬのも一向気にかからぬのは、模像があんまりよく出来ているからだ。模像の製作家も、かような人々を俘囚にする為に苦労して来たわけではありますまい。理性の映し出したものを誰も疑いはしない。それは真理である。併し、人生が人生である所以のものは、真理も亦虚偽と同じく厄介千万なものであるというところにあります。既知の真理が未知の事物を追い払って了った世界で、知識人達は、ただ推論だけしか出来ないという状態にある。知識人は考え過ぎると言われるが、推論するとは、考えるという事ではあるまい。物体が上から下に落ちるのと同じ運動が、頭の中で起っているだけである。知識人の精神の空には、雨が降ったり止んだりする様に、観念が浮んだり消えたりしているだけなのですが、当人は批評家として多忙を極めているという次第である。これでは批評とは言えますまい。批評力とは判断力である、判断力とは未知の事物の衝撃による精神の弾性ではないか。

我が国の知識人の政治的関心というものはまことに心細い、という事がしきりに言われている。成る程そうかも知れないが、これはわが国の文明史のいろいろな、特殊な事情から出た事で、実際の政治組織の改良と一般社会常識の発達が、いずれは解決する問題でしょう。だが、この問題には、世人が注意したがらぬもう一つの側面がある様だ。私はその方が遥かに困難な根本の問題だと思うのだが、それは、近代政治というものの性質から来ている問題である。ベルグソンが、晩年の或る著述の中で、これからの世にも大芸術家、大科学者が生れるかも知れないが、大政治家というものは、もう生れまい、と言っております。つまり政治は、現在既に大政治家などいよいよ必要としない傾向を辿っているというのです。大人物というからには、及び難い人格とか、個性とかを指す筈であり、従って又、これと自ら手を下す仕事との間の完全な有機的な統一をいう筈です。ところが、政治の仕事が国際化して、いよいよ複雑なものになると、その取扱う厖大な材料に関する正確な知識などは、どんな政治専門家の手にも余る。手に余るのは知れ切っているが、あらゆる曖昧さと偶然とを追い、何とか彼とか仕事をしなければならない。そういう事になっては、もはや大人物など用はないどころではない。化けもの染みた仕事である。チャアチルという人などは最後の人物かも知れませぬ。彼の「世界大戦回顧録」は、優れた人間が、法則を持たぬ自然の如き政治組織という非人間的な敵と悪戦苦闘する記録でもある。真の敵は果してドイツであったか。これは著者が一番よく知っているでしょう。

扱う材料に精通し、材料の扱い方に個性的方法を自覚し、仕事の成行きに関し、素人の覗い知れぬ必然性を意識し、成就した仕事に自分の人格の刻印を読む、そういう事がどんな仕事にせよ、練達の人には見られるのであるが、そういう健全な、又極めて人間的な仕事の性質は、政治という仕事には、現れようがなくなって来ている。そこで、どうしても政治の仕事には、組織化というものが必要になって来る、組織化とは機械化を意味します。イデオロギイの上で相反目する党派も、組織化された集団という一種のメカニスムの力で、仕事の能率を上げようとする傾向では歩調を合せております。かような傾向を阻止する力は誰にもない。そんな力を空想するのは馬鹿馬鹿しい事であるが、そういう政治の傾向を、まさにそういうものだと徹底的に認識する精神は、現実の力です。政治の機械化が政治の自己防衛ならば、さようなものと認識するのは人間の自己防衛である。社会人である限り非政治的人間などというものはあり得ないが、反政治的精神というものは在り得るのだし、なければならぬと思います。そういうはっきりした次第であれば、政治は徹底的に組織化され、さっぱりと一つの能率的な技術となった方がいい。政治的イデオロギイという様な思想ともつかず、術策ともつかぬ、わけのわからぬ代物を過信する要はない。さようなものは、政治組織の円滑な運転の為の油だと思えばよい。油の成分など簡単なほどよいのである。政治家は、社会の物質的生活の調整を専ら目的とする技術家である、精神生活の深い処などに干渉する技能も権限もない事を悟るべきだ。政治的イデオロギイ即ち人間の世界観であるという様な思い上った妄想からは、独裁専制しか生れますまい。

あらゆる事において自分は正しいと思い込んだ人間、これは野心や支配欲がいつも狙っている大きな獲物であります。戦後、人民の公僕という言葉が流行しているが、政治家は相変らず大臣病にかかっているし、大臣級の人物などという曖昧陳腐な言葉が、まだ人々の頭を支配している様では、無論意味のない事だ。政治の組織化の急速な速度は、その様な迷妄を否応なく打破るかも知れぬ。だが一方で、政治の組織化は組織化された政治的イデオロギイの過信という病をいよいよ募らせている。そういう実情の中で右往左往する事が、知識人の政治的関心というものなら、こんな情けない関心もない。民主主義とは、人民が天下を取る事だなどと喚いているうちに、組織化された政治力という化け物が人間を食い殺して了うだろう。ムッソリーニはファッシスムを進歩した民主主義と定義していたのです。

かようなものが、先きに申した問題の側面である。それなら現代の知識人は、政治に無関心どころではない、関心は殆ど完全である。精神の政治化は殆ど滑稽の域に達している様に思われます。誰もいい政治を望まぬものはないが、政治化した精神が果して政治を良くするだろうか。政治批判委員会という歯車が幾つも幾つも政治のメカニスムのなかで廻転していて、一体どうなる事であろうか。現代の政治不安は、誰にも大問題だろうが、これが政治万能主義を生んでいい理由ではないでしょう。

人間は政治的動物だとは古の賢人の洞察であった。彼は現代に生れて、人間は政治の動物性に対して警戒せよと言わぬだろうか、そういう事をくよくよ思い患っていると、貴様は政治的関心がないと叱られるという次第です。政治家は、文化の管理人乃至は整理家であって、決して文化の生産者ではない。科学も芸術も、いやたった一つの便利な道具すら彼等の手から創り出された例しはない。彼等は利用者だ。物を創り出す人々の長い忍耐も精緻な工夫も、又、そこに託される喜びも悲しみも、政治家には経験出来ない。政治家を軽蔑するのではない、これは常識である。こういう常識の上に政治家の整理技術は立つべきであると考えているだけなのです。天下を整理する技術が、大根を作る技術より高級であるなどという道理はないのでありますが、やはり整理家は、無意味な優越感に取りつかれるらしい。交通巡査でさえそうかも知れぬ。

先日、ロンドンのオリンピックを撮った映画を見ていたが、その中に、競技する選手達の顔が大きく映し出される場面が沢山出て来たが、私は非常に強い印象を受けた。カメラを意識して愛嬌笑いをしている女流選手の顔が、砲丸を肩に乗せて構えると、突如として聖者の様な顔に変ります。どの選手の顔も行動を起すや、一種異様な美しい表情を現す。無論人によりいろいろな表情だが、闘志という様なものは、どの顔にも少しも現れておらぬ事を、私は確かめた。闘志などという低級なものでは、到底遂行し得ない仕事を遂行する顔である。相手に向うのではない。そんなものは既に消えている。緊迫した自己の世界に何処までも這入って行こうとする顔である。この映画の初めに、私達は戦う、併し征服はしない、という文句が出て来たが、その真意を理解したのは選手達だけでしょう。選手は、自分の砲丸と戦う、自分の肉体と戦う、自分の邪念と戦う、そして遂に征服する、自己を。かような事を選手に教えたものは言葉ではない。凡そ組織化を許されぬ砲丸を投げるという手仕事である、芸であります。見物人の顔も大きく映し出されるが、これは選手の顔と異様な対照を現す。そこに雑然と映し出されるものは、不安や落胆や期待や昂奮の表情です。投げるべき砲丸を持たぬばかりに、人間はこのくらい醜い顔を作らねばならぬか。彼等は征服すべき自己を持たぬ動物である。座席に縛りつけられた彼等は言うだろう、私達は戦う、併し征服はしない、と。私は彼等に言おう、砲丸が見付からぬ限り、やがて君達は他人を征服しに出掛けるだろう、と。又、戦争が起る様な事があるなら、見物人の側から起るでしょう。選手にはそんな暇はない。

話が脇道にそれました。前にお話ししたが、仏教の観法というものは、何の無理もなく画法に通じた。西洋の画家達が、未だ聖画もろくに描けない頃、東洋の画家達は、既に自然美の驚くべき表現を完了していた。それと言うのも、もともと仏教の所謂、観の持つ審美的性質による、そういう風に申し上げたが、どうもこれは誤解を招きはしないかと思う。

美の問題は、現代で不当に侮蔑されている問題の一つであって、侮蔑による誤解というものが避け難い様に思われるからです。現代の風潮を最もよく反映し、従って一番成功している芸術、これは言う迄もなく小説であるが、この自由な、と言うより無秩序な芸術様式において、美は、もう殆ど真面目には考えられておりませぬ。まあ、一種の調味料の様なもので、分析、観察、解釈、意見、主義、そういうものばかりが、雑然紛然とひしめき合っている。小説家が文学者の異名となるに順じて、詩という文学の故郷が忘れられて行く様に見えます。自然主義文学が、浪漫主義文学の虚飾に反抗して起ったのは当然であったが、その異常な発達は、ルッソオの広汎な思想の根柢にあった健全な自然主義、又その根柢にあったに違いない、言わば自然と人間との均衡に関する彼の審美的直覚、そういうものから離れて、あんまり遠くまで走って了ったというのも時の勢いでしょう。還り行くべき自然の懐は、所謂客観的事実、実証的事実、の大群で充されて了ったというあんばいだ。人々の心は、自然の美しさから自然の正確さへ、自然との共感から自然の理解へとあわただしく走った。科学によって様々な事物の計量的性質が明らかにされて行くにつれ、又、この事によって裏付けられた生活上至便ないろいろな技術の発達を享楽し、そういう事物の性質を、客観的事実の名の下に過信する風潮は、深く人々の心に染み込んだ。誤解しない様に願いたいが、私は、合理的知識自体を兎や角言うのではない。これの扱い方、これに対する態度、これに関して人々はどんな心理的通念を、知らず知らずのうちに育てているか、そちらの方を言うのである。私達は、例えば天体を理解するのと同じ具合に友人を理解する事は出来ないが、そんな曖昧な厄介な事を科学は認めない。天文学的事実も心理学的事実も、同じ理解方法によって得られる。これは科学の特権であるが、この特権は、観測とか実験とかいう実際の経験によって保証されねばならぬから、特権の濫用などという事は、余程軽薄な科学者ででもないと、実際に仕事をしている科学者の間では、先ず起り得ないのである。どこで濫用されているかは、申し上げるまでもあるまい。必要なのは、科学という、その一分科にも容易に通暁し難い具体的な学問なのであって、科学的な考え方という様な伝染病の如き通念ではないのであります。

美は、もはや真面目には考えられておらぬなどと言うと、現代の教養人達は承知しまいと思う。成る程、展覧会場は、真面目な鑑賞者の群れで溢れている。私はそれを疑いはしない。併し、先日も、安井、梅原両氏の展覧会の人混みのなかにいて、私の心を苦しくするものは、これらの人々が、現に経験しているその生き生きとした感情を、決して家まで持って還りはしまい、という考えであった。やがて覚めねばならない夢なのである。何故美は現実の思想であってはならないのか。だが、通念というものは、あらゆる疑問を封ずる力を持つものです。美という言葉が、何かしら古風な子供らしい響きを伝えるのは、誰のした業でもない。空想とか夢想とかいう感じを伴わずに、美という言葉を発言するのは容易ではない。誰のせいでもない、通念の力である。考えの落ちて行くところは一つです。夢も亦人生には必要ではないか、と。併し、夢とは、覚めてみればこそ夢なのではないか。日常の通念の世界でわれに還るからこそ、あれは美しい夢だったと言うのではないか。そして、通念とは万人の夢ではないのでしょうか。

美しい自然を眺めてまるで絵の様だと言う、美しい絵を見てまるで本当の様だと言います。これは、私達の極く普通な感嘆の言葉であるが、私達は、われ知らず大変大事な事を言っている様だ。要するに、美は夢ではないと言っているのであります。併し、この事を反省してみる人はまことに少い。それは又こういう事にもなると思う。海が光ったり、薔薇が咲いたりするのは、誰の眼にも一応美しい、だが、人間と生れてそんな事が一番気にかかるとは、一体どうした事なのか。現に、会場に絵を並べた二人の画家は、四十何年間も海や薔薇を見て未だ見足りない。何という不思議だろう。そういう疑問が、この沢山な鑑賞者のうちの誰の心に本当に起っているだろうか。そういう疑問こそ、絵が一つの精神として諸君に語りかけて来る糸口なのであり、絵はそういう糸口を通じて、諸君に、諸君は未だ一っぺんも海や薔薇をほんとうには見た事もないのだ、と断言している筈なのであります。私は美学という一種の夢を言っているのではない。諸君の眼の前にある絵は実際には、諸君の知覚の根本的革命を迫っているのである。とすればこれは、驚くべき事実ではないのですか。

こういう考え方を、私はベルグソンに負うのですが、哲学にせよ科学にせよ、事物の合理的理解の端緒を、私達の感性というものがどれほど間違うか、私達の素朴な直接経験の世界が何とでたらめで信用出来ぬものであるかというところで摑んだ。従って、われわれの合理的知識の発達は、簡単に言えば、曖昧な知覚を、どういう具合に巧みに正確な概念で置き代えるかという道を進む。だが、どんなに抽象的な概念でも、具体的知覚を通じて、その内容を得ねばならぬ。ところで、哲学者にとってまことに厄介な事には、実証科学が、疑いもなく万物に共通な性質、即ち量というものを引受けて了った後には、質の世界しか残っておらぬという事です。部分が決して全体を表す事の出来ぬ、あらゆるものがあらゆるものに対して異質である、そういう世界を前にして、あれこれの知覚を拾い上げたり、捨てたり、分析したり、組合せたり、要するに知覚に関する選択や工夫や仕上げ、言わば知覚の概念への変換式には、出たらめとは言えぬとしても疑いの余地あるものがどうしても這入って来ざるを得ない。これが、科学というシステムは一つでも、哲学のシステムは、これを発明した人の数だけあり、而も哲学というものの定義上、自らの合理性を主張して、互に争わねばならぬという根本の理由だと考えられないか。そういう次第ならば、哲学者はいっそ全く違ったやり方を試みた方がよくはないだろうか。知覚の欠陥を概念によって充さねばならぬ、という考えを、若しきっぱりと思い切るならば、知覚を概念に仕上げるに際し、何か豊富な或るものが失われざるを得ないという事を、真面目に考えてみる筈である。それならば、知覚から概念に飛び上ろうとする同じ意志の力が、逆に知覚の中にどこまでも入り込み、凡そ知覚するものは何一つ捨てまい、いや進んでこれを出来るだけ拡大してみようという道がありはしないか。若しそういう道から哲学が出来上るなら、恐らくは哲学のシステムは一つで足りるであろう。何故ならそういう哲学は、感性や意識に与えられたものは何一つ捨てない、他の哲学が、これに反対しようとしても、拾う材料が残されていないからです。概念で武装して相争ういろいろな哲学のシステムは、そうなれば、皆協力して知覚の拡大という共通の仕事に向うでしょう。知覚の拡大など不可能である、眼には見えるものしか見えはせぬ、と人は言うかも知れぬ。どんなに注意力を働かせてみても、知覚の世界に、何か新しいものを生み出す事は出来ない。初めから在ったものを明らかにするだけだ。常識はそう言います。心理学は、この常識を完成しようとして精神を先ず様々な要素から再構成しておいて、そういう要素の構成が実際にわれわれの精神生活を産むと考える。知覚の拡大深化など思いもよらぬ、だが議論は止めよう。実際には、この不可能事を可能にしたとしか考えられぬ人間がいるのである。それが優れた芸術家達だ。

彼等の努力によって、私達が享受する美的経験のうちには、重要な哲学的直覚がある筈である。そういう風にベルグソンは考えるのであります。私は、学生時代、芸術に関する彼のそういう考えに強く動かされましたが、今日に至るまで、こんな大胆な直截な考えはどんな美学にも、見付け出す事は出来まいと思っている。先きに、観法の審美的性質と言った場合も、私にはそういう考えがあったのであります。

知覚は認識を構成する一定の要素でもないし、恰も写真でも撮る様に外物が知覚でとらえられるものでもない。私達が生きる為に、外物に対してどういう動作をとるかに順じて知覚は現れるのである。鹿を追う猟師、山を見ずで、猟師は、山なぞ知覚していては商売にならぬ。成る程鹿は知覚するが、それも狙って打つという行動に必要なだけの鹿の形を見るのだ。これは対象を見るというより寧ろ、可能的動作の外物への投影を経験するという事なのである。私達の命は、実在の真ッ唯中にあって生きている。全実在は疑いもなく私達の直接経験の世界に与えられている筈なのであるが、その様な豊富な直接経験の世界に堪える為には、格別な努力が必要なのであり、普通私達は、日常生活の要求に応じて、この経験を極度に制限しているのだ。見たくないものは見ないし、感じる必要のないものは感じやしない。つまり、可能的行為の図式が上手に出来上るという事が、知覚が明瞭化するという事である。こういう図式の制限から解放されようと、ひたすら見る為に見ようと努める画家が、何か驚くべきものを見るとしても不思議はあるまい。彼の努力は、全実在が与えられている本源の経験の回復にあるので、そこで解放される知覚が、常識から判断すれば、一見夢幻の様な姿をとるのも致し方がない。ベルグソンは、そういう考えから、拡大された知覚は、知覚と呼ぶより寧ろ vision と呼ぶべきものだと言うのです。見るものと見られるものとの対立を突破して、かような対立を生む源に推参しようとする能力である。この vision という言葉は面倒な言葉です。生理学的には視力という意味だし、常識的には夢、幻という意味だが、ベルグソンがこの場合言いたいのは、そのどちらの意味でもない。vision という言葉は、神学的には、選ばれた人々には天にいます神が見える、つまり見神という vision を持つという風に使われていたが、ベルグソンの言う意味は、そういう古風な意味合いに通じているのである、これを日本語にすれば、心眼とか観という言葉が、先ずそれに近いと思います。

そして、確かに、優れた芸術家達は、ベルグソンが哲学者達に望んだ様に、唯一の美のシステムの完成に真に協力している様に思われます。真の協力とは、めいめいが、その個性を尽して、同じ目的を貫くという事だ。つまり和して同ぜず、という古人の名言が実行されていると言うのです。梅原という画家の vision と安井という画家の vision は、全く異るのであるが、互に抵触するという様な事は決してなく、同じ実在を目指す。かような画家の vision の力は、見る者に働きかけて、そこに人の和を実際に創り出すのである。画を見る為に、人々は、めいめいの喜びも悲しみも捨ててかかる必要はない。各自が各自の個性を通し、異った仕方で一枚の画に共感し、われ知らず生き生きとした自信に満ちた心の状態を創り出す。そういう心は、互にどんなに異っていようが、友を呼び合うものです。自分自身と和する事の出来ぬ心が、どうして他人と和する事が出来ようか。そういう心は、同じて乱をなすより他に行く道がない。

画は、何にも教えはしない、画から何かを教わる人もない。画は見る人の前に現存していれば足りるのだ。美は人を沈黙させます。どんな芸術も、その創り出した一種の感動に充ちた沈黙によって生き永らえて来た。どの様に解釈してみても、遂に口を噤むより外はない或るものにぶつかる、これが例えば万葉の歌が、今日でも生きている所以である。つまり理解に対して抵抗して来たわけだ。解られて了えばおしまいだ。解って了うとは、原物はもう不要になるという事です。最近、文壇で、俳句第二芸術論という議論が盛んであった。俳句という古い詩の形式を否定する、その表向きの議論が、どんなに大胆なものであろうと、さして興味あるものではないが、議論の動機は、論者もそれと気附かぬ現代人の気質の深い処から出て来ているのではあるまいかと考えると、ああいう文壇的空騒ぎの裏側が見えます。現代人の気質は、沈黙を恐れている、現代人の饒舌は、恐らくこの恐れを真の動機としている、と言うより、俳句ぐらい寡黙な詩形はない、と言うより、芭蕉は、詩人にとって表現するとは黙する事だ、というパラドックスを体得した最大の詩人である。今日の小説家が、例えばどんなに古人の知らなかった心理学の助けをかりて、精神生活の世界を拡大してみせようと、芭蕉の vision は、心理学的可知性などを突破したものである事を感得した読者には、そう面白い見物ではあるまい。現代小説に関して、評家達は、思想性が足りぬとか仮構性が足りぬとかいろいろの註文をつけている様ですが、私が強いて註文をつければ、沈黙が一番足りまいと言うでしょう。小説がその形式上、どんなに読者の理解力に訴える部分が多かろうとも、その眼目とするところでは、読者の理解など断乎として拒絶していなければ駄目だろう。文学者の心が、時代の進むにつれて、どんなに知的なものになろうとも、言葉には知的記号以上の性質があるという文学の発生とともに古い信仰の上に、今日も文学というものが支えられている事に間違いない。言霊を信じた万葉の歌人は、言絶えてかくおもしろき、と歌ったが、外のものにせよ内のものにせよ、言絶えた実在の知覚がなければ、文学というものもありますまい。私は、一時、原稿も書かず、文学者との交際も殆ど止めて、造型美術を見る事に夢中になった事がある。その当時、痛感した事は、私の様に久しい間近代文学の饒舌の中に育って来た者にとって、絵や彫刻の沈黙に堪えるという事が、いかに難かしいかという事であった。ただ黙って見て楽しむのが難かしいというのではない。ある絵に現れた真剣さが、何を意味するか問おうとして、注意力を緊張させると、印象から言葉への通常の道を、逆に言葉から知覚へと進まねばならぬ努力感が其処に生じ、殆どいつも、一種の苦痛さえ経験した。そういう時、私は恐らく画家の努力を模倣しているのだが、詩人も同じ努力をしていない筈がない。顔料を言葉に代えただけです。言い得るものから、言い得ないものに至る道具が、即ち彼の言葉だ。そういう経験から、私は次の様な考えに導かれた。近代の音楽や絵や詩の形式は、目まぐるしい程の変化を重ねて来た。技法の新しさ大胆さの為に、自らを亡ぼした芸術家の数も恐らく数え切れないのである。これに比べると、小説という形式はバルザック以来殆ど動かない様に見える。それと言うのも芸術の前者の種類にあっては、さほどの天才ではないとしても、先ず何を措いても新しい独特の vision の創造に挑まなければ何事も始まりはしないから、そういう次第になるのだが、小説では、常識的知覚が社会的推移に追従するのが手一杯で、vision の創造まではとても手が廻らぬ。それに常識的知覚のこちら側にいて、それを分析したり結合したりしていれば一見芸術らしく見えるものが出来上る、そういう便利に屈服するのは誰にも楽しい事である。小説に作者の人生観という vision が現れるということは余程難かしいことでしょう。

ここで、美の問題に関するもう一つの誤解、少くとも一般にすこしもはっきりと考えられておらぬ事に触れます。それは、美は人を黙らせるという考えから、自ら出て来るのである。美は人を沈黙させるが、美学者は沈黙している美の観念という妙なものを捜しに出かけた。この美学者達の空しい努力が、人々に大きな影響を与えている事は争われぬ様に思われる。リルケにロダンを語った美しい文章がありますが、その中でリルケは、私の読み方が正しいならば、こういう意味の事を言っている。芸術家は、美について考えやしない、考えられぬものなど考える筈がない。「美」を作り出そうなどと考えている芸術家は、美学の影響を受けた空想家であり、この空想家は、独創性の過信、職人性の侮蔑という空想を生むだけである、芸術家は、物 Ding を作る、美しい物でさえない、一種の物を作るのだ。人間が苦心して様々な道具を作った時、そして、それが完成して、人間の手を離れて置かれた時、それは自然物の仲間に這入り、突如として物の持つ平静と品位とを得る。それは向うから短命な人間や動物どもを静かに眺め、永続する何ものかを人間の心と分とうとする様子をする。この様な不思議な経験は、確かに強烈なものであったに相違なく、人間はただこの経験の為に物を作ろうとした。最初の神々の像は、この経験の応用である。こういうリルケの考えは、芸術を、遊戯や想像の産物と考えるより余程正しい様に思われます。物を作らぬ人にだけ、美は観念なのである。観念は決して人を黙らせぬ、観念を呼ばぬ観念はないから。リルケは彫刻を語っているのですが、勿論、彼は詩人も亦一種の物を作る人間だと信じているでしょう。小説家もそうだ。私は、思想家さえそうだと言いたい。

リルケの言う不思議な強烈な経験、ただそういう経験をする為に、物を作ろうとする人間が現れる。そういう時この人間は、自己を超越したある有用性を充たそうとする衝動にかられるのだ、とリルケは言います。ベルグソンが、知覚の拡大とか深化とかを言う場合も、殆ど同じ様な考えを抱いているのだろうと思われる。知覚を拡大して vision を得るとは、自然が生物に望んだ社会生活の実践的有用性の制限から解放される事を意味する。さような vision もまた有用であるか。人間にそういうものに対する憧憬が存する限り、それは有用であろう。生物には無用だとしても。人間に知性を付与した自然がそれは予想外な事だと言うとしても。するとリルケはこういうかも知れない、自分の言う自己を超越した有用性を、そう解してもかまわぬが、芸術家は、vision など作る人ではない、物を作る人だ、と。併しそれは同じ事になるでしょう。若し芸術家の vision は、物を作り出すという行為のうちでしか成育しない、という事を本当に納得していれば。この事は頭で理解しようとすれば容易ではないが、物を創り出そうと仕事をしている芸術家自身は、よく自得しているところでしょう。

詩人は、人に歌ってもらえばよいが、哲学者は歌うとは何かを教えねばならぬ。二人は、一応は別の事をする筈なのだが、私がベルグソンの哲学に惹かれるのは、沢山の事を教えられたから、というより寧ろ彼の教え方が全く詩人のものだというところにある。彼の哲学に、文学的映像が多過ぎるというのは普通の非難の様だが、そういう事を言ったらプラトンも同様なのであって、そういう平俗な非難は、これら哲学の核心には、当らないと思う。彼は文学と妥協もしていないし、文学に屈服もしていないのだから。或る人が、ベルグソンの文章を評して、まるで、光線の様だと言っているが、彼の様な透明で正確な文章は、フランスでも稀有なものでしょう。彼は哲学者として、ひたすら正確に語ろうとしたので、正確に語れないところは、文学的表現で胡麻化したという様な事は考えられない。彼の天才は、先ず、哲学史などという曖昧なものは一切信用しないところに現れた様です。哲学者の使用する専門語、その正確さが、当の哲学的個人の定義如何に関係する様な言葉はことごとく避けられている。専門語を使わねばならぬ場合は、必ず科学から採られている。正確に考える為には、日常言語で足りるというデカルト的決断、先ずその決断に現れる。次に、実在の絶対性は、万人の意識に直接に与えられている、その永遠の運動は、現に私達が内観により、直覚によって摑んでいる、という信念の強さに現れる。ここから彼の思想の建築が始まる、思想という一種の物を創る仕事が。「意識の直接与件」という対象は、大理石の如く明らかに在る。在るという事は解り切っている。が沈黙している。鑿を振り上げる外にどう仕様があるか。そういう行為が彼の思想である。最もよく切れる鑿は、科学の成果が齎した正確な諸観念に違いなかろうが、それはあんまり切れ過ぎるかも知れぬ、切れ過ぎるとはまるで切れない事かも知れぬ。要するに、あらゆる種類の言葉という道具の性質に精通しなければならぬ、彫刻家が鑿という道具に精通する様に。ここに言葉というものに対する態度の上で、芸術家ベルグソンが現れる。ただ精通の仕方が哲学者なのである。彼は言葉を生んだ知性とは何かと問う、知性を生んだものは何かと問う。かような分析の正しさを保証するものは、「意識の直接与件」に関する信念、知性と本能とは、根源の命から分岐して来たものに違いない、という信念なのである。あとは鑿の精度を大理石で試せばよい、そういう実験の連続が、ベルグソンの vision の精度を自ら現す。こういう彼の、言葉に対する詩人の態度を理解しないから、彼の哲学に反知性主義などを読んで了うのだ。彼の作品には、知性を否定するものも亦知性であるという様な循環は、何処にも見られはしない。彼は知性に使役されてはいない。知性が彼の創作行為の道具である限り、彼は知性の限りを尽す、という事は言葉の限りを尽すという意味でもある。実在の本質的な不正確さが、正確な言葉に敵対し抵抗する。少しも構わない。彼は出来るだけ正確な言葉を採り上げる。丁度、建築家が、美しい頑丈な建築を造ろうと、最も重い堅い石を喜んで採り上げる様に。

パスカルの「パンセ」のなかに、思想家にとって、まことに恐ろしい言葉があります。「ピロニスムについて懐疑的に語る人は少い。子供らしさについて子供らしく語る人は少い」と。ベルグソンが、彼の或る著書を「思想と動くもの」と題した時、動くものについて動く様に語る人は少いと断言出来ただろうと思う。思想と文体とは離す事が出来ない。私が、現代の日本の哲学者達に不満を感じているところは、論理を尽すが言葉を尽しておらぬという事である。観念の群れが、合理的に整合しさえすれば、これに言葉という記号を付ける事などわけはないと信じている様子である。論理に言葉が隷属している以上、定義という権威により勝手な言葉を発明しても一向差支えない。これは、思想家にとって極めて安易な道である。安易な道に慣れた者は、正しく考える為には、日常の言語で充分であるという決心は容易な事ではない。何故かと言うと、私達の日常の言語というものは、長年の間人生の波風に揉まれ、人手から人手を渡り歩いている内に、自らの性格を鍛え上げているものであって、凡庸な哲学者のディアレクティックなどに追従するものではないからである。詩人は専門語など勝手に発明しやしない。日常の言語を使う。永続する事を希う詩という「物」を作り上げる為には、こちらの考え一つではどうにもならぬ様な手応えある材料を欲するからです。そこに文体の問題が否応なく現れる。文体を欠いた思想家は、思想という「物」に決して到る事は出来ませぬ。

文体侮蔑の風は、哲学者ばかりでなく、一般の思想家の間に広く行き渡り、而も本当は何が侮蔑されているのかさえ気付かれてはいない。実は、これは、現実について現実的に語る人が、いよいよ少くなったという正にその事なのだ。真実な思想が現れるとは、一つのシンフォニイが鳴るのと同じである。これほど現代で解り難くなっている事はない。思想は抽象的な図式と変じ、大地に立つ足を失った。図式は、理解力という人間の一能力にしか応じる力を持たぬから、賛成と反対以外に何事も起らぬ。これは一見まことに気楽な光景であるが、実は恐ろしい事が起っている。例えば、平和だとか、人道だとか、自由だとかいう観念は、万人の望む普遍的な観念である。併し、それが単なる観念である限り、人々を沈黙させ共感させる力はない。だから、人々はそこから喋り始める。誰も彼もが合理的に喋っている積りなのだが、もともと厳密に出来上ってはおらぬ定義から出発したのだから、曖昧な系が幾つも幾つも生ずる。つまり平和という観念は、遂に論戦を生まざるを得ない。そんな道を辿るという事が、一体、人間が思索するという事なのか。例えば、ベエトオヴェンのシンフォニイは、彼の思索が実った思想とも言えましょうが、彼の思索とは、音という「物」の新しい秩序をどうして創り出そうかと苦心する具体的な技術である。彼のシンフォニイは、この彼の技術と一体となった、音という実在の世界に関する彼の vision、彼の観を現す。聞く者は、これに共感し、共感はその人に平和を齎す。論争の出発点となる様な平和の観念など現してはいません。人々は彼のシンフォニイから、空論に向って出発する事は出来ない。それは、もうその先きのない、行き着く処に行き着いているのである。一本のレールの上を反対の方向に走って来る汽車が必ず衝突する様な具合に、同じ観念から生れた様々の思想が、衝突事件を惹起しているのを眺めるのは、不愉快な事でもある。暴力に抗する知性などと平気で言っているが、そんな具合に使われていては知性も暴力の一種に過ぎませぬ。

まことに雑然とした話になったが、まあ、初めからこんな具合になるだろうとは思っていました。別段、どんな風にうまくまとまりを付けようという考えもないから、前に触れた宮本武蔵の事について言いたい事で言い残した事があるので、少々補って終りにします。武蔵の事で、私が直ぐ思い出すのは、だいぶ以前ですが、菊池寛氏と直木三十五氏との論争です。直木氏の説では、武蔵という人は、後世の通俗な感傷によって飛んだ人物に祭り上げられて了っているが、実は大した男ではない。偉い兵法家というものは、当時にすれば、例えば、上泉伊勢守の様な人物を言うので、人殺しで人気を取った様な人物ではない筈である。第一、兵法流行の世に武蔵の得た社会的地位を見ただけで明瞭だ。晩年になってやっと田舎藩主の知遇を得たくらいが、彼相応の処である、と言う。これに対し、菊池氏は、上泉某と武蔵とが仕合をしたらどちらが勝ったか、そんな事はわからぬ。ただ二人が書き遺した文章を比べてみれば、一目瞭然ではないか。独行道中の数句の如きものを、徳川時代を通じて一体誰に書けたか。確か、そんな風な論争でしたが、兎も角人気のある歴史上の人物で、近頃では、吉川英治の「宮本武蔵」が大変な読者を持っている様ですが、彼にまつわった伝説の衣をとって了えば、凡そ小説などには仕組みにくい人だという事は確からしい。

彼は、妻子もなく、仕官もせず、殆ど生涯を流浪のうちに送った人だ。晩年の五年間を細川家の客分として過した熊本も、遂に安住の地ではなかった様です。老病に見舞われるに至り、山に隠れ、人知れず死のうと決心し、世上に対しては、蟄居被仰付候という事にして欲しい旨、細川家の老臣に書簡を送って失踪した。併し、こういう異様な企みを、世間は承知する筈がなく、色々の取沙汰も行われ、細川家でも困り果て、帰邸を勧説した。体のいい捕物で、彼は千葉城まで護送され、やがて盛大な葬式など出される始末となりました。書簡の中で、武蔵は「世に逢申さざる躰、無念に存候」と書いておりますが、これを、早世した知己細川忠利の事を想っての言葉ととるのは当るまい。「末の世に拙者一人の儀は、古今の名人に候」と言っている様に、彼は、相会したものは遂に「末の世」であったと悟ったのでしょう。彼の生涯には、華やかなものも劇的なものもない。有名な巌流島の仕合にしても、冷静に工夫を重ねた兵法の、彼一人の為の最後の実験だったので、彼の眼には、恐らく敵も世間もなかったのである。相手の小次郎は、猩々緋の羽織に染革の立附、草鞋穿きという出立ちで、備前長光の大業物を提げて、勝負に臨んだといわれているが、武蔵の方は、絹の袷に、紙縒りの手製の襷をかけ、脇差をさし、尻っ端折り、素足、手製の木刀を持って向った。相手を馬鹿にしたわけではない。相手を研究し、これが、最も能率のいい拵えであるという結論に達していたからである。仕合が終ると、武蔵は、小倉の藩主に謝礼もせず、島からすぐ下ノ関に帰り姿を隠した。大経験さえ味えば、後はただもううるさい事だったのである。武蔵は、所謂英雄でも豪傑でもない。彼の人格や思想の土台は、十三歳の時から始めた、一度も遅れを取った事のなかったという、六十余回の決闘にあったに相違なかろうが、そういう経験も、皆十台、二十台の事であります。それだけの事なら何んでもない。非凡な人も、天賦の力量を、深い考えもなく試す事から始めるものである。私が、武蔵という人を、偉いと思うのは、通念化した教養の助けを借りず、彼が自分の青年期の経験から、直接に、ある極めて普遍的な思想を、独特の工夫によって得るに至ったという事です。戦国時代という時代は、言う迄もなく、教養より、もっぱら実地経験に頼るものが成功した時代で、様々な興味ある実行家のタイプを生んだのであるが、かような経験尊重の生活から、一つの全く新しい思想を創り出す事に着目した人は絶無であったと言ってよい。武蔵は、敢えて、それをやった人だと私は思っている。彼の孤独も不遇も、恐らく、このどうにもならぬ彼の思想の新しさから来たのであって、彼の方から、殊更世間を避けたという様な形跡は全くない。この徹底した現実主義者に、遁世の趣味などあった筈がなく、僅かな文献から推察するのだが、彼の日常生活には、豪傑風の濫費も隠者めいた清貧もない。極めて合理的なものであったらしい。

武蔵は、自分の実地経験から得た思想の新しさ正しさについて、非常な自負を持っていたに相違なく、彼は、これを「仏法儒道の古語をもからず、軍記軍法の古きを用ひず」語ろうとした。これは無論、当時としては異常な事だったし、又、厳密に言えば、不可能な事でもあった。両方とも「五輪書」が証明しています。伝統を全く否定し去って、立派な思想建築が出来上るわけはない。併し、彼の性急な天才は、事を敢行して了ったのである。だから、「五輪書」は、作者が言いたかった事を、充分に言い得た書であるかどうか疑問だが、言わばその思想の動機そのものは、まことに的確な表現を得ている。そういう文章になっている様に思われる。それでよい。それが武蔵という人物であった、という意味では、思想の動機即ち彼の思想であった、と言えるでしょう。これは極めて独創的なものであって、無論、二天一流を相伝した剣術使い達とは何の関係もないものであります。

彼は、青年期の六十余回の決闘を顧み、三十歳を過ぎて、次の様に悟ったと言っている。「兵法至極にして勝つにはあらず、おのづから道の器用ありて、天理を離れざる故か」と。

ここに現れている二つの考え、勝つという事と、器用という事、これが武蔵の思想の精髄をなしているので、彼は、この二つの考えを極めて、遂に尋常の意味からは遥かに遠いものを摑んだ様に思われます。器用とは、無論、器用不器用の器用であり、当時だって決して高級な言葉ではない、器用は小手先きの事であって、物の道理は心にある。太刀は器用に使うが、兵法の理を知らぬ。そういう通念の馬鹿々々しさを、彼は自分の経験によって悟った。相手が切られたのは、まさしく自分の小手先きによってである。目的を遂行したものは、自分の心ではない。自分の腕の驚くべき器用である。自分の心は遂にこの器用を追う事が出来なかった。器用が元である。目的の遂行からものを考えないから、すべてが顚倒してしまうのだ。兵法は、観念のうちにはない。有効な行為の中にある。有効な行為の理論は、あまり精妙で、これを観念的に極める事は不可能であるから、人は器用不器用などと曖昧な事で済しているだけなのである。必要なのは、この器用という侮蔑された考えの解放だ。器用というものに含まれた理外の理を極める事が、武蔵の所謂「実の道」であったと思う。

私は、武蔵という人を、実用主義というものを徹底的に思索した、恐らく日本で最初の人だとさえ思っている。少くとも、彼の名が、軍国主義や精神主義のうちに語られた時、私は、笑わずにはいられなかった。兵法家が、夢想神伝に仮託して流儀を説く事は、当時普通の事で誰も怪しまなかった。又、沢庵の様な、禅を以て剣を説く坊さんがいた様な時代で、見識ある兵法家は、奥義秘伝の表現に、禅家の語法を借りるのも、一般の風であった。武蔵には、禅も修した形跡があるが、そういう風潮からは超脱していた。自分の流儀には、表も裏もない。「色をかざり花をさかせる」様な事は一切必要ない。ただ「利方の思い」というものを極めればよい。そういう考えから、当時としては、恐らく全く異例な、兵法に関する実際的な簡明な九箇条の方法論が生れたのであるが、その中に「諸職の道を知る事」という一条がある。又「諸芸にさわる事」という一条がある。「道の器用」は剣術に限らない。諸職の道にそれぞれ独特の器用がある。又「目に見えぬ処を悟って知る事」という一条がある。器用という観念の拡りは目で見えるが、この観念の深さ、様々な異質の器用の底に隠れた関聯は、諸芸にさわる事によって悟らねばならぬ。武蔵は、出来るだけ諸芸にさわろうと努め、彼の言葉を信ずるなら「万事に於いて、我に師匠なし」という処まで行った。今日残っている彼の画が、彼のさわった諸芸の一端を証しているのは言う迄もないが、これは本格の一流の絵であって、達人の余技という様な性質のものではない。技は素人だが、人柄が現れていて面白いという様なものではない。彼は、自分の絵の器用が、自分の剣の器用に及ばぬ事を嘆いたが、余技という文人画家的な考えは、彼には少しもなかったと思う。それも、器用というものの価値概念が、彼にあっては、まるで尋常と異っていたからだと思うのです。

そこまで来ると、彼の考え方は、当然、次の様に徹底したものとなるのである。それは、思想の道も、諸職諸芸の一つであり、従って道の器用というものがある、という事です。兵法至極にして勝つにはあらず、というのは思想至極にして勝つにはあらずという事だ。精神の状態に関していかに精しくても、それは思想とは言えぬ、思想とは一つの行為である。勝つ行為だ、という事です。一人に勝つとは、千人万人に勝つという事であり、それは要するに、己れに勝つという事である。武蔵は、そういう考えを次の様な特色ある語法で言っています。「善人をもつ事に勝ち、人数をつかふ人に勝ち、身を正しく行ふ道に勝ち、民を養ふ事に勝ち、世に例法を行ふに勝つ」、即ち、人生観を持つ事に勝つという事になりましょう。

武蔵の言う名人を、そういう意味に解するなら、それは決して古くならぬいつの世にも必要な人間である。歴史上の優れた人がとことんまで考えつめた事には、変らぬ真理があるものだ。十九世紀の歴史哲学が誇張したほど、人間は歴史の子ではありませぬ。今日の文化にも必要なのはそういう名人であって、指導者でない。人を指導しようとする魂胆は、人に指導されたいという根性を裏返しにしただけのものだ。両方で思想という同じボールを投げ合って遊ぶのである。自ら欲し、働くという事を忘れ果てたかような人間関係は、人と人とのというより、寧ろ物と物との関係である。指導者は一人ではない、そして、そこでは、機械的状態に起り得る事は、何んでも起ると考えてみれば、今日のわが国の思想界という、故障だらけの途轍もない機械の姿が描かれるだろう。私の勝手な悪夢でなければ幸いである。併し、平均的知識だけで脹れ上った頭脳、知性に奴隷の如く使役されればされるほど、いよいよ現実的で正しいと自負する頭脳、そういう頭脳の驚くべき増大は、現代の最大の野蛮ではないだろうか。野蛮な情熱は、今日ではもう大した事が仕出かせない。皆承知している。だから知性の仮面をかぶるのである。日本の敗戦は、封建主義の誤りであったとは知識人の定説の様だ。それほど私達の背負った伝統の荷は重いのだ、と言うならそれでよいでしょう。併し、後進国というものの特色は、板につかぬ観念が進み過ぎるというところにもある。私達は、封建主義的に戦いはしなかった。私達の出来る限りの近代的に組織された軍隊と産業とを以て戦ったのであるが、到る処で破綻を現した。戦争指導者達の頭脳も、これと照応していたと見る方が正しいと思う。戦いの意義について、好都合に自負しようが為の、近代政治的観念の空転と焦躁とがあったのである。少壮軍人達の暴挙も、「葉隠」の翻訳ではない。あれこれ機械的に読み囓った近代思想の機械的な運動が彼等の情熱に点火したのである。一流のジャアナリズムの論説は何を語ったか。封建主義的思想を語ったか。飛んでもない事です。それは、如何なる事態を説明するにも近代的ディアレクティックは万能であるという事を語ったのである。彼等は時局便乗派であった、と誰が本当に笑えるでしょうか。知性の奴隷となった頭脳の最大の特権は、何にでも便乗出来るという事ではありませんか。

思想が混乱して、誰も彼もが迷っていると言われます。そういう時には、又、人間らしからぬ行為が合理的な実践力と見えたり、簡単すぎる観念が、信念を語る様に思われたりする。けれども、ジャアナリズムを過信しますまい。ジャアナリズムは、屢々現実の文化に巧まれた一種の戯画である。思想のモデルを、決して外部に求めまいと自分自身に誓った人。平和という様な空漠たる観念の為に働くのではない、働く事が平和なのであり、働く工夫から生きた平和の思想が生れるのであると確信した人。そういう風に働いてみて、自分の精通している道こそ最も困難な道だと悟った人。そういう人々は隠れてはいるが到る処にいるに違いない。私はそれを信じます。

中原中也の思い出

1

鎌倉比企ヶ谷妙本寺境内に、海棠《かいどう》の名木があった。こちらに来て、その花盛りを見て以来、私は毎年のお花見を欠かした事がなかったが、先年枯死した。枯れたと聞いても、無残な切株を見に行くまで、何んだか信じられなかった。それほど前の年の満開は例年になく見事なものであった。名木の名に恥じぬ堂々とした複雑な枝ぶりの、網の目の様に細かく分れて行く梢の末々まで、極度の注意力を以って、とでも言い度げに、繊細な花を附けられるだけ附けていた。私はF君と家内と三人で弁当を開き、酒を呑み、今年は花が小ぶりの様だが、実によく附いたものだと話し合った。傍で、見知らぬ職人風の男が、やはり感嘆して見入っていたが、後の若木の海棠の方を振り返り、若いのは、やっぱり花を急ぐから駄目だ、と独り言のように言った。蝕まれた切株を見て、成る程、あれが俗に言う死花というものであったかと思った。中原と一緒に、花を眺めた時の情景が、鮮やかに思い出された。今年も切株を見に行った。若木の海棠は満開であった。思い出は同じであった。途轍もない花籠が空中にゆらめき、消え、中原の憔悴した黄ばんだ顔を見た。

中原が鎌倉に移り住んだのは、死ぬ年の冬であった。前年、子供をなくし、発狂状態に陥った事を、私は知人から聞いていたが、どんな具合に恢復し、どんな事情で鎌倉に来るようになったか知らなかった。久しく殆ど絶交状態にあった彼は、突然現れたのである。私は、彼の気持ちなど忖度しなかった。私は、もうその頃心理学などに嫌気がさしていた。ただそういう成行きになったのだと思った。無論、私は自分の気持ちなど信用する気にはならなかった。嫌悪と愛着との混淆、一体それは何んの事だ。私は中原との関係を一種の悪縁であったと思っている。大学時代、初めて中原と会った当時、私は何もかも予感していた様な気がしてならぬ。尤も、誰も、青年期の心に堪えた経験は、後になってからそんな風に思い出し度がるものだ。中原と会って間もなく、私は彼の情人に惚れ、三人の協力の下に（人間は憎み合う事によっても協力する）、奇怪な三角関係が出来上り、やがて彼女と私は同棲した。この忌わしい出来事が、私と中原との間を目茶目茶にした。言うまでもなく、中原に関する思い出は、この処を中心としなければならないのだが、悔恨の穴は、あんまり深くて暗いので、私は告白という才能も思い出という創作も信ずる気にはなれない。驚くほど筆まめだった中原も、この出来事に関しては何も書き遺していない。ただ死後、雑然たるノオトや原稿の中に、私は、「口惜しい男」という数枚の断片を見付けただけであった。夢の多過ぎる男が情人を持つとは、首根っこに沢庵石でもぶら下げて歩く様なものだ。そんな言葉ではないが、中原は、そんな意味の事を言い、そう固く信じていたにも拘らず、女が盗まれた時、突如として僕は「口惜しい男」に変った、と書いている。が、先きはない。「口惜しい男」の穴も、あんまり深くて暗かったに相違ない。

それから八年経っていた。二人とも、二人の過去と何んの係わりもない女と結婚していた。忘れたい過去を具合よく忘れる為、めいめい勝手な努力を払って来た結果である。二人は、お互の心を探り合う様な馬鹿な真似はしなかったが、共通の過去の悪夢は、二人が会った時から、又別の生を享けた様な様子であった。彼の顔は言っていた、彼が歌った様に――「私は随分苦労して来た。それがどうした苦労であつたか、語らうなぞとはつゆさへ思はぬ。またその苦労が果して価値のあつたものかなかつたものか、そんなことなぞ考へてもみぬ。とにかく私は苦労して来た。苦労して来たことであつた！」。併し彼の顔は仮面に似て、平安の影さえなかった。

晩春の暮方、二人は石に腰掛け、海棠の散るのを黙って見ていた。花びらは死んだ様な空気の中を、まっ直ぐに間断なく、落ちていた。樹蔭の地面は薄桃色にべっとりと染まっていた。あれは散るのじゃない、散らしているのだ、一とひら一とひらと散らすのに、屹度順序も速度も決めているに違いない、何んという注意と努力、私はそんな事を何故だかしきりに考えていた。驚くべき美術、危険な誘惑だ、俺達にはもう駄目だが、若い男や女は、どんな飛んでもない考えか、愚行を挑発されるだろう。花びらの運動は果しなく、見入っていると切りがなく、私は、急に厭な気持ちになって来た。我慢が出来なくなって来た。その時、黙って見ていた中原が、突然「もういいよ、帰ろうよ」と言った。私はハッとして立上り、動揺する心の中で忙し気に言葉を求めた。「お前は、相変らずの千里眼だよ」と私は吐き出す様に応じた。彼は、いつもする道化た様な笑いをしてみせた。

二人は、八幡宮の茶店でビールを飲んだ。夕闇の中で柳が煙っていた。彼は、ビールを一と口飲んでは、「ああ、ボーヨー、ボーヨー」と喚いた。「ボーヨーって何んだ」「前途茫洋さ、ああ、ボーヨー、ボーヨー」と彼は眼を据え、悲し気な節を付けた。私は辛かった。詩人を理解するという事は、詩ではなく、生れ乍らの詩人の肉体を理解するという事は、何んと辛い想いだろう。彼に会った時から、私はこの同じ感情を繰返し繰返し経験して来たが、どうしても、これに慣れる事が出来ず、それは、いつも新しく辛いものであるかを訝った。彼は、山盛りの海苔巻を二皿平げた。私は、彼が、既に、食欲の異常を来している事を知っていた。彼の千里眼は、いつも、その盲点を持っていた。彼は、私の顔をチロリと見て、「これで家で又食う。俺は家で腹をすかしているんだぜ。怒られるからな」、それから彼は、何んとかやって行くさ、だが実は生きて行く自信がないのだよ、いや、自信などというケチ臭いものはないんだよ、等々、これは彼の憲法である。食欲などと関係はない。やがて、二人は茶店を追い立てられた。

中原は、寿福寺境内の小さな陰気な家に住んでいた。彼の家庭の様子が余り淋し気なので、女同士でも仲よく往き来する様になればと思い、家内を連れて行った事がある。真夏の午後であった。彼の家がそのまま這入って了う様な凝灰岩の大きな洞窟が、彼の家とすれすれに口を開けていて、家の中には、夏とは思われぬ冷い風が吹いていた。四人は十銭玉を賭けてトランプの二十一をした。無邪気な中原の奥さんは勝ったり負けたりする毎に大声をあげて笑った。皆んなつられてよく笑った。今でも一番鮮やかに覚えているのはこの笑い声なのだが、思い出の中で笑い声が聞えると、私は笑いを止める。すると、彼の玄関脇にはみ出した凝灰岩の洞穴の縁が見える。滑らかな凸凹をしていて、それが冷い風の入口だ。昔ここが浜辺だった時に、浪が洗ったものなのか、それとも風だって何万年と吹いていれば、柔らかい岩をあんな具合にするものか。思い出の形はこれから先きも同じに決っている。それが何が作ったかわからぬ私の思い出の凸凹だ。

中原に最後に会ったのは、狂死する数日前であった。彼は黙って、庭から書斎の縁先きに這入って来た。黄ばんだ顔色と、子供っぽい身体に着た子供っぽいセルの鼠色、それから手首と足首に巻いた薄汚れた繃帯、それを私は忘れる事が出来ない。

2

汚れつちまつた悲しみに
今日も小雪の降りかかる
汚れつちまつた悲しみに
今日も風さへ吹きすぎる

中原の心の中には、実に深い悲しみがあって、それは彼自身の手にも余るものであったと私は思っている。彼の驚くべき詩人たる天資も、これを手なずけるに足りなかった。彼はそれを「三つの時に見た、稚厠《おかは》の浅瀬を動く蛔虫《むし》」と言ってみたり、「十二の冬に見た港の汽笛の湯気」と言ってみたり、果ては、「ホラホラ、これが僕の骨だ」と突き付けてみたりしたが駄目だった。言い様のない悲しみが果しなくあった。私はそんな風に思う。彼はこの不安をよく知っていた。それが彼の本質的な抒情詩の全骨格をなす。彼は、自己を防禦する術をまるで知らなかった。世間を渡るとは、一種の自己隠蔽術に他ならないのだが、彼には自分の一番秘密なものを人々と分ちたい欲求だけが強かった。その不可能と愚かさを聡明な彼はよく知っていたが、どうにもならぬ力が彼を押していたのだと思う。人々の談笑の中に、「悲しい男」が現れ、双方が傷ついた。善意ある人々の心に嫌悪が生れ、彼の優しい魂の中に怒りが生じた。彼は一人になり、救いを悔恨のうちに求める。汚れっちまった悲しみに……これが、彼の変らぬ詩の動機だ、終りのない畳句《ルフラン》だ。

彼の詩は、彼の生活に密着していた、痛ましい程。笑おうとして彼の笑いが歪んだそのままの形で、歌おうとして詩は歪んだ。これは詩人の創り出した調和ではない。中原は、言わば人生に衝突する様に、詩にも衝突した詩人であった。彼は詩人というより寧ろ告白者だ。彼はヴェルレエヌを愛していたが、ヴェルレエヌが、何を置いても先ず音楽をと希うところを、告白を、と言っていた様に思われる。彼は、詩の音楽性にも造型性にも無関心であった。一つの言葉が、歴史的社会にあって、詩人の技術を以ってしても、容易にはどうともならぬどんな色彩や重量を得て勝手に生きるか、ここに自ら生れる詩人の言葉に関する知的構成の技術、彼は、そんなものに心を労しなかった。労する暇がなかった。大事なのは告白する事だ、詩を作る事ではない。そう思うと、言葉は、いくらでも内から湧いて来る様に彼には思われた。彼の詩学は全く倫理的なものであった。

この生れ乍らの詩人を、こんな風に分析する愚を、私はよく承知している。だが、何故だろう。中原の事を想う毎に、彼の人間の映像が鮮やかに浮び、彼の詩が薄れる。詩もとうとう救う事が出来なかった彼の悲しみを想うとは。それは確かに在ったのだ。彼を閉じ込めた得態の知れぬ悲しみが。彼は、それをひたすら告白によって汲み尽そうと悩んだが、告白するとは、新しい悲しみを作り出す事に他ならなかったのである。彼は自分の告白の中に閉じこめられ、どうしても出口を見附ける事が出来なかった。彼を本当に閉じ込めている外界という実在にめぐり遇う事が出来なかった。彼も亦叙事性の欠如という近代詩人の毒を充分に呑んでいた。彼の誠実が、彼を疲労させ、憔悴させる。彼は悲し気に放心の歌を歌う。川原が見える、蝶々が見える。だが、中原は首をふる。いや、いや、これは「一つのメルヘン」だと。私には、彼の最も美しい遺品に思われるのだが。

秋の夜は、はるかの彼方に、
小石ばかりの、河原があつて、
それに陽は、さらさらと
さらさらと射してゐるのでありました。

陽といつても、まるで硅石か何かのやうで、

非常な個体の粉末のやうで、
さればこそ、さらさらと
かすかな音を立ててもゐるのでした。

さて小石の上に、今しも一つの蝶がとまり、
淡い、それでゐてくつきりとした
影を落としてゐるのでした。

やがてその蝶がみえなくなると、いつのまにか、
今迄流れてもゐなかつた川床に、水は
さらさらと、さらさらと流れてゐるのでありました……

菊池　寛

私には、小説を書くことは生活の為であった。――清貧に甘んじて、立派な創作を書こうという気は、どの時代にも、少しもなかった。

菊池寛「半自叙伝」

「風雲人物読本」という特輯号を出すので、菊地寛という人物について書く様に頼まれた。早急の事でもあるし、何の用意もないままに、もう二十年も前に書いた自分の「菊池寛論」を読み返してみたが、この非凡な人物に対する自分の考えは、今日になっても少しも変っていないと思った。同じ様な事を書く事になるだろうし、断って了うのが一番いいのであるが、私は、菊池寛という人を尊敬していたし、好きだったし、菊池さんからの頼まれ事は、いやな事でもみんなして来た習慣の名残りであろうか、断るのがいやなのである。あれこれと考えているうちに、嘗て浜本浩氏から聞いた或る話を、ふと思い出し、それを書いてみようかと思った。記憶に不確かなところがあるので、浜本氏に会って、もう一度、話を聞く事にした。勿論、菊池氏に関する逸話である。浜本氏は、はっきり記憶していて、詳しく話してくれたが話し終えると、感慨に堪えぬ面持ちで、こう言った。「菊池寛という人は、あの人を、菊池さんとか菊池先生とか言って親しんでいた人達でないと、本当にはわからないところが、沢山あった人だ。そんな気がする」。私には、彼のそう言う意味が直覚出来たので、「いかにもそうだ」と答えたが、彼の言葉は、それからそれへと勝手に考えるきっかけを、私に与えた。

大正昭和の代表的人物のうちに、菊池寛を数えるのは、誰にも異存のないところであろうが、これを逆に言うと、代表的人物菊池寛とは、誰にも異存のない要素ばかりで出来上った人物という事になるだろう。誰が見ても異存のない人間的事実など面白いわけがあるまい。逸話が面白いのは、まともな伝記が逸する話だからである。菊池寛という人が、逸話の問屋の様な人であったことは、近しかった人がみなよく知っているところであるが、誰か、菊池寛逸話集というものを、年譜でもつけて編纂したら、随分特色のある伝記が出来上りはしないかと思う。逸話というものは、その人の顔付き、言わばその人の広義の癖の様なものであるから、当人が作ろうとして作れるものではない。告白は意識的なものである。告白の好きな人は、逸話に於いて貧しく、人物に面白味のない人が多い様である。古人の言った様に、「己れを得んとするものは、これを失う」のであろうか。

菊池さんは逸話に富んだ人であった、と言うだけでは、言い足りない。逸話の大家とでも言って置くか。菊池さんの初期の短篇に、自分の生活を題材としたものがかなりあって、「啓吉物」と言われて、評判だったが、これらのものも、短篇小説というより寧ろ逸話である。格別の工夫も苦心もなく、ただ有のままを書き流した自分に関する実話であって、所謂私小説でも告白文学でもない。私小説好きの文壇が、これを独特な私小説と間違えてとやかく批評しただけの話である。菊池寛の処女作と言えば、「父帰る」であろう。作者は、この作品に、一番自信を持っていたらしい。が、自信と言っても作者自ら書いている通り、「父帰る」は、十年や二十年は残るだろう、後世というものを信じない自分には、作品の生命が十年もあれば満足だ、というだけの事だ。「私は、文壇に出て、数年ならざるに、早くも通俗小説を書き始めた。私には、元から純文学で終始しようという気は全然なかった。私には、小説を書くことは生活の為であった。——清貧に甘んじて、立派な創作を書こうという気は、どの時代にも、少しもなかった」（半自叙伝）。菊池さんは、私に、自分は、純文学で苦心して書いた事は一度もない、通俗小説を書く時には、読者の事を考えたから苦心した、と語った事がある。成る程、尤もな説である。気心の知れぬ幾十万の読者を考えに入れて、小説を工夫するのには、苦心を要するが、自分の思うところを、自分の気に入る様に勝手に書く純文学に、何んの苦心が要ろうか、というのが菊池寛流の考え方なのである。私は、ずい分長く菊池さんに接して来たが、菊池さんが告白めいた話をするのは殆ど聞いた事がない。親交のあった他の人々でも恐らくそうだったのではあるまいか、と私は思っている。これは文学者には、稀有な事であろう。菊池寛という人は、生来、楽天的な、のん気なところのある人で、自己反省の苦しみ、自己発見の苦しみなどには、縁がなかった、という様な見方をしている人も多い様であるが、ああいう鋭敏な心の持主に、そんな事があろう筈がないので、恐らくこの人は、そういう苦しみに、将棊に勝つ様に勝って了った人なのである。棊譜が残っていないだけだ。菊池氏の一生は、意志と実行の一生だったと思う。常識人ではない、常識家たろうと努めて、常識家になりおおせた、いや遂になりおおせなかったかも知れないが、どちらにしても、氏の逸話の魅力は、この努力から生じていると私には見える。そういう人だ。

今日では、純文学という言葉も、曖昧なものになって了ったが、菊池氏が大正期に使った純文学という言葉は、はっきりした意味を持っていた。西洋の近代文学が発生以来、その中心に持っていた自我の問題は、わが国に移ってから、所謂私小説というわが国独特な表現形式に、出口を見付けたのであるが、大正期は、その私小説の全盛期であった。人生いかに生くべきかという問題に関する、作者独特の解釈、少くとも、この問題についての作者の個性的な苦しみが、はっきりうかがえる、そういう文学が純文学だったのである。菊池氏は、これを否定し去ったのだが、そういう作家の苦しみを、到り着くところのない言葉の戯れと考えたところが、氏の純文学否定の根本だと思う。個人の勝手な言葉の戯れが、世人を鼓舞する大文学ともなるという様な天才の特権は、そっとして置こう。自分は、凡人として生きるのが正しいと菊池さんは思って、この考えで一生を貫いた。菊池さんは、文壇に出ると間もなく、「作家凡庸主義」という論を書いたが、作家天才主義の風潮を動かす事は出来ず、誤解を受けただけで、無駄な事であった。当時、若い作家達から一番尊敬されていた作家は、恐らく夏目漱石であったが、菊池氏は、夏目漱石を少しも重んじなかった。「同僚の芥川や久米が崇拝するのが、不思議でならなかった。芥川などは、本気であんなに認めていたのか訊いて見たかった位である」と後年、書いている。「奇警な会話や哲学的な思想や物の見方で、読者は煙にまかれているのである」と書いている。同様な意味で、芥川龍之介も、友情というものは別として、作品の価値は重んじてはいなかっただろうと思う。

菊池さんは、非常な読書家で学問するつもりで読んでいたら、幸田露伴博士の弟子ぐらいな学者にはなれた筈だが、僕のは濫読だから駄目だった、と何処かに書いていた。旅行中も、いつも本を読んでいた。講演で、一緒に金沢の宿にとまった時の事である。朝寝して昼頃起きてみると、講師達は皆外出していて、宿は、森閑としていた。二階に上ると、菊池さんは、独り寝ころんで岩波文庫を読んでいた。起き上って傍に置いた本を見ると、ドーソンの「蒙古史」であった。「ひどいもんだねえ、ずい分人を殺すもんだねえ」と私の顔をじっと見詰め乍ら、言った。無論、私の顔など見ていたのではなく、蒙古の沙漠を見ていたのである。寂しい異様な顔であった。晩年、時々、菊池さんのいかにも寂しそうな顔を見るごとに、私は、心のなかで、ああ、蒙古襲来だ、と思った。一緒に昼飯を食べていると、珍らしく文学の話になったが、「純文学を書こうと思わないが、もし又書くなら、人生観の上で新しい革命的な思想が湧かなければ意味のない事だ。僕の人生観は、若い時から変らないから、同じ事書いたって意味ないんだ」。暫くすると突然、「君、博士になっとけよ」と言った。「その気になれば、辰野隆が何んとかしてくれるだろう?」。私が黙っていると「君、そうしろよ。批評なんかやめちゃえよ」と言った。菊池さんは批評家が嫌いであった。私が、「文学界」を編輯していた時、新人の為に、亡くなったばかりの友人の池谷信三郎を記念して、池谷賞を設け、「文学界」に年二回出すと菊池さんが言い出した。第一回の授賞者は中村光夫と保田与重郎だった。第二回は津村秀夫だった。「又、批評家かね」と菊池さんは渋い顔をした。「今度は、作家にしてくれよ。批評家に三人も賞金出すのいやだよ」

菊池さんは、物にだけ興味を持って、物の見方とか物の考え方の話になると、すぐ退屈そうな顔を露骨にしてみせた。作品もそうなので、前にも書いた通り、「啓吉物」にせよ

「歴史物」にせよ、その魅力は、逸話の魅力なのである。逸話は「物」であって、「物の見方」ではない。文の技巧に頼らず、読者を直接に「物」の面白さに誘い込もうというやり方は、菊池氏の文学上の仕事に一貫していたやり方であったが、当時の文壇は、自然主義小説への反動期で、作家は、めいめいの新技巧に腐心していた。つまり「物の見方」の方を重んじる風が強かった。自然主義小説にしても、わが国では、西洋の自然主義小説とは異って、見たままを描くと言い乍ら、ことさら平凡な題材を描き、こまかな物の見方で読ます風があったのである。その中で、小説の面白さは題材の面白さが八割で、物の見方などトルストイくらいになれば一風変って面白いかも知れないが、普通から言えば、凡人の思い付きで、面白い題材さえつかまれば、結構いい小説は書ける、という菊池寛説は、全くの俗論に思われた。菊池寛の文学は、はじめから文学青年とは縁がなかったのである。「父帰る」は、大正五年に書かれて、「新思潮」に発表されたが、作家にも批評家にも、雑誌の同人達の中にさえ、この作を認めたものは一人もなかったと作者自身書いているのは面白い事だ。恐らく、その魅力が、あんまり簡単明瞭だったからである。後年、上演されて、簡単明瞭な人間劇の面白さに簡単明瞭に感動する一般観客にめぐり合い、劇は大成功をした。これが真っすぐに新聞小説に通ずる菊池さんの道であった。同じ理由から新聞小説も大成功であった。それは作者の言葉を借りれば「日本の現代小説で、翻訳しても外国人に一番わかり易い小説」であった。「真珠夫人」には、ロシヤ語の翻訳まである事を、世人はあまり知らないであろう。氏は、自分の新聞小説を、通俗小説と言っていたが、氏の所謂純文学とさして違いはない様に思う。努めて通俗に書こうとしたとも思われぬ。それより、自分にモオパッサンの才無きを嘆じていただろうと思う。

菊池さんは、文壇的成功の頂上にあったころ、こんな事を書いている。「作家諸子は、人生の観照に就いては、みんな大抵リアリストであるが、芸術というものについては、みんな大抵ロマンチストである――人生の他の凡てのものに幻滅を感じ乍ら、芸術に対しては、なお幻影を持っている。――人生の事物のなかで、芸術だけが、disillusion-proof のものかどうか、私には、甚だ怪しく思われる」、考えとしては新しいものでもないし、文学などつまらぬ、何も彼もつまらぬという文学があっても悪いわけはないが、菊池さんのは考えではない、そう思ったから、そうする事にした、という報告の様なものである。一っぺん報告して置けばそれでお終いである。考える事も勝負をつける事であって、勝負のつかぬ様な考えは、考えと戯れている様で嫌いだったのであろう。勿論、古い文人気質などは全くない人であった。当時の新しい文学者気質からも蟬脱していた。文学者としての自負など少しも持たず、ただ読者の為に書いた。文を売るなりわいが、他の職業より上等という理由もなし、文学の価値は、作家の自信による空想的価値ではない、価値は社会によって、読者によって現実に定るのである。そういうはっきりした考えで、菊池さんは生涯書いていた。そんな点で、己れを重んずるところがなかった人だ。自我が強く、実にわが儘な人であったが、自分というものを少しも重んじてはいなかった。この二つの事は、世人は混同し勝ちであるが、全く違った事なのである。

議論などせずに、菊池さんが、文学の社会化を着々実行してから十年の後、文壇に、読者を持たぬ社会小説が現れ、文芸の社会的価値について、誰も読まぬ議論がやっと行われる様になった。この辺が難かしいところで、例えばフランスの近代文学史は、近代フランス社会の鏡であろうが、日本の近代文学史は、そんな好都合なわけには参らぬ様である。「文藝春秋」を出したのは、菊池さんがたしか三十五の時である。ささやかな文芸雑誌として出発したが、急速に綜合雑誌に発展して成功した。成功の原因は簡単で、元来社会常識を目当てに編輯すべき綜合雑誌が、当時持っていた、いや今日も脱し切れない弱点を衝いた事であった。菊池さんの言葉で言えば、「世の中で一番始末に悪い馬鹿、背景に学問を持った馬鹿」の原稿を有難がるという弱点を衝いた事によってである。

菊池さんは、先駆者の様な顔を少しもしなかった先駆者である。急ぐつもりはないのに、自ら人より先きを歩いていた。先駆者には二種類あるだけだ。菊池さんの類いと、磔になる先駆者と。先駆者面をした先駆者が一番多いが、これは何一つ新しい事を仕出かさない。

菊池さんが、文芸家協会の前身、小説家協会を作ったのは、大正十年である。文学者で誰一人、本当に関心も興味も持つものはなかった。「僕一人でやっている有様だが、今に必ずこの必要がわかる時は来るだろう」と書き、次に大変正しい予言をしている。「積立金は、今、三千円だが、この金が一万円になったら、人々は多少は関心を持って来るだろうと思っている」と。

昭和三年の普選の時、菊池さんは民衆党から立候補したが、落選した。(因に記しておくが、菊池さんが「社会主義について」を書いたのは、大正十年である。日本が社会主義化して行く事は時の問題であり、ただ手段を誤り、過激な事で、そこに進もうとすると、却って反動期をまねく恐れがあるのが心配であるという考えであった。それは昭和廿二年に書かれた「半自叙伝」の続稿を見れば明らかである。今になって言っても益もない事だが、自分の予想は不幸にして適中し、大正末から起った共産主義の弾圧のとばっちりを受けて、自由主義的なものから社会主義的なものへの健全な発展がはばまれて了ったと書いている。)

菊池さんは「敗戦記」という文を書いているが、それを読んでいて面白く思ったのは、当時のどの新聞の政治部も、文学者の立候補など頭から問題にしていなかったという事である。一と口で言えば、われわれ専門家達には、素人のやる事を、真面目には考えられないというわけで、ブルジョア文学者が民衆党から出る、という単なる言葉の組合せだけで、揶揄、冷笑をもって迎えた。彼等は、当選圏内に迫る素人の意外な得票に驚いたが、菊池さんは、当落予想記事に、全然、自分の名が黙殺されていた事が、非常な打撃であったと残念そうに記していた。現代のジャアナリズムが、成功した新聞小説と言っているものの型を発明したのは菊池さんだが、菊池さんは、やはりこの道を歩いているうちに、いつの間にか先きに進んで了っていた。

それは、映画の仕事である。仕事の、実が結ばぬうちに、菊池さんは逝くなったが、晩年の菊池さんが一番本気になっていた仕事は、もう雑誌でも小説でも芝居でもなかった、驚くほどの社会的な影響力を持とうとしていた映画であった。今日になってみれば、菊池さんの拓いた道を歩いている現代の新聞小説家達も、後で映画化されることを念頭に置いて小説を書くというような有様になっているが、やがて小説家が本気になって映画に取組まねばならぬ時は来るだろう。

今日出海君が、私に、こんな話をした事がある。菊池さんは、私の「菊池寛論」を読んだ時、今君にこう言ったそうである。「僕について小林の様な評論は書けるだろうが、誰にも僕の伝記は書けない。誰も知らないんだから。三十幾つだったかの時、誰にも知られない様に生活してやろう、とふと考えたのだ」。ふと考えた時には、恐らくもう実行していたのである。そういう人なのだから。四十を前にして、人生について大いに惑うと書いているが（文芸雑筆）、どういう惑いであったかは、まるで書かれていない。惑いなどは私事であって、公表する価値はないと考えたからであろう。私事の否定の考えは、この合理的な実行家にあって、行く処まで行った様である。嘘をつく事の嫌いだったこの人は、遂に、私生活に関して徹底的な黙秘権を行使するに至ったのである。世間は菊池さんの成功を許したが、そういう不思議な孤独な道に氏を追いやったのも亦世間であった、それも本当だった、と私は思っている。

扨て、先きに触れた菊池さんの逸話を書いて終りにしようと思う。それはお化けの話なのであるが、私が昭和十一年に書いた「菊地寛論」の中でも、菊池さんが北海道の宿屋で女の幽霊を見た話を書いたのである。併し、その時は、ただ、菊池さんという人には、そんな神経質な面もあったというだけの話であった。ところが、昭和十四年の十一月、菊池さんは、又、お化けを見たのである。二度目ではあるし、このリアリストには一向似合わぬ話なので、私は、話よりも菊池さんが、お化けに対してどういう考えを持っているのかを聞いてみたい気がしたが、どうせそんな話は、菊池さんが嫌がるだろうとも考えていた。翌年、一緒に満洲を旅行した時、少くとも私には、はっきりと納得のいく会話を菊池さんと交した。それを思い出したので、書く気になった。今度のは、書く動機がまるで違うのである。

十四年の十一月、毎日新聞主催の、四国講演旅行の折である。一行は、菊池寛、浜本浩、壺井栄、日比野士郎、窪川稲子の諸氏であった。今治市に着くと、プラットフォームに、浜本氏の友人Mが迎えに出ていた。今夜の宿はどこかと聞くので、S旅館だと答えると、Mは、妙な顔をして、S旅館とは、どうしてそんなとこに決めたんだろう、と独り言の様に呟いたそうだ。尤も、この事は、後で思い当った事で、その時はまるで気にも止めなかった、と浜本氏は私に語った。夕方、雨の中をS旅館に行き、あわただしい晩飯を終えると、一行は順ぐりに講演会場に車で行く。菊池さんは最後にやるので、それまで寝る、と言って二階の自分の部屋に引込んだ。浜本氏の番は、菊池さんのすぐ前だったから、講演を済して帰って来るのと入れ違いに菊池さんは出掛けていた。

控室で、日比野氏と窪川氏とが、火鉢をはさんで話し合っている。どうもいつもと様子が違う。何かこちらを憚る風を、浜本氏は感じていたが、やがて、窪川氏は、思い切った風に浜本氏を見上げ、浜本さんに言って了おうか、と言って、菊池さんの部屋に、お化けが出た、と言った。「僕は嫌だから隣りの部屋に寝る。浜本をお化け部屋に寝かす事にするから、浜本には言うなよ」と菊池さんは言って出掛けた、と白状した。菊池さんは帰って来て、皆の様子を見ると、直ぐ「喋ったな」と不機嫌そうに言ったそうだ。

菊池さんは、洋服を着たまま、床に這入って、岩波文庫の「祝詞、宣命」を読んでいた。廊下に廿四五の痩せた男が、短い浴衣を着て、うろうろしているのが、硝子戸越しに見えた。文藝春秋社員の香西昇に実によく似ていると菊池さんは思ったそうである。誰か部屋を間違えたのであろうと思い、気にも止めず、本に眼を移して読み出すと睡くなって来たので、本を顔の上に乗せ、そのまま眠って了った。急に胸苦しくなって、眼を覚まし、本をはねのけて起きようとすると、先刻の男が、馬乗りになっていた。首を絞めにかかったので、何をするか、と菊池さんは両手で男の顎を下から圧し上げた途端、男の口から血が流れ出すのを見た。血のぬめりと一緒に、男の無精髯のチクチクする感触を掌にはっきりと感じた時、菊池さんは、「こりゃ人間ではない」と思ったそうだ。そして「君は、何時から出てるんだ?」と聞いた。すると相手は「三年前からだ」と答えた。菊池さんは、話を続けようとしたが、急にだるくなって寝て了ったそうだ。

浜本氏が、その部屋に寝る事になった。話を聞き乍ら、私は、「気持ちが悪かったろう」と訊くと、「だが、まあ僕は、そんな事、あまり気にかけない方だ」と浜本氏は答えた。菊池さんは、浜本氏の枕元に、「これは魔よけになるんだ」と言って、屋島で買った浜木綿を置き、岩波文庫を取り出して、祝詞を読んだそうだ。

「菊池さんは真面目だったのか」と私は又口をはさんだ。

「真面目だったさ。それに僕に気の毒したという気持ちもあったんだね。いたずらっ気も少しあったかな」と言い、暫く考えてから「そんな事がみんな一緒くたに出来た人なんだ、あの人は」と浜本氏は答えた。さすがに寝つかれず、電燈をつけたまま、長い事、一人で目を覚ましていたが、ふと硝子越しに女が立っているのを見た。出たかと、眼を据えると、立っていたのは窪川氏で、彼女は、肱を曲げ、小首をかたむけて、寝る様子をしてみせ、指を鼻の上でたたいてみせた。「親父は寝たか。花を引こう」という合図と解したから、浜本氏は、直ぐ起きて階下に降り、文藝春秋社の人を加えて、三人で花を引いていた。暫くすると、二階から日比野氏が降りて来て菊池さんが何やら喚いている、と言う。みんなで二階に駈け上って、部屋に行ってみると、菊池さんは、床の上にあぐらをかいて、ぼんやり坐っていた。今度は、菊池さんも何にも語らなかったそうである。浜本氏は、菊池さんが、洋服を着たままでいるのを見て、

「わかったよ。そりゃネクタイですよ。ネクタイが苦しかったんですよ」

と言ってネクタイをほどいた。

翌日、朝飯を終えると、浜本氏は昨日駅に来ていた友人Mの訪問を受けた。Mは、「昨夜、何か変った事はなかったかね」と言った。浜本氏が驚いて、昨夜の事を話し出すのを皆まで聞かず、Mは、

「出たのは若い男だろう。三年前に肺病で死んだここの主人なんだ」と言った。Mの語った長い因縁話を、浜本氏は詳しく語った。

興味がないから、それは略すが、S旅館が化けもの屋敷である事は、今治の土地の人は皆知っていた事で、何故一行がそんな家に泊る事になったかというと、最近そこを買った大阪の人が、菊池寛一行が来ると聞き、景気挽回の好機と考え、既に宿はK旅館と決っていたのを、種々運動した結果であった。次の講演地は尾ノ道だったが、宴会の席上、浜本氏は、或る芸者に、今治の出来事を話したら、彼女は今治で芸者をしていたので、「よく知っている。あの家の泊りは、いつも断っていた」と言ったそうである。

後で、菊池さんと話したというのは、次の通りである。

「又、出たそうですね」

「出たよ」

と菊池さんは、興味もなさそうな顔で、答えた。

「誰から聞いたの？」

「浜本浩から聞きました」

「ありゃ、君、本当の話だよ」

「嘘だと言ってやしませんや」

「だって、ネクタイだとか何んか言うじゃないか」

「ネクタイ？」

「ネクタイから、お化けが出るなんて、現代医学の迷信だよ」

「成る程、迷信だね。お化けって、やっぱりあるのかな」

「あるのか、ないのか、なんて事、意味ないじゃないか。出ただけで沢山じゃないか」

つまり、出たら、君は何時から出ているんだ、と聞けばいい。あとは凡て空想的問題なのである。こういう人を本当のリアリストと言う。リアリストという曖昧な言葉が濫用されているが、この人は、本当にリアリストだと感ずる人は、実に実に稀れなものだと思う。

今、ふと思い出した話を付記して置こうか。最近、今日出海に会った時、話した事である。

「僕は、吉田茂という人に面識はないが、あの人、菊池寛に似たところのある人じゃないのかな。僕は、世評なんか、一度も信用した事はないがね、どうだね？」

と今君に言ったら、彼は、こう答えた。

「似たとこあるよ。この間、座談会の時、いい葉巻をすっているので、少し貰えないかなと言ったら、帰りに呉れたよ。その呉れ方のケチな処なぞ、菊池寛にそっくりだよ」

ゴッホ

1

ゴッホが、絵のほかに、沢山の書簡を遺して死んだのは、よく知られている。私は、かつて、彼の書簡全集を読んで、非常に心を動かされ、この画家の生涯について、評伝風な文を書いた事がある。当時、私は、ゴッホの絵を、複製を通じてしか知らなかったが、そんな事を気にする余裕はなかった。現に、複製は、充分に、ゴッホという人間を語っている様に見えているではないか、と私は、自分に言いきかせていた。「書簡集」は、原画を見たいなどと贅沢を言うな、自分はどんな悪条件の下に絵を描いたか、と言っている様にさえ思われたのである。必ずしも私の勝手な心の動揺ではなかったと思う。ゴッホの「書簡集」は、それほど強い魅力を待った告白文学なのである。

無論、彼は、告白文学など書こうとしたのではない。殆どすべての手紙は、ただ一人の心の友であった弟に宛てて、彼の言葉を借りれば「機関車の様に休みなく描く」仕事の合間に、綿々と記されたのであるが、恐らく、カンヴァスの乾くのを待つ間、机の上の用箋に向ったゴッホのペンは、やはり機関車の様に動き出しただろうと思われる。手紙は言う。「自然が実に美しい近頃、時々、僕は恐ろしい様な透視力に見舞われる。僕はもう自分を意識しない。絵は、まるで夢の中にいる様な具合に、僕の処へやって来る」。彼は、忘我のうちに、何かに脅迫される様に、修正も補筆も不可能な絵を、非常な速度で描いたのだが、手紙の文体は、同じ人間の同じやり方を示している。絵にあらわれた同じ天才の刻印が、手紙にも明らかに現れている。彼の書簡集を読む者は、彼が、手紙を書きながら、「恐ろしい様な透視力に見舞われている」のを感ずる。「夢の中にいる様な具合に」言葉が彼のところにやって来るのを感ずる。忘我のうちになされた告白、私は、敢えてそんな言葉が使いたくなる。そういう告白だけが真実なものだと言いたくなる。何んと沢山な告白好きが、気楽に自分を発見し、自分を軽信し、自分自身と戯れる事しか出来ないでいるかを考えてみればよい。正直に自己を語るのが難かしいのではない。自己という正体をつきつめるのが、限りなく難かしいのである。

ゴッホが、精神病者であった事には間違いはないが、彼の絵が現した世界は、狂気の世界ではないのだし、彼の手紙は、少しも狂ってはいない。併し、其処に、何か特殊な、異常な、病的なものが感じられる事も否定し難いという事になれば、これは面倒な問題になるだろう。ヤスパースは、この問題を、「ストリンドベルグとゴッホ」で扱っているが、この著作が、非常に優れていると思うのは、精神病理学或は心理学の仮説的な理論には、一切頼らず、問題の真の困難を明らかにしている点である。ヤスパースは、ゴッホの病型を精神分裂症としている。この種の病者で、創造力を持っていると認められる例は極めて少いのだし、病気自体が、芸術的な創造力を持つという事も考え難いのであるから、ゴッホの場合など、まことに稀有な例外なのだが、この例外の研究からヤスパースが引き出している最も興味ある考えは、病気は、勿論、ゴッホにとって、仕事の上で大きな障碍だったに違いないが、現に存する彼の作品は、病気という条件がなければ、恐らく現れなかったであろうと考えざるを得ない様な、或る特異な精神の形態を充分に示している、という考えである。誤解してはならないのは、ヤスパースがここで言う精神とは、健康と病気との対立などを超えたものを指すので、病気という機縁によって、病気がなければ、恐らく隠れたままで止ったゴッホの人格構造の深部が、彼の自我の正体が、露呈されて来ると言うのである。ここで、もう一つ誤解してはならないのは、ヤスパースは、こういう考えを、病気という事実と、病人の作品の意味とか価値とかいうものとの間の深い断絶を、はっきり意識した上で言っているという事である。例えば、ビスマークは、議会演説の成功を期する為に、多量の酒を呑んだが、彼の演説の成功は、アルコールの影響によったとは言えない様に、ゴッホの精神分裂症という自然的過程の因果性は、それから発生したゴッホの作品の精神的世界の理解に関して、又、その意義や価値に関して、何事も語らない。これは、人間の生存に結びついた深い矛盾である。私の解釈に誤りがなければ、この矛盾の率直な容認が大事なのであって、恐らく、ヤスパースは、人間の内面に生起する自然過程の因果性が、臆断に頼らず、実証的に明らかにされればされる程、この矛盾は鋭いものとなって現れてくるであろう、と考えるのである。

ヤスパースは、精神分裂症という否定的な事実を提げて、作品の魅惑という肯定的な真実に、正面から衝突する。精神病理学者ヤスパースは、ゴッホを踏切り台として、哲学者ヤスパースに転ずる。科学者の言葉が、哲学者の或は詩人の言葉と交り合う。ゴッホの絵に、分裂病的な特徴を読んだだけでは、何事も始りはしないが、又、ゴッホの絵が、他の健康な天才的才能を言うのと同様な意味で独創的だと言ってみたところで、何を言った事にもならない。彼の絵に現れた「特殊な或るもの」を体験しなければ駄目だとヤスパースは言う。彼の絵の与える「衝撃」を感得しなければ、駄目だと言う。そして、彼は、一九一二年のケルンの展覧会の印象を次の様に語る。「ゴッホの驚くべき傑作とともに陳列された全ヨーロッパの千篇一律な表現派の作品を見ながら、狂人たらんことを欲して余りに健全なこれらの多数者の中で、ゴッホだけが唯一人の高邁な、自分の意志に反しての狂人であるという感を抱いた」と。

ゴッホの手紙に戻ろう。狂人の告白を誰も相手にはしないが、普通人の告白でも、先ず退屈極まるものであって、面白がっているのは告白する当人だけであるのが、普通である。ひたすら自分を自分流に語る閉された世界に、他人を引き入れようとする点で、普通人の告白も狂人の告白と、さほど違ったものではない。自分自身を守ろうとする人間から、人々は極く自然に顔をそむけるものである。他人を傾聴させる告白者は、寧ろ全く逆な事を行うであろう。人々の間に自己を放とうとするであろう。優れた告白文学は、恐らく、例外なく、告白者の意志に反して個性的なのである。彼は、人々とともに感じ、ともに考えようと努める、まさに其のところに、彼自身を現して了うのである。ゴッホの手紙が、独立した告白文学と考えても差支えない様な趣を呈しているのも、そういう性質による。決して彼しか見舞わなかった様な不思議な彼の歎きも、人々が和して歌う歌の様に現れているし、いかにも彼らしい希いも、万人の祈りの様に書かれている。歎きも希いもしていない時には、休みなく批評しているが、批評は、極めて鋭く、自分に対して一番厳しい。ゴッホは、作家にもなれればなれたかも知れない。言葉を扱っても、彼の表現力は、強く豊かで、天賦の才を示しているが、もっと驚くべきものは、彼の天賦の無私であろう。彼の無私が、彼の個性的な一切の性癖を透過して言葉を捕える様に見える。たしかに彼の「書簡集」は、彼の意に反して個性的である。では、彼が無私に表現せんとする意志に最も強く抵抗した、彼のうちの最も個性的なものは何んであったか。言う迄もなく、精神分裂症である。

ゴッホは、自分の病気について、非常に鋭い病識を持っていた。彼が、発病から自殺に至るまで、自分の病気と戦って来た武器は、それ以外にはなかったのである。病気は、遂に、彼に勝った様に見えるが、病気は、彼を錯乱のうちに倒す事は出来なかった。命を絶ったのは、彼自身の仮借のない認識の力であった。

ゴッホは、自分の病気が、恐らくは不治かもしれぬ精神病とはっきり決った時に、こう書いている。「僕は、自分に振られた狂人の役を、素直に受け容れようと思っている。丁度、ドガが公証人の役を演じた様に」。又、手紙の中には、こういう言葉もある。「要するに、常に誠実である様に努力するのが、恐らく僕の病気を防ぐ唯一の道であろう」。美しい巴旦杏《アマンド》の花盛りを描いていて、彼は、突然、獣の様に倒れる。発作は何処から来たか、彼の知らぬ間に、彼の内部の何処で準備されていたか。恢復期に現れる昏迷や錯乱のうちに、狂気と正気とのけじめをどうつけたらよいか。宗教的な心の昂揚は、病魔の業かも知れないし、絶望や感情の沈滞は、正気のきざしかも知れない。彼のいう誠実であろうとする努力とは、そういう誰とも分つ事の出来ぬ奇怪な問いの苦しみだったのである。

アルルで最初の大発作が起り、入院して恢復したが、退院後間もなく、町の人々は、この危険人物が、町のアトリエで自由に仕事をすることに反対し、警察は、止むなく、彼を再び病院に監禁した。その頃、パリにいた弟も、いろいろの心労から病気になっていた。弟は、兄の自殺の後、狂死したのであるから、精神病の素地は彼にもあったと見なければならない。当時、ゴッホが、弟からどういう症状を訴えられたか明らかではないが、ゴッホが弟に答えた手紙の一節――「町の人々から自分の健康の事を訊ねられると、いつもこう言ってやる。君達の手にかかって一ったん死んでから出直すのだ、そうすれば、僕の病気は死ぬであろう、とね。病気が死ぬのに手間はかからぬとは言わないが、一度真剣に病気になれば、二度と病気にはかからぬ事を、君ははっきり納得する筈だ、君は健康であるか病気であるかどちらかだ。若いか老いているかというのと同じだよ」。健康と病気との対立が、或は正気と狂気との区別が問題なのではない。そういう果しない問答を見下す視点が、彼には欲しかった。それは、普通の意味で、傍観的な立場を言うのではない。そういう視点を、わがものとしなければ生きて行けないところに追い詰められていたのである。だから、彼は、病気の中で一ったん死ぬとか、真剣に病気になるとかいう言葉で、それを言うのである。狂人の役を演ずるとは、演じ終れば、恢復期の病人の役を演ずると言う事だ。診断書が書ければいいという事ではない。正気と狂気との交替という脅迫に耐える生存の全的な意識が、彼には必要だったのである。それは、常に勝つとは限らぬ休みのない自己克服の道だったのであり、そういう究極の明識を得ては、又、これを失う様は、明滅する強い光のように、彼の書簡集に現れている。

サン・レミイ精神病院で、ゴッホは沢山の狂人達を観察する。見たところは、乱雑な動物園の様であるが、彼等は、彼等なりに、お互に理解し合い、助け合って生きている事を知る。彼が、庭で絵を描き出すと、狂人達が見物にやって来る。誰も彼の仕事の邪魔をする様な者はない。「分別も作法も心得ている点では、アルルの市民共などの比ではない」と彼は言う。新患者が入院する。夜昼を分たず絶叫して暴れるので、浴室に監禁される。ゴッホは或る日、われに還る。喉が腫れ上って四日も食事が出来ない。自分も亦新患者の様に絶叫していた事を知る。彼は、眠られぬ夜、病室の鉄格子越しに外を眺める。「ああ、湿った、融けかかった雪が降っている。僕は夜中に起き上って、田舎の景色を眺める。自然が、こんなに心を緊めつける様な感情に満ちて見えた事は、決して、決して今までになかった事だ」と彼は弟に書く。

「恐ろしい様な透視力」が、何処から来るのか、それは本当のところ何を見抜いているか、恐らく彼自身にもわからなかった。「君は、或るオランダの詩人の言葉を知っているか。『私は、地上の絆《きずな》以上のもので、この大地に結び附けられている』と。これが、苦しみながら、特に、所謂神経病を患いながら、僕の経験した事である」と彼は言う。絆は緊張のあまり切れる。彼は絶叫する。その異様な断音は、彼の手紙で、絵で鳴っている。聞える人には聞えるのである。

2

一昨年の五月、オランダで、ゴッホの百年祭があり、欧洲各地から集められた、恐らく三百点を越えていたと思うが、多数のゴッホの作品が、クレーラー・ミューラーとアムステルダムとの美術館で、展覧された。印象は、実に強いもので、私は、嘗て複製で、彼の絵を見た時の感動を新たにしたが、嘗て見たものは不完全な画面であったが、それから創り上げた感動は、感動というものの性質上、どうしようもなく完全なものであったと思った。私は、どの絵も、熟読した彼の書簡を思わずに、眺める事は出来なかった。どの絵を裏返してみても、手紙の文句が記されている様な気がした。絵が額縁の中に自足し、安んじている事が出来ず、背後に記された呪文によって、揺れ動き、外に出て行こうとする様子をしている様に見えた。

ゴッホは、死ぬ前の手紙の中で、「自分は仕事に生命を賭した」と書いているし、彼の最期を看とった医者のガッシェは、「芸術に対するゴッホの愛と言うのは当らない。それは信仰、殉教まで行った信仰だったと言うべきだ」と言っているが、そういう言葉なら、セザンヌにも、一応は当てはまったかも知れない。併し、ゴッホが、セザンヌの様な画家と大変異っていたところは、絵の仕事は、遂にゴッホという人間を呑みつくす事は出来なかったというところである。勿論、これは、普通の意味で、ゴッホが自分の絵に不満を持っていたとか、自分の持っていたものを表現し切れずに終ったとかいう事ではなく、この画家のもっと深い生き方、彼に固有の運命的なものに関るものなのである。セザンヌは、自分の絵に死ぬまで不満を感じ、辛い努力を続けていたが、自分の生きて行く意味が、自ら悉く絵のうちに吸収され、集中されているのを疑った事は恐らくない。彼は、先駆者の孤独を賭けて、新しい絵の道を拓いた人だが、これは、絵画上の知識や技術の長年の忍耐強い貯えの上に行われたものであり、絵は予言的な性質に満ちていながら、古典的な充足のうちに安らってもいた。晩年の画風に、不思議な一種の不安定が現れるのを見るが、それも技術の奥義を極めた者の、飽く事を知らぬ新工夫だったのである。絵は、セザンヌという人間を隠す。彼の書簡集は、彼の絵にくらべれば、全く言うに足りぬ表現であって、彼の絵を照らす様な意味合いは、殆ど見当らない。セザンヌが、絵のモチフと言う場合、それは、言わば、世界は一幅の絵となる為に在るという意味であったが、ゴッホという熱狂的な生活者では、生存そのものの動機に強迫されて、画家が駆り出されるとも言えるであろうか。而も、彼自身その事をよく意識していたのである。ゴッホという人間を知る上に、彼の書簡集が、大変重要なのは、単にそれが彼の絵の解説であるが為ではない。書簡と絵とが、同じ人間のうちで横切り合うからだ。書簡の現すところは、絵を超え、絵の現すところは書簡を超えて進むからである。

理想家という言葉は、ゴッホに冠せるには弱すぎる。というよりも所謂理想家は、自分の身丈に合わせた、恰好な理想論を捕えるものだが、そういう理想ほど、ゴッホに遠いものはなかった。寧ろ、理想が彼を捕え、彼を食い尽したのである。理想に捕えられ、のたれ死にまで連れて行かれたトルストイは、理想の恐ろしさをよく知っていた。彼の定義に従えば、理想とは達する事の出来ぬものだ、達せられるかも知れぬ様な理想は、理想と呼ぶ様な価値はないのである。ゴッホは、文字通りトルストイ的定義に従って、これを「自分が常に感じている恐ろしい必要」と呼んだ。このオランダ人の血管には、バロックの血が流れていた。彼の書簡集で、いつも畏敬の念をもって語られている画家はレンブラントだが、レンブラントはスピノザの嫡子である。スピノザも亦、別の言葉で理想を同じ様に定義している。「神を愛するものは、神から報酬を期待する事は出来ない」と。無限なもの、究極のものへの飢渇が、絶えずゴッホを駆り立てていたのであるが、こういう類いの大理想家達が、キリスト以来、例外なく、人間世界の鋭い、呵責ない観察家であった事は、興味ある事である。徹底した究極の理想にしか動かされぬ様な人が、どうして、現実の姿を曇らすあれこれの理想などに興味を持とうか。

ゴッホは、二十七歳の時まで、一度も画家になろうなどと思った事はなかった。画家生活と言っても、弟を除いた誰も彼を画家とは認めなかったし、絵の一枚も売れない絵かきを、職業画家とも言えぬわけだが、そういう画家生活も、十年しかなかったのであり、その三分の二は、独学による暗中摸索である。後世を驚かす様な絵を描いた期間は、僅か三年。これだけでもかなり異様な事である。絵は、ゴッホを駆り立てた大きな飢渇が強いた最後の手段であったが、どういう目的の為の手段であったかを、恐らく彼は明答出来なかったであろう。目的とは、神から期待出来ない報酬だったであろうか。ドストエフスキイは、「白痴」を書く動機に関して、決して喜劇として現れぬドン・キホーテという非常に難かしい考えを書いているが、ゴッホも亦、そういう難かしいドン・キホーテだったと言える。敢えて、ゲルマン風のムイシュキンだったと言ってもいいのである。事毎に他人と衝突するゴッホの強さは、自尊や自信の現れではないし、ムイシュキンの無抵抗性は、常識のいう謙遜や善意を語っていやしない。二人とも、この世のものとも思われぬ嵐を心に蔵していて、彼等を愛して、彼等の心を覗くものを不幸にせずには置かない。テオは狂死に導かれ、ラゴーヂンは人殺しになる。

ゴッホの一生は、言わば、自殺でやっと最後の幕が下りた、飢渇の劇の連続なのだが、最初の大きな劇は、ボリナージュの炭坑で行われた。新しい熱狂に捕えられると、彼には、いつも準備という様なものが不可能になる。正式の牧師となる課程を放棄し、彼は、説教師として、単身ボリナージュの炭坑地に赴くのだが、彼がした事は、尋常な説教ではなかった。真黒な坑夫達の中にあって、自分の白い顔が恥しく、顔に炭を塗る事であった。彼等の為に、なけなしの懐中をはたく事であった。パンを与え、着物を与え、寝台まで与えて、乞食の様な風態で土の上に寝る事であった。坑夫達は彼の常軌を逸した献身に、聖者の面影を見たが、教会は、説教師の体面を汚すものとして、彼を追放した。

彼は、既に、恋愛にも美術商にも語学教師にも失敗していた。世間並みにやって行ける様な人間ではない事はよく自覚していた。彼は穴蔵に隠れたつもりでいたが、世間は追って来た。当時の弟に宛てた長い手紙を読むと、彼を最も苦しめたものが、幻滅や絶望や憤懣ではなかった事がよくわかる。彼を一番苦しめたものは、彼の言葉で言えば、「深い真面目な愛」が、今度は何処に出口を見つければいいのかという事であった。「内部の思想が、外部に現れるなどという事が、あるのだろうか。僕等の魂の中には、大きな火があるのだろうが、誰も暖まりにやって来る者はない。通りすがりの人々は、煙突から煙が少々出ているのを見るだけで行って了う」。そういう事であった。

アムステルダムの会場には、ゴッホのデッサンの豊富な陳列があった。石炭掘りの男女が、大きな石炭の袋を背負って行列している。ゴッホの内部で、彼の知らないうちに画家は眼を覚ましていたのである。「深い真面目な愛」が、出口を見つけ出すのに、ゴッホに相談する必要はなかった。私は、この子供らしいデッサンを、未だ絵にはなっていないという風には眺める事が出来なかった。農夫と田舎とを描くデッサンが、これにつづくのだが、それは「真面目な出口」が次第に大きくなって行くという風に見られるのであって、恰好なモデルとか美しい自然とか、又これに準ずる絵画的手腕とかいう様な言葉を受けつけない。画題は、画家によって選ばれたのではない。生活の貧窮が、彼に強制したものである。好みという様な曖昧なものが介在する余地はなかったし、又、そういうものを、ゴッホは、生れつき持っていなかった。空想を交えぬ生活が強いるものだけと、彼は闘って来たが、画家の眼覚めは、彼の本質を少しも変えはしなかった。自然を前にして、自然の見方を考案するという様な事は、彼には思いもよらぬ事であった。自然とは、貧乏人の生活に、侵入して来る容赦のない力なのであり、絵筆はこれを緩和するわけにはいかない。絵筆を持たされた彼は、ただ、「要するに、上っ張りを着て、小さな赤旗を手にした踏切番が、何んて陰気な天気だ、と思いながら、見るに違いない、感ずるに違いない、その通りに空を仕上げたいのである」。この単純な事実が根本のもので、その奥は極め難いと信ずる他に、彼はどんな美学も必要としなかった。この孤独な独習画家が歩いたのは、所謂、郷土芸術家や農民画家の道ではなかった。画家は、一種の観念や感覚を以って、自然に近附くと自負してはなるまい。人が自然と交渉するのは、そういうものを通じてではない。生活や労働を通じてである。「デッサンは、人間の言うに言われぬ調和的な形であるとともに、それは、雪の中で、人蔘を抜いていなければならぬ」と彼は言う。自然とか人生とか、風景画家とか肖像画家とか、そんな言葉はない。百姓女が、雪の中で人蔘を抜いている、という変り様のない事実があるだけだ。「生とは、実に呆れ返った実在だ。僕等は、みんな、こいつに向って何処までも追い立てられる」。新たに「こいつに向って追い立てられた」時に、彼は絵筆を握っていた。これが、彼のあらゆる力が集中されたと見える写生の極意である。ボリナージュの坑夫達の行列がつづくのだ。坑内の水除けの為に、彼等が合羽に仕立てて着ている荷造り用の古布には、「取扱注意」という印刷された文字があった。かつて、これを、限りない同情を抱いて眺めた時に、ゴッホの筆は、本能的に動いたが、今は、黙した熱狂に変じた。こん度こそ、一人だ、誰も自分を追放する事は出来まい、と恐らく彼は思ったであろう。併し、そうではなかった。やがて、狂気という敵が、彼に取りつき、生涯彼を離さなかったのである。

3

ゴッホが、大色彩画家として現れるのは、アルル以後の制作によってである。それは、誰も知る通りだ。彼が、アルルに来たのは、一八八八年の二月、春を告げる西北風《ミストラル》が荒れ狂い、雪は、見る見る消えて、巴旦杏《アマンド》の花が咲く。彼の色彩の目覚めは、まるで季節に強迫される様に起った。「緊急」と書かれたカンヴァスや絵具の註文が、弟の許に殺到する。「灼けつく様な太陽の下で、ただもう刈り取ろうと夢中になって、口も利かない百姓の様に、急いで、急いで、急いで描き上げた黄金色の風景」とゴッホは書く。もうミレーもドラクロアも印象派もない。考えあぐねた色彩論のことごとくが、アルルの太陽の中で燃え上る。十二時間休みなしに働き、十二時間前後不覚に眠りこむという日がつづく。彼は、「これは死ぬか生きるかの努力」だったと言っている。「恋愛するものの慧眼と盲目とで」「機関車」の様に働くと書いている。絵は忘我と陶酔とのうちに成り、「自分で自分の仕事の判断もつかぬ。善し悪しも見えぬ」と言う。併し、大事なのは、彼自身この異常な精神の昂揚のうちに、何か不吉なもののあるのをはっきり嗅ぎつけていた事である。強迫するものは太陽だけではない。自分を襲うものは自分自身の中にもある。書簡を読んで行くと、大発作の起った十二月が近づくにつれ、彼の予感が、次第に強くなって来るのがはっきりわかるのである。サン・レミイの病院にあって、「自分に振られた狂人の役を、素直に受け容れよう」と心を定めて了ったゴッホは、前年、アルルで達した「黄色の高い色調」を回想し、あれほどの黄金色の緊張を必要とし、これに達し得たというのも、心が狂わなければ不可能な事だったであろうと言っている。

アルル時代から一変したゴッホの色彩は、後代の画家達に大きな影響を与えた。ゴッホはエクスプレッショニスム或はフォーヴィスムの先駆者だという事がよく言われるのである。アルルのキャフェを描いた有名な絵があるが、この絵について彼が書いている「赤と緑とによって人間の恐ろしい情熱を現そうとした」という言葉が、評家によって屢々引用されている。物に色があるだけではない、色自体が何事かを語る、という考えは、アルル時代の書簡の各所で語られているのだが、そういう事から、ゴッホの色彩の知的な象徴主義という様なものを簡単に引出すわけにもいくまい。彼は、抑え切れぬ内部の想いを吐露しようとして、自ら大胆な自由な色彩の使用に誘われた。彼が一番好み、重んじた黄色にしても、それが何を現すかを彼は言う事が出来なかった。彼が、はっきり言えたのは、その色調の緊張には、発狂が賭けられていた、という事だ。彼は、一時、パリにあった時、印象派の色彩に強く影響されたが、これは、ドラクロアによって開眼された彼の色彩に関する考え、「自然の色から出発するな。自分の色調の調和から、自分のパレットの色から出発せよ」という根本の考えを変えはしなかった。彼にとっては色彩の不安定は、光の分析によって現れるのではない。内的な感情の動きに結びついた色が動揺するのである。パリに来る前、彼の頭が色彩の問題で充満していた頃、彼は既に、そういう色彩の魅惑と危険とをよく感じていた。こんな事を書いている。「絵画に於ける色彩とは、人生に於ける狂熱の様なものだ。これの番をするのは並大抵の事ではない」

アルルの太陽に灼かれて、憑かれた様に色彩を追い乍ら、デッサンをする暇もない事を、彼は歎いているが、実際、デッサンは、彼にとって色彩の狂熱を見張る番人の様なものだったかも知れないのである。「友人の画家と一緒に、初めてこの場所にやって来た時、彼はこう言った、こんなものを描くなんて真っ平だな。僕は黙っていた。僕には驚くべきものに見えたのだ。この馬鹿をやり込めてやる気にもならなかった。僕は、又してもこの場所にやって来る。又しても、又しても、又しても。僕はデッサンを二枚描いた。この平ったい、さよう、何んと言ったものか、ただ無限と永遠との他何物もない様な風景」、彼がそう言っているアルルの野のデッサンの前で、デッサンは、ゴッホの番人だったという考えが私に浮んだのである。彼の言う通り、其処には絵になる様な趣は何一つない。雑草と灌木、畠から地平は丘に限られて、向うは雲一つ浮ばぬ空。それが、眼の悪い人には拡大鏡が要るほど、精細に、克明に描かれている。サン・レミイの病院に監禁され、発作と妄想と戦う苦痛を、彼は色彩に託する。病院の庭に滲みわたる秋の色を描いているが、この色調を説明する彼の手紙は、鮮やかな詩人の映像《イマージュ》を示している。紅殻色と灰色と黒との色調は、私達狂人の仲間の悩んでいる或る感覚、「黒い様な赤い様な」と言っているあの苦しい感覚を現している、と。成る程、彼の言う通り、絵は、そういう無気味な感覚で、見るものを動かすのだが、同じ庭のデッサンがあって、石のベンチを取巻く雑草や薔薇の花や木に這い上った蔦の葉やらが、実に正確な筆致で描かれている。これを見ていると、線というものの性質の命ずる限定とか選択とかいうものによって、動揺する画家の心が抑えられて緊張する様がよく感じられるのである。小さな素朴な花を群がりつけた優しい雑草の線は、自制された画家の激する想いを担い、点火すれば、色彩の渦となって燃え上りはしないかと思われる。そういうデッサンの充実した不思議なリズムは、オランダ時代、ひたすら人間や事物の真形を見極めようとして描いたと思われる幾多のデッサンには見られなかったものである。

ゴッホの書簡集を初めて読んだ時、漠然とゴッホという衝動的な画家を考えていた私を、一番驚かせたのは、彼の批判力の細かさと鋭さとであった。発狂も、この力を鈍らす事は出来なかった、と言っただけでは足りない。発狂は却って、この力を異常に冴え渡った病識となし、彼の生存を支えるに至った事は、前に述べた通りである。セザンヌは制作の中心観念を「感覚」と呼んだが、ゴッホの強い主観にあっては、そういうものは、寧ろ「感情」とか「情熱」とかと呼ばれるべきものだったであろうが、彼も亦セザンヌの様に、そういうものの実現は、自然との相談ずくでなければ不可能である事を、頑強に信じ続けたのである。併し、ゴッホには、セザンヌの忍耐も時間も欠けていた。自然から出発すべきか、自分のパレットから出発すべきか、という問題は、技法の上では、デッサンと色彩との、鋭く対立する矛盾となって、この短命を予感した性急な画家には、現れた様である。麦の黄金色に、彼の心が、いよいよ高鳴れば、埃にまみれ、色褪せた、取るに足らぬ雑草の線が、彼の葦ペンを否応なく惹きつける。ゴッホという人間を、恐らく最もよく理解していた弟のテオは、兄を評して「彼は彼自身の敵であった」と言っている。「まるで彼のなかには二人の人間が棲んでいる様だ。優しい細かい心を持った人と利己的な頑固な人と。二人は交る交る顔を見せる」とテオの言う通り、結末は一人が一人を殺す事に終ったのである。テオは、ゴッホの画家としての天才を、最も早くから確信していた人だ。では、ゴッホの天才とは、傑作とは何か。やはりこれは別人のものではない。独自の様式に達したゴッホの絵は、奔放な色彩だけで出来ているのではない。色とデッサンとの格闘によるのである。彼の傑作を眺めていると、彼の明察は、両者の矛盾による緊張を希っていたといら、身を捩じながら、う風にさえ思われて来る。糸杉の緑と黒とは、デッサンに絡みつかれて、身を捩じながら、果しない天に向う様だ。色は画面の到るところで線に捕えられ、苦し気に、円や弧や螺旋や渦巻きのアラベスクを作る。彼は言う。「僕は、いつも自然を食べて、待っている。誇張してみる事もあるし、モチフを変えてみる事もある。併し、結局、絵全体を発明して了うという事は決してない。それどころか、絵は、自然の中で、縺れが解けて、自ら出来上って現れて来る」。縺れが解けるとはどういう事か。自然との戦いに終りはない事を、彼はよく知っていた。もし彼の仕事に成功があったとしたら、恐らくそれは彼の探究や努力と区別する事の出来ぬものだったであろう。私の眼の前に、自ら現れて来るアラベスクの縺れは、解ける機を決して知らない様である。それは複雑で、謎めいていて、そのまま抗し難い効果で輝く。その奏でる強いリズムは、鳴り止まず、私は、もう何を聞いているのかわからない。影も遠近も雰囲気もない、この平坦な色の渦巻きには、底のない不思議な奥行が感じられ、見る人は其処に落ちる。

かつて、ゴッホについて書いた動機となったものは、彼が自殺直前に描いた麦畠の絵の複製を見た時の大きな衝撃であったが、クレーラー・ミューラーの会場で実物を見た。絵の衝撃については、心の準備は出来ている積りでいたが、やはりうまくいかなかったのである。色は昨日描き上げた様に生ま生ましかった。私の持っている複製は、非常によく出来たものだが、この色の生ま生ましさは写し得ておらず、奇怪な事だが、その為に、絵としては複製の方がよいと、私は見てすぐ感じたのである。それほど、この色の生ま生ましさは、堪え難いものであった。これは、もう絵ではない。彼は表現しているというより寧ろ破壊している。この絵には、署名なぞないのだ。その代り、カンヴァスの裏側には、「絵の中で、僕の理性は半ば崩壊した」という当時の手紙の文句が記されているだろう。彼は、未だ崩壊しない半分の理性をふるって自殺した。だが、この絵が、既に自殺行為そのものではあるまいか。彼の尊敬したレンブラントの自画像は、影の中から浮び上る。レンブラント自身は、恐らく影の背後に身をひそめていたであろう。ゴッホの最後に描いた自画像は、明るい緑の焔の中にいる。彼自身の隠れる場所は画面の何処にもなかったのである。

セザンヌ

1

印象派の時代以来、音楽は、絵に強く影響し始めた。ゴッホの手紙を開いてみても、色彩の orchestration（管絃楽編成）という言葉が屢々使われている。色とは ton（音）、正確に言えば、tonalité（音調）の事だ。画家は色を塗るのではない、ton（色調）を編成するのだ。セザンヌは、motif という言葉を好んで使った。アトリエを出て、画架を担いで、motif を捜しに行くという風に言った。sujet（画題）を捜しに行くのではない、展開すべき motif（導調）を見附けに行くのだ、というわけだ。セザンヌの使った独特な色彩の技法に、modulation とか gradation とかいうものがある。こういう言葉の意味を正確に定義する事は難かしい。セザンヌの手紙や伝記に散見される彼の言葉から見ても、当人さえ正確には使っていない様に思われるので、それは仕方がないとしても、こういう言葉が音楽家の言葉から来ている事には間違いない。modeler という言葉は、モデルに倣って、形を作り出すという意味だが、画家は平面の上で立体のモデルの形を決めねばならないから、画家が modeler するとは、凹凸の感じを色の明暗によって現す意味になる。ところが、セザンヌは、modeler という普通の言葉を使うのを嫌った。modeler というより moduler と言うべきだ、と言うのである。そう呼んだところで概念の上では、違った事にはならないのだが、画面に物の量感を出す為に、様々な色調の調和とか対照とかに独特な工夫を凝していると、実感として音楽家の使う moduler（変調する）とか modulation（変調）とかいう言葉が使いたくなる、そういう次第なのであろう。gradation という言葉にしても同じ事で、これは、メロディイとかリズムとかの運動が、ピアノからフォルテに、或はレントからヴィヴァチェに移って行く場合に生ずる、区切りをつけては聞き分けられぬニュアンスを言うのだが、そういう言葉をセザンヌが好んだという事は、色彩を、暖色から冷色に至る音階のなかに動く音の運動として扱う感性に由来すると考えていい。要するに、そういう風に、音楽家の用語が、画家の用語になって来たという事は、絵に与えた音楽の影響が、決して表面上の事ではなかったという事を示している。

セザンヌは、光の波とともに浮動する印象主義の風景を何んとかして安定させようとした。彼の眼は、自然の拡りより、自然の奥行に向けられ、瞬間の印象より、持続する実体を捕えようとした。そうして出来上ったセザンヌの絵の独特の魅力は、建築的という言葉で、普通言われているが、それは、やはり音楽的だと言っても差支えないと思う。セザンヌは大変音楽を愛した人だ。彼の好んだモチフという言葉は、ワグネルが有名にした言葉であるし、セザンヌの若い時の絵には、タンホイザーを主題にしたものが何枚もある。彼が、タンホイザーに感動したのは、恐らくボードレールがタンホイザー論を書いたのと同じ頃の事だったであろう。そして、セザンヌがボードレールを尊敬していた事も間違いはないだろう。言う迄もなく、ワグネルはロマン派音楽の発達の頂点に現れた、管絃楽製作の達人であった。器楽的和声音楽の大理論家であった。そういう人が歌劇に夢中になったについては、彼には彼なりの理由があったのであって、彼には、演劇に音楽を当てはめるという様な考えは少しもなかった、寧ろ逆で、音楽から劇が流れ出したのである。ベートーヴェン以来、和声の転調や音の色彩の利用が急速に発達して、和声の機構或はダイナミックが、拡大し複雑化し、ワグネルに到って、音楽は、その表現力の万能ではち切れんばかりになった。言わば音の感動の振幅が極限に達した。そういう時に、音楽現象を、そのまま音が演ずる劇とワグネルが感じたのは、極めて自然だった。表現力の万能がはち切れて、従来の管絃楽の標題音楽的観念を突破し、舞台の上で形象化するに至る、そういう風に音楽を感受したのも、ワグネルには自然な事だった。「バレーのない歌劇」に腹を立てた当時のパリ人に抗して、ボードレールが看破したのは、ワグネル歌劇のそういう原動力だった。彼が動かされたものは、ワグネルの音楽の文学化された或は視覚化された姿ではない。音楽の影響を受けて、普通な意味で音楽的な詩を書こうとしたのではない。そんなものなら誰でも書いているのである。彼が音楽から、詩の為に奪おうとした富とは、彼に続いたサンボリスト詩人達の仕事を見れば明らかな様に、近代音楽の内部構造そのものだったのである。セザンヌの音楽に対する憧憬にも同じ性質のものがあったと考えてよい。タンホイザーの演奏を聞いて一気に書かれたワグネル論に現れた美文調に惑わされてはいけない。そんなものは何んでもない。それよりも、「批評家が詩人になるという事は、驚くべき事かも知れないが、詩人が、自分の裡に、批評家を蔵しないという事は不可能だ。私は、詩人を、あらゆる批評家中の最大の批評家とみなす」という彼の有名な言葉は、ワグネル論の中にあるという事が大事なのである。純粋詩の運動の先駆者としてのボードレールには、自然に発生した歌、例えば民謡の様に、詩と音楽とが渾然と統一していて、歌うものはそれを意識さえしない、そういうところに現れる純粋性ほど遠いものはなく、そういうものへの復帰を、彼は希ったのでもない。彼にとっては、それは純粋性というより寧ろ自然性なのであって、その場合、人はただ歌を歌っているので、歌を作っているのではない。

詩作とは日常言語のうちに、詩的言語を定立し、これを組織する極めて微妙な高度な知的技術であり、その意味で詩人は最大の批評家なのである。このアンチ・ナチュラリストが、ワグネルの音楽のうちに鳴渡るのを聞いたのは、そういう詩人の知的な自負心の構造なのであって、彼の言葉を借りれば、それは、「逸楽と認識とからなる強度な光」の如きものであった。

言う迄もなく、近代音楽は、発達した楽器の上に立っている。男女の性別や個人の差に密着した人声を乗り越えて、常に同一な純粋な音を任意に発し得るし、人声では到底不可能な豊富な和音や正確な転調が易々と出来る楽器の上に、非人間的な音のメカニスムの批判的な使用の上に、立っている。近代音楽は、和声も転調も知らぬ民謡の様に、肉体の生理的な動きと同じ持続のうちに持続する純粋に時間的な芸術ではもはやなくなったのだ。肉声を基礎として音を知覚して来た世界に、楽器の発達によってもたらされた大変動とは、私達の知覚にとって音の構造が一変してしまったという事なのである。それよりも、近代以前の音楽には、音の構造とか構成とかいう概念がなかったとも言えるのである。光のスペクトル分析と同様に単音の含む倍音の物理的関係の発見、というよりそういう発見の素地としての合理的な自然観の普及というものは、私達の感性に影響せずにはすまぬ。

音調が時間的順列によって進み、歌い出す最初の音によって、音調の種類が定まるという民謡に適した旋律的な言わば生理的な音楽は、和声音楽の出現とともに空間化した。音階という言葉が示す如く、基礎音がCであろうがDであろうが、音は、整然たる階段をなして空間的に並ぶ、従って変調も自在であるという、そういう形式が考えられてはじめて、音調というものに法則性が現れたのである。そういう音楽理解の形式も、これに照応する感性の変化がなければ芸術の問題として意味がないわけだ。和音とか不協和音とかは勿論、その組織のうちにある旋律にしても節奏にしても、これら感覚の動きをあやつる具体的な技法のうちには、音響学の分析的な観念が滲透しているわけだ。composer（構成する）とか compositeur（構成する人）とかいう言葉が、普通は主として作曲とか作曲家の意味に使われているというのも、近代の和声音楽が、作品の意識的な知的な又純粋な構成という事にかけては、典型的な芸術である処から来ているのであろう。

セザンヌの絵が音楽的と言えるのは、そういう意味なのであって、彼が、音楽家の持つ純粋な構成家の精神を画家として持っていた処に、彼の苦しみがあり、独創性がある。セザンヌは、印象派の画家達とともに絵を描きはじめたのだし、この革新的な運動にも参加していたし、又モネを尊敬していたが、モネの有名な技法から、直接には少しも影響を受けなかった。印象派の絵と音楽との関聯については前にも触れたが、これは、印象派の画家が光の印象を追って対象の姿を次第に消して行ったところに生ずる効果が、対象の支配から全く自由な音楽的な効果を想わしたというに止まる。モネの絵は揺れ動く。一瞬の印象を定着しようとして、彼は、光の推移を現して了った。徹底したリアリズムの道を歩こうとして、「小鳥の様に歌って了った」、そういう意味では、モネの絵は音楽的だ。或は抒情的と言ってもいいかも知れない。併し、彼の絵を前にして、シンフォニイや室内楽を想う事は出来ない。印象派の影響下に描かれたセザンヌの初期の静物にしろ、風景にしろ、視覚上の不安定を示しているものはない。平俗な意味で音楽を想わせる様なものはない。静物は、意識的に構成された室内楽の様に鳴っているのである。

2

ギャスケの「セザンヌ」のなかに、セザンヌが、モチフという言葉をどういう意味で使っていたかに就いて、当人の談話が記されているので引用する。

或る日、セザンヌは、ギャスケの前で、モチフを摑んだと言って両手を握り合わせた。モチフとは、つまり、これだ、と言う。ギャスケが、腑に落ちぬ顔をしていると、セザンヌは、両手を離し、両方の指を拡げて見せ、又、これを、静かに、静かに近附けて、握り合わせ、一本一本の指を、しっかり組み合わせた。そういう動作を繰返しながら、彼は、こんな風に説明したそうだ、——「こういう具合にモチフを捕える。こうならなくてはいけないのだ。上に出し過ぎても、下に出し過ぎても、何も彼もめちゃめちゃになる。少しでも繋ぎが緩んだり、隙間が出来たりすれば、感動も、光も、真理も逃げて了うだろう。解るかね。私は、自分のカンヴァスを同時に進行させる。何処も彼処も一緒に進行させる。ばらばらになっているものを、取り集めて、凡て、同じ精神の中に、同じ信念の中に、ぶち込むのだ。私達の見るものは、皆ちりぢりになる。消えて行く。そうではないか。自然は常に同じだ。併し、何一つ残りはしない、眼に這入って来るものは何一つ残りはしない。自然はその様々な要素とその変化する外観とともに持続している。その持続を輝やかすこと、これがわれわれの芸だ。人々に、自然を永遠に味わせなければならぬ。その下に何があるか。何もないかも知れない。或は何も彼もあるかも知れない。解るかね。こんな具合に、私は、迷っている両手を組み合わす。私は、左から、右から、此処から、彼処から、何処からでも、色調や色彩や影を持って来る、そしてこいつを固定する。一緒にする。すると、線が出来る。物になる。岩になる。樹になる。そうしようと考えているわけではないのだがね。そいつ等が、自ら量感《ヴォリュム》を装う、明度《ヴァルール》を手に入れる。そういう私のカンヴァスの上の、量感とか明度とかが、私の眼前にある面《プラン》とか色の斑点とかに照応するなら、しめたものだ。私のカンヴァスは両手を握り合わせた事になる。ぐらつかない。上にも下にも行き過ぎない。真実であり、充実している。だが、もし、少しでも気が散ったり、気が弱くなったり、特に、或る日写し過ぎたと思えば、今日は昨日と反対な理論に引きずられたり、描き乍ら考え込んだり、要するに私というものが干渉すると、凡ては台無しになって了う。何故だろう」

セザンヌの書簡にも、又、いろいろな人によって伝えられたセザンヌの警句や理論のなかにも、私の読んだ限り、こんな面白い言葉はないと思った。こういう言葉は、彼の言葉を読んでいるというより、彼の絵を見ている様な感じがする。絵を描くという仕事の他は、何も本当には信じていなかった、いかにもそういう人の言葉の感じが現れている。モチフという言葉も、両手を握りしめなければ、彼には説明がつかないのである。セザンヌは、晩年、エミール・ベルナールという若い画家と親交があったので、絵画に関するセザンヌの意見が、ベルナールによって沢山伝えられているが、どうもそういうものは、質問責めにあったセザンヌの困却を現している様にも思われる。例えば、「自然を、円筒と球と円錐とで処理する事」という有名な言葉にしても、その一つだが、まるで、後になって、キュービスムの理論家達によって、誤解されるのが目的で言い遺された様に見える。

恐らく、セザンヌには、印象派の画家のモチフとは、握り方の緩んだ両手に見えたであろう。光を摑もうとする手から物が逃げた。彼の言葉で言うなら、モネは素晴しい眼だが、眼に過ぎないと見えた。セザンヌが摑みたかったのは、自然の瞬間の印象ではない、自然という持続する存在であった。併し、彼は、印象派に決して反対を唱えたわけではない。今、挙げた彼の言葉にしても、実は逆で、モネは眼に過ぎないが、何んと素晴しい眼だ、というのが彼の言葉通りだ。極端に走った印象派の感覚的な写実主義に対して、絵画に精神性或は思想性を回復しようという、例えばゴーガンの様な反動的な考え方は、セザンヌには恐らく少しもなかったので、そういう意味では、彼は、寧ろ印象派の写実主義に同意してこれを乗り超えて了ったと言った方がいい様である。彼は自然の魅力を、自然の語りかけて来るものを、何一つ捨てようとは思わなかった。「私のカンヴァスでは、何処も彼処も、同時に進行」すると彼は言う。実際、彼の未完成の作品を見ると、それは明らかなのだが、それよりも、彼が、自然を、何処も彼処も同時に進行していると感受していた事が根本である。光は形、凡ての物の形を徹底的に壊しにかかるが、色の反映に抗して、固有色が、線が、構造が頑固に現れ出ようとする。瞬時も止まらず移ろい行き消えて行く印象に、各瞬間毎に、確乎たる統一の感覚が現れるのは何故なのか。彼は、相戦い、相矛盾する感覚の群れを、悉く両手のうちに握りしめたかった。どういう解決の方法があったのか。恐らく、彼には、無私と忍耐と、と答える他はなかったであろう。

リルケは、「ロダン論」を書いた後、セザンヌに大変心を動かされて、「セザンヌ論」を書こうとしていた事が、彼の夫人への手紙で知られている。彼の意見は手紙では即興的に断片的に書かれているのだが、この恐ろしく鋭敏な詩人が直覚したところは鮮やかに感じられるので、これはやはり「ロダン論」にある思想の延長なのである。セザンヌの絵が啓示する自然というものを考えていると、自分は嘗て自然の前にじっと坐った事さえ、一度もないという気がして来る、とリルケは言う。成る程、自然を歌う詩を、いくつも作ったが、自然はただ自分の詩作の機縁に過ぎなかった。自然という楽器を、気ままに掻きならしていたに過ぎぬ。或は、自分の見ていた自然は、無限に大きい誇張された存在で、私は、これに当てもなく引摺り廻されていた様である。そのようなものは、決して真実な自然ではない。自然の差し出す顔の一つ一つに自分は引っかかっていたのだ、いや寧ろそれは自分自身の様々な表情だったのであろう。そういう事を、セザンヌの絵のきびしい潔白な客観性或は即物性が教えてくれた。そういう意味の事をリルケは書いている。このきびしさ、潔白さが、本当の処、人々には、なかなか納得がいかないのである。他の単位《ユニット》の混入を一切拒絶して、ひたすら自然に即して正直に潔癖に描く人が、どんな客観性を現すに至るか、それが解らぬからセザンヌの絵に何か怪しげなものを見て了う。セザンヌの絵を受け納れる批評家達も、「精神的把握」という様な尤もらしい甘い言葉を担ぎ廻っている。新婚夫婦や一家団欒の素人写真に、「精神的把握」でも発見した方が増しではないか、とリルケは嘲笑している。

ボードレールに、「腐肉」という有名な詩があるが、セザンヌは、この詩を好み、晩年に至っても、一語も間違いなく暗誦していた、という話、(この話はヴォラールの「セザンヌ」の中にある話で、ヴォラールがヴェルレーヌの事をセザンヌに再三訊ねたが、セザンヌはこれに答えず、いきなり「腐肉」を歌って聞かせ、「ボードレールは強いのだ。彼の絵画論は実にあきれたものだ。ちっとも間違いがない」と言ったと言う)、この話に、リルケは非常に大きな意味を附している。セザンヌ自身の考えは解らないのだから、これはリルケの独断という事になるかも知れないが、独断が、彼の批評の隠し持っている力なら、それも差支えあるまい。誰も知っている様に、この詩は、すがすがしい夏の朝、小道の砂利の上で、太陽に照らされ、蛆《うじ》をわかせ、臭気を上げて腐って行く死体を歌ったものだが、この詩の力には、題材の異様さとか作者の嗜好上のロマンティスムとかエキゾティスムとかいうものでは説明のつかぬものがある。私には、この詩は直ちにゴヤの或る種の絵を想わせるが、ボードレールの絵画論の中にゴヤの諷刺画を激賞した文章があって、これを読んでいると、自作の「腐肉」にも当てはまる様にも思われる。ボードレールに言わせると、ゴヤの「カプリス」に現れた笑いは、絶対的なもので、諷刺的な意味を超えて了っていると言う。ああいう絵を眺めていると、描かれた王様がシャルルだろうが、女王が何だろうが、一向頓着のない、単純素朴な画家を感ずる。己れの独特な手法の充溢と確かさを頼んで、その為に、この画家は、自分の脳の奥底に、生き生きとした震動が起っている事だけを感じているだろう、と言う。「腐肉」の笑いもそういうものだ。読んで行くにつれて、砂利の上の腐肉は、鳴り、煌き、息づき、ふくれて、ゴヤの夢の様になる。「但し、この夢は、諸君の日常の眠りを、一定の期間を置いて、必ず訪れる夢だろう」、と作者はゴヤに就いて言った同じ事を自作に就いても言いたいであろう。ボードレールの脳の奥底にも同じ震動がある。肉体を焼き解体して自然に返すものは、太陽の光だが、又、それは詩人の錬磨された視力でもある様だ。

リルケの考えでは、画家にしても詩人にしても、存在とか実存とか呼ばれているものに対する態度によって、その真偽がわかるのである。これは態度であり良心であって、単なる観察ではない。「存在するもの」に、愛らしいものも、厭わしいものもない。選択は拒絶されている。「腐肉」も避けられぬ。だから、大画家にとって、見るとは自己克服の道になる。熟考も、機智も精神的自由さえ安易な方法と思われる様な職人的な努力になる。セザンヌが、自然の研究だ、仕事だ、と口癖の様に言っていたという事は、画家は、識見だとか反省だとかいうものを克服して了わねば駄目だという意味なのである。これは、意志とか愛とかいうものの、一種苛烈な使用法の問題だとも言えるので、リルケはいかにもリルケらしい言い方で、それを言っている。「私はこれを愛する」と言っている様な絵を画家は皆描きたがるが、セザンヌの絵は「此処にこれが在る」と言っているだけだ、と言う。セザンヌは、人間なぞ誰一人愛さなくなって了ったかも知れないのである。愛を失ったからではない。愛を示したくなくなったのだ。愛は判断ではないと悟ったからだ。彼は自然に向って愛すると言う。名前もない、口も利かない自然は、セザンヌの愛を呑み込んで了う。

セザンヌは、彼の「モチフ」の裡で、絵筆を動かす。「自分というものが干渉すると、みんな台無しになる、何故だろう」と彼は訝る。

3

マドリッドのプラードの美術館に、ヴェラスケスの絵が沢山ある。晩年の有名な大作、「メニナス」の前に立った時、私は実に深い感動を味った。それは色彩による調和の極限という強い静かな感じであった。メニナスというのは、はっきり知らないがスペイン宮廷の侍女の意味らしい。幼い王女に、侍女達が晴着を着せてやっている。それを描いているヴェラスケス自身が、画架を前にして、パレットを持って立っている。小人の道化めいた男がいる。犬がいる。其他、忘れて了ったが、まだ数人の人物がごたごたといた。要するに主題は、宮廷画家としてヴェラスケスが日常見慣れた極く平凡な室内風景である。恐らくヴェラスケスのアトリエであろう。私は何度も行って長い事眺めたのだが、何がどんな構図で描かれていたか、はっきり思い出す事が出来ない。それほど全体の色の調和から来る純粋な魅惑には驚くべきものがあって、為に、主題は圧倒されていたのだと言ってもいい様に思われる。物質とか原料とかいう意味の matière という言葉は、転じて、事柄の上では、ある事の由来する理由とか、かくかくの話になる筋合いとか訳とかいう風に使われるが、ヴェラスケスの画を眺めて、はっきり感じられるのは、その事なので、彼の絵が出来ているマチエール（原料）は勿論色だが、それが即ち彼が絵を描くという仕事のマチエール（理由）であるし、彼の絵の真のマチエール（主題）は色であるという感じが直かに来るのである。例えばレンブラントを見ていてはそうはいかない。レンブラントの肖像画を見ていると、其処にまざまざと現れている人生の苦がさと言った感じから逃れる事は難かしい。この大画家の絵の色彩は、彼の制作の理由と格闘している様だ。背景の黒は、画家の苦がい思想が現れるのを隠している様だし、背景から現れて来る人間の顔の黄色からは、もう視覚では捕える事の出来ぬ何かが現れて来る様だ。ヴェラスケスの「メニナス」ではそういう事は全く起っていない。色彩の支配は絶対的である。中央の幼い王女は、肖像画の様に綿密に描かれているが、肖像画ではない。生き生きとした無垢な子供の顔だが、フィリップ大帝の娘ではない。毎度着せられる晴着なので、一向晴着などに気のない、そのあどけない可愛らしい顔を見ていると、ヴェラスケスの色だけを無心に信じて生きている様に見えて来る。

プラードという美術館は、実に豊富な美術館で、ヴェラスケスが学んだイタリアの大色彩画家達の絵も沢山あるが、ヴェラスケスの絵と一緒に見ると、ヴェラスケスが、先輩達から、その健康と精力とを充分に受けついで、全く新しい世界を創り出している事が、はっきり分る。それも、最近の画家達によって濫用されている様な、直ちに眼につく様な革新的技法によるのではない。画家の技術について殆ど知るところのない私達の眼にも、新しい技法と映る様なものには、大して価値がないのが普通である。ヴェラスケスのした数々の新しい発見は、傍人には勿論、彼自身にも恐らく大変微妙な難かしいものだったので、実際の技術の忍耐強い成熟のうちに溶け込んで了うより他はなかった、そういうものだったであろう。これは健全で正常な事に思われる。色彩の魔術について、ボードレールの忠告があったに拘らず、ドラクロアを見た時には、私はヴェラスケスを見た時程には動かされなかった。ヴェラスケスの、細かなニュアンスを持った敏感な透明な色調は、直かにマネに通じていると感じた。絵具の質の内部に光を隠している様な、美しいマネの青や黒が眼の前にあった。いや、私は、殆どセザンヌの色調さえ見る想いがした。ヴェラスケスの色彩には、華々しいものも、特に効果を狙ったと見えるものもなく、渋いと言ってもいい程沈著なものだが、画面全体が、豊かな拡りと奥行をもった、堂々たる和音となって鳴っている様だ。これは単なる比喩ではなく、そうはっきり感じる事が出来たので、これに比べると、ドラクロアもそうだが、ヴェネチア派の大色彩家達の画面から来るものは、ポリフォニイの魅力の様に思えた。「メニナス」が陳列されている部屋には、鏡があって、画面がいっぱいにうまく映る様になっている。絵を後にして、鏡を覗き込むと、隣りの部屋に、直ぐ這入って行ける様な感じがする。こんな子供らしい仕掛けを思いつかせたというのも、恐らくこの絵の抗し難い魅力から来ているのであって、私達は、何んとなくヴェラスケスのアトリエに這入って行きたくなる様な気持ちになる。それは単純な絵のリアリズムから来るのではない。ヴェラスケスの描き方は、自由で柔らかく、人も物も殆ど素描めいて描かれているのだが、そういうものが集って作り出す効果には、驚くほどの正確な統一が現れて来る。アトリエ全体が親しげに語りかけて来る巨きな人間の顔の様だ。部屋全体が和やかに輝やいていて、陳列室と画の中のアトリエとの間に空気が通い合っている様だ。

ヴェラスケスは外光派ではないが、明らかに光の画家だ。私は鏡を覗き込み乍ら考えた、彼にモネのプリズムを持たしても、彼は果して驚いただろうか、と。ヴェラスケスは、光の波を分割はしなかったが、彼の描くアトリエの内部には、光の粒子が充満している様に見える。モネの様に分解された彩色はないが、室内が光の粒子で満たされる様な全体的な効果を出す為の彼の手法は、極度に分析的なものであった筈である。光った空気は、分裂して室内の様々な像、人間や犬や画架や窓や壁にかけられた絵や、そういうものになる。そういう色彩構成に関する色の可能性についての極度の意識が、この画家にはあったと考えざるを得ない。光が壊れて物象が壊れる、それは見易い、解り切った現象だが、自分は光も物も壊したくはないのだ、と、そんな事をこの画家の極度な意識は呟いていたかも知れない。ヴェラスケスの眼は全体を見ている。全体を見ているというより、色彩の言葉、色彩の意味の極まるところを意識していると言った方がいいかも知れないが、そういう強い意識から、アトリエのうちに雑然と配置された人間や物の一つ一つが演繹されている、描き分けられている、そういう感じを受ける。部分色《トン・ロカル》の否定という様な事は、この画家には、もう自明の事だったであろう。人間も物も、室内の明暗や遠近に従って、決して定かな輪郭を持っていない。互に影響し合い、関聯する揺れ動いている色調ではあるが、一つ一つがはっきりした造形性を主張している様だ。人も犬も呼吸している様だし、窓からも額縁からも、それぞれの量感や質感が、はっきり伝わって来る。セザンヌの所謂色のグラダシオンが、画面の到る処で行われている。

セザンヌの書簡のなかに、こんな言葉が書かれている。「無論異議はないと思うが、私はこう確信する――視覚器官の中に視覚的感動が生ずると、色覚によって提示される様々な面に、半音とか四分の一音とかいう等級が、光にとってつけられて了う。それ故画家にとって、光というものは存在しないのである」と。晩年のヴェラスケスが、そんな事を書き遺していたとしても、私は別段驚かないであろう。歴史というものは不思議なものだ。何事も取返しのつかぬ様に時は経って行くのだが、又それ故に、私達は、現在に基いて過去を取返す真似しか出来ない。マネが教えるところに従ってヴェラスケスを見るという事になる。印象派の画家達が浪費した色彩が、次第に整理され抑制されれば、遂にヴェラスケスの色彩に到達するだろうなどと夢想もする。

印象主義の技法は、画家の光の問題を解決したのでもなければ、一応の解決を提供したものでもない。印象派の影響を受けたセザンヌは、やがて、光は画家にとって存在しないなどと言い出したのだし、マネは弟子のモネの影響を受けたに相違ないが、又これに抵抗しようとしたに相違ないと思われる。

4

「アンプレッショニスムとは何かと言うのかね。ごった返った色覚さ。画布の上で色調をばらばらにする。網膜の上で、これを掻き集める。そんな事は、乗り超えて進まなければならない」。セザンヌは、そうベルナールに語ったというが、セザンヌがアンプレッショニスムを乗り超えたのは、勿論、制作上の実際の技術によってであるから、これを言葉で説明するのは無理な事である。彼自身の言葉にしても、彼の画から感受したところに基かない限り、その意味をはっきり摑む事は難かしい。セザンヌは、自身も言っている通り、空の青さをモネから教えられたし、又、恐らく、凡ては色だ、影も色だ、とピサロから教えられたのであるが、それを土台として、セザンヌが、彼独特の色彩観を成熟させて行ったというところが根本の様だ。セザンヌにとって、凡ては色彩だ、という事は、前にあげたベルナール宛の書簡で言っている様に、画家にとって、光というものは存在しない、という意味であった。彼は、ベルナールに、こんな風にも言っている。「光を生み出すわけにはいかないのだから、他のものを借りて、これを現さなければならない。この他のものとは即ち色だ。そうはっきり悟った時、私はやっと安心した」と。こういう言葉を読むと、様々な色とは様々な波長を持った光であるという、当時、画家達を強く動かした新知識の影響から脱するという事が、容易ではなかった事がわかる。光学に関する新しい知識は、画家達の視覚を、或る意味で非常に鋭くしたのだが、この鋭さに酔う事は、結局、画家達を一種の袋小路に追いやる事になった。この事を、セザンヌは、恐らく早くから看破したのであって、彼はアンプレッショニスムから貰うものは貰って了うと、思い切ってヴェネチア派のコロリスト達まで戻ってみた様である。健康が喜びであり、喜びが思想であり、思想が色彩であった彼等の自在な職人の手と眼との延長の上に、絵画の近代化が行われない筈はない。アンプレッショニスムの理論は、絵画の伝統的な発展の上には実はないのである。言わば外来者だ。色の本質を求めて光を得るという科学者の道は、現前する色という存在をそのまま信じ込む画家の道とは、初めから出発点が異っている。「画家にとって光は存在しない」というセザンヌの言葉は、色の本質という問題は、色の存在に固執する画家の本来の気質を乱すに足りぬというはっきりした態度を語っている様に思われる。

セザンヌの色彩感受の道は徹底したものであって、光も他の物象と同様に色と見たし、空間さえ色として感じている様である。彼は、面《プラン》という言葉を好んで使っているが、色は到る処で、色彩あるプランとして現れる。震えるのは光の波ではなく、彼の言葉を借りれば、自然が呈示している様々な「プランの魂」が震えるのである。空間のプランも、青味を帯びた魂で震えている。こういう感じ方は、アンプレッショニスト達の感じ方と全く逆だとも言える。アンプレッショニスト達が、色の限りない変化を追い乍ら、自然が光の波のうちに解消して了うという風に感ずるところを、セザンヌは、光に対して自然は、物の形や構造によって限りなく複雑に抵抗するという風に感じたと言えるので、そこに彼のプランという言葉が現れる所以がある。プランとは抵抗面なのである。前にも述べたところだが、木の葉が緑なのは、緑の他の色を木の葉が吸収して了うからだ。吸収されるとは、光のエネルギーが、木の葉の組織の共鳴現象に変ずる事だ。一枚の木の葉も多種多様なニュアンスの緑の面を示すが、それらのニュアンスを決めるものは、光の明度と言うより、葉緑粒の量とか配置とかいうもっと根柢的なものだろう。そんな風に、セザンヌは、はっきり考えなかったであろうが、彼の「プランの魂」という言葉は思い附きではあるまい。彼の眼は、浮動する光のニュアンスを貫いて見たと言えるであろう。アンプレッショニスムが否定した固有色《トン・ロカル》というものを、セザンヌは復活させたとは、誰も言うところだが、以上の様に考えて来れば、セザンヌの眼にはトン・ロカルの否定も肯定もなかったであろう。色と言えば沢山だったであろう。それぞれの物の形や性質に密着している多種多様な色があり、光というもう一つの色の介入によって、互に衝突したり引合ったりしている。印象ではない。そういう視覚的世界が実在する。セザンヌには、この驚くほど複雑な力学的関係を結んでいる面《プラン》という色の単位だけを信ずれば足りたのである。こういう道が容易ではないのは、これは、現前する面という純粋な存在の下には、彼が言った通り、「何物もない、或は凡てが在る」と考える事だからだ。或は、それは、存在の一種の無意味と無秩序に堪えて、ひたすら見るという事だからだ。見るという事に修練を重ねる画家にも、この道が容易ではないのは、例えば美しいという言葉さえ惑わしに満ちて、余計な不潔な意味を帯び兼ねない、それほど自然を裸にして見る事だからである。

セザンヌの色は実に美しい。ルノアールの色も透明で実に見事なものだが、セザンヌのあの文字通り眼を吸い附ける様な色の力はない様に思う。印象派を通って来たセザンヌは、画面に光源が明らかに辿れる様な絵も描いているが、それは既に印象派に見られる様な重要な意味を失っているので、完成期になると、光源など何処にあっても少しも構わぬ様な絵となる。画面全体が、やわらかく光る。光は絵の内部からやって来る様だ。反映を作って物の形を消し去ったり、明度の加減で物を浮き上がらせたり、影となって消え去ったりする光は画面に現れて来ない。そういうものは、色のプランという楽音的単位を得て了ったこの画家には、自然の騒音に過ぎなかったであろうか。凡ては色の関係から来る。全体の色の調和が、画面を万遍なく巡回する光を生む。色のプランは、画面に平行して執拗に二次元性を保持し乍ら、その色調の大胆な或は微妙な対照による緊張感や平衡感は、近づいたり、遠ざかったりして鳴る和音の様で、それにつれて描かれた物象は、眼に向って進み或は画面の奥に退く。彼には、機械的な遠近法は無用である。面と面との協和や反撥から生ずる空間や距離の感覚は、現実の遠近に応ずる視覚のイリュージョンとは全く異るもので、それは空間感覚というより、何かリズミカルな運動感である。サント・ヴィクトアールの山は近くにも見え、遠ざかっても見える。遠近法の線は、光の線が光源を指して集らぬ様に、決して水平線の一点に向って消え去りはしない。遠ざかっては、又画面を一巡して還って来る。山も岩も樹木も、空間とともに、見ているうちに、まことに複雑な運動を開始するが、結局、眼に見えぬ軸をゆっくりと一巡する様に見える。様々に展開して揺れ動くモチフが、和声音楽の厳正な必然性によって、やがてカデンツに到達するのに似ている。

　セザンヌの手法は、写実的というより構成的である。この傾向が次第に進むと、最近の立体派とか抽象派とか言われる全く構成的な絵が現れる事になる。そういう風に普通考えられている様だが、セザンヌの場合は、やはり、構成的という言葉を音楽との深いアナロヂイの上で、考えるのがいい様である。例えばデュフィの線がセザンヌの線から発しているとか、ブラックの面の扱い方が、セザンヌから出ているとかいう事なら肯けるが、セザンヌをキュービスムやアブストラクトの運動の先駆者とする一面的な考えは、セザンヌはまだ不徹底な構成家であったという空虚な考えに、知らず知らずのうちに人を導いて行く。確かにキュービスムやアブストラクトの画家達は、徹底した構成家である。そして、恐らく、その事が彼等の最大の弱点であろう。セザンヌを構成家と呼ぶのは容易であろうが、セザンヌが実際の制作にあたって、彼の言葉で言えば、「絵筆を持って考えていた」時に、写実と構成とは対立した考えであったかどうか。更に又、知的に構成されたとみえる画面のプランは、タッチの運動の内的発展の跡に過ぎないか、そういう事になると事は面倒になるであろう。だが、恐らく本当のセザンヌは、その面倒の中心にしかいなかったろう。

画題の平凡さは、セザンヌにあっては、凡そ徹底的なものだ。静物画でも、美しい花より、汚い馬鈴薯や玉葱の方を余程沢山描いているだろう。画題として、花は馬鈴薯より上等という理由はない。人間は山や岩より高級な画材ではない。あらゆる色彩が、到るところで等価である。ある色彩の集団を指名して、これに、他と異る価値を附するのは、画家には何んの関係もない事である。画家は、純粋に色や形の諸関係を極めればいい。その点で、セザンヌは、疑いもなく達人であったが、そういう知的な機能的な道で、自然という存在を置き換える事の出来ない事を、彼は固く信じていた様である。でなければ、何故又してもサント・ヴィクトアールの山を見に出掛けねばならなかったか。山は、どう仕様もなく画家に与えられたものだ。彼はいつも自然に出会おうとして、自然の方に出向く。

セザンヌの成熟期の絵を見れば、直ぐ眼につく様に、彼は独特のタッチを使って描いている。あの画面に平行した、平たい、段階をなして並列している小さな面《プラン》である。これは、彼が作画上取り上げた根本の最小の単位であるが、これは彼が色彩の世界を分解して、その構成要素を見附け出したというより、音楽家が自然の音の中から聴覚に自ら応和する楽音に出会い、これを取り上げるという性質のものである様に思われる。セザンヌがこの小さな面《プラン》を「小さな感覚」と呼んでいる意味も、そういうところにあったであろう。彼は、この「小さな感覚」の群れを、緻密に構成すれば、物の明度、量感、形態、遠近、あらゆる性質が必ず現れる事を信じた。それもそういうものが実現される可能性が、一つ一つの楽音が凡ての和声や旋律の種子を孕んでいる様に、「小さな感覚」の一つ一つに隠されている事を恐らく信じていたが為だ。

セザンヌにとって面を構成するとは、計量の楽しみでも、任意な発明をする喜びでもなかった。自然に関する新しい形の信仰告白であった。題材は次第に平凡になる。彼が存在に対して謙虚になるからだ。題材は崩れ去りはしないし、彼が題材を発明しもしないのはその故である。面の組合せが純粋になり、自然は色彩の言葉で画家に語りかける。彼が構成に工夫を凝らすとは、対象が、そうなる事を我慢強く待っているという事と同じ意味であった。

5

アンドレ・マルロオの「沈黙の声」の中に、こんな話が書いてある。現存の或る大画家が、モヂリアニをつかまえて、こう言っているのを、マルロオは聞いた事があるという。「君の好きな様に静物を描き給え。美術好きは大喜びさ。風景だって好きな様にやるさ。これも大喜びだ。ところが裸体となると、もう彼は変な気を起し兼ねない、……併し彼の肖像に手をつけたら事だ。君のタッチで、彼の口元でもやってみ給え。彼は腹を立てて飛び上る」

大多数の人々が、絵の好きな人達でさえ、自分の顔を描かれてみて、初めて、画家の魔術にかかった事に気が附く、何も彼も捲き上げられた事に気附くものだ、とマルロオは註釈している。尤もこれは註釈というより、肖像画というものに関する厄介な問題の提出とも見られるだろう。何故、人々は、自分の顔を描かれた時に、今更の様に、画家の勝手なやり方に、気を悪くするか。何故、任意に変形されて描かれる風景に対して寛大なのであるか。

印象派の画家達は、その極端な写実主義或は感覚主義によって、常識が認める風景の姿を大胆に一変させて見せた時、一般の絵画愛好者達の大きな抵抗に出会った。当の画家達にしてみれば、自然の姿を何も変形してみようとしたわけではあるまい。常識の御蔭で、歪められて見られていた風景の姿を、正そうという積りだったであろうが、彼等の考えや企図がどういうものであったにせよ、彼等が実際に仕事の上で行ったところは、現代の画家の間では、もう普通の事になった、制作の上での、対象の所謂デフォルマシオン（変形）への道を開いた事だったと言ってよい。前にも述べた様に、新しい技法の保証人として、光学理論を持って来るという考えが、そもそも身勝手なものだったし、そういう技法によって導かれたところは、対象の細かいニュアンスを忠実に追い求めているのか、それとも個人的な印象の微妙さのうちに酔っているのか、まことに判然しない場所だった。そういう事になると、眼前の風景は、白昼の夢を描き出す為の口実に過ぎないという処まで行くのには、唯の一歩だったと言っていい。それに、世人の白眼は、画家達に、世上の同意などを全く無視して、絵画独特の世界を自由に創り上げる、マルロオの言う画家の魔術を行う自信を固めさせたであろう。だが、もし彼等が肖像画を描いたとすれば、世人の白眼ではすまなかったであろう。

若し、モネが「夕陽の印象」の代りに、夕陽を浴びたある人の肖像を描いたらどういう事になったか。藁の束やルアンの寺院を、光や色の新しい研究に使う代りに、例えば何故、細君の顔を使わなかったか。これは愚問であろうが、セザンヌの事を述べて来て、彼の肖像画の事に触れようとして、この愚問を提出してみるのも悪くあるまい。彼は晩年に、自画像を含めてずい分沢山の肖像画を描いているし、彼自身も、「絵の帰するところは、肖像画だ」とも言っている。

清水崑君は、周知の様に似顔絵の達人で、三十秒もあれば、どんな人の似顔でも描き上げて了う。アメリカから還って来ての清水君の述懐だが、外国人の顔は実に描き難いと言う。外国人の顔は、日本人の顔に比べると余程、陰影も深く、線も強いので、デッサンには適し、写し易い筈なのだが、どうもうまくいかぬ、描きにくい。そういう彼の言葉を聞き乍ら、私は成る程尤もな事だと思った。画家も亦われわれ生活人が日頃普通にやっている事、即ち人間の顔に向うと、顔を見るというより、寧ろ顔を読む、そういう強い傾向から逃れる事はむつかしい。清水君が、外国人の顔が描き難いという事は、そういう事なので、ただ顔を見るという点では、外国人の顔も日本人の顔も同じ事だが、人相見流に顔を読むという事になれば、相手の生活感情に親しみを持っているか、いないかが大きく関係して来るだろう。画家は成る程雑念を混えず物を見る習練を積んでいる筈だし、物の形や色の純粋な関係を感ずる喜びをよく知っているだろうが、肖像画家が、モデルに捕えねばならぬものは、モデルの個性的な表情であって、この表情は、線や色の純粋な関係だけでは出来ていない。その人の内的な生に関係しているから、自らその人の性格を現す象徴的な色や線でもある筈だ。これを習練によって鋭く捕えて描くという処に肖像画家の技術がある。

私達は、皆、人間の顔には、非常に興味を持っている、生活上の必要から、興味を持たざるを得ないから、人の顔の表情に関しては特に鋭敏にもなっている。私達は、皆、凡庸なものであろうが、肖像画家の眼を持っている。ところが、風景となると、顔も表情もあるわけではなく、人の命が互に相手の命を呼び合うという様な本能的な結び附きが、私達との間にないのだから、風景に親しみを覚えるには、この結び附きを案出した上でなければなるまい。これが、絵画史の上で、風景画が人物画より余程後れて現れて来た、簡単だが、一番根本の理由であろう。風景の魅力は、人間の魅力に準じて発明されたものだと言える。名勝だとか名山だとか名木だとかいうものの起源には、そういう応用問題の解決があった筈だ。それは、顔も表情もない自然のうちに、特定の場所や特別の物を選び、これに顔や表情を附与したという事だったであろう。そういう自然の独立した部分に、名を与え、人間の様に呼びかけた時、相手は人間の様に答えた。私達は、古い昔から、自然の美しさを、ただ見て来たのではない、その心を読んでも来たのだ。私達は、審美的な世界にあって、「象徴の森」を逃れる事は出来ない。勿論、コローもミレーも、この森の中にいた。

森で写生をしているコローの絵を見ていた人があった。絵に描かれている大木が、画家が眺めている風景の中には一向見当らないので、不審に思い、コローに訊ねると、コローは銜《くわ》えていたパイプで後の大木を指した、という話がある。ミレーも、自然をよく観察しなければならないが、観察したところを皆忘れて了うという事の方が、一層難かしいし、大事な事だ、という意味の事を言っている。ミレーはアトリエの中で、記憶によって仕事をした。彼等は風景を構成した。という事は、彼等が赴いた自然は、意識の直接与件としての自然ではなかった、寧ろ自然の意味を訊ねたのであり、自然という新しい絵の規準を求めたのであった、そういう事を語っている。ギリシア、ラテンの伝統を墨守したアカデミーの絵画が、美の規準として来た均衡のとれた人間の像は、神話や伝説や歴史や比喩の重みの下で瀕死の有様であった。その背景として、自然の断片が装飾の様に描かれていた。そういうものに抗して、風景画家達が、自然を独立した画題として採用した時、彼等には、自然という新しい観点から、人間を眺める事によって、人間という画題の起死再生を計るという考えがあったのである。そういう明らかな意識は、風景画家達が、皆が皆持っていたものではあるまい。例えば、テオドル・ルーソーは、人間などを描く興味を持っていなかったかも知れないが、それは、恐らく彼には、自然の方が、人間より一層親しく、愛すべきものと見えたからであって、一本の樹の個性や性格を観ずるという事が、既に捉われない眼力で人間を見直す道を開いているという事だった。ミレーとなると、この道はもうはっきりしたものになる。人間より遥かに、大きく強い自然を、総体として観ずる事が、彼には、人生を根柢から考える動機となっている様である。従って、黙々として自然と戦う農夫達に、一番確乎とした人間の典型を見て、好んでこれを描くに至ったと考えられる。

コローは、光や空気にも敏感な非常に鋭い自然の観察家だったので、その点で、印象派の先駆者とさえ言われているが、印象派とは、自然に対する態度が根本のところで異っていた。彼の見る風景は、人間の言葉を語っていた。木蔭からニンフが飛び出して来ても不思議はなかった。彼の自然観察の土台には、光学理論があったのではない、ラ・フォンテーヌやラマルティーヌの詩があったのだ。何処其処の風景画とは、誰々の肖像の様に、顔を持ち性格を持ったものだったので、何処に生えていようが、同じ様に光と戯れるモネの描くポプラ樹などは、コローの想像してもみないものだった。

蛇足の様だが注意して置きたいが、コローの風景画の土台には、ラマルティーヌがいた、という様な言い方は実は、うまくない。確かに、風景の美を歌うのは、ロマン派文学の一特色であったし、バルビゾン派の画家達による近代風景画の出発は、その影響によるところがあった、というのは間違いではないだろうが、絵の歴史は文学の歴史とは違う。ジャン・ジャック・ルッソオの思想は、テオドル・ルーソーの思想とは関係がない。ジャン・ジャックの戦闘的な自然主義は、「民約論」と「懺悔録」を生んだのであって、自然に還れという彼の叫びは、自然に対する謙遜を教えるものではなかった。革命と告白とを教えたのである。ロマン派文学の根幹は、告白というものにある。告白がたとえ懺悔の形をとろうとも、それは告白による個性の解放という喜びと自信との現れであった。ユーゴーやラマルティーヌの自然讃美の抒情詩にしても、そういう性質のものであった。それらの歌は、自然との交渉によって出来上ったというよりも、彼等の愛した恋愛や名声や政治や財産との深い隠れた関係によって出来上ったものかも知れない。バルビゾンの画家達は、無論、そんな事には頓着なく、そういう詩を愛誦したであろう。これに勇気附けられたかも知れぬ。だが、画家という仕事が強制する自然の姿との直接な対決は、彼等を、ロマン派詩人の告白とは、全く別なところに連れて行ったのである。彼等こそ、自然に還ろうとして、誤たず自然に還った人達であった。自己本位の告白の口実として利用するには、自然は大き過ぎる事を、自然の観察は、彼等に教えた。自然は大きくなり、人間は小さくなった。貧窮と孤独の裡に、彼等を支えていたものは、語るものは自然であり、聞くものは人間であるという確信であった。

ミレーに「晩鐘」という有名な絵がある。これは風景画であり、風景画の勝利である。

晩鐘は、自然の語る言葉であって、余計な事を考えたり、感じたりする暇のない二人の人間が、自然を相手の日々の勤労によって、この言葉を感じている。解し難い言葉だが、それを聞く事は正しいと感じている。生きているのは先ず自然であり、人間は、自然から命を通わせてもらっている。コローの考え方も恐らくそうなのであって、彼は肖像画で、自然と応和していない様な人間は描いていない。彼は大風景画家でもあったし、大肖像画家でもあった。この間に矛盾はなかった。私の好みから言えば、後者の方が美しいと思う程である。

バルビゾンの風景画家達の自然観は、モネが現れるに及んで非常に違ったものになった。と言っても、モネ自身にしてみれば、自然観という様な観念よりも、自分のパレットから、白も黒も、中間色も無くして、原色だけを残すという事の方が、よほどはっきりした考えだったであろう。彼は、パレットを太陽で、支配させたかった。明暗法という様な不徹底な手法を好かなかった。それに、明暗が、色彩に解体するのは自然観察の証する処ではないか。だが、実は彼は、寧ろ自ら工夫したパレットに導かれて自然を観察した。画家には、そうするより他に道はない。彼は、直接な自然観察を目がけて、アトリエを飛び出した時、光という新しいアトリエの中に閉じこもっていた。彼は、その好む分析的な手法を、自然が解体したり合成したりする現象を相手にしか試みるわけにはいかなかった。彼は、コローの様に、記憶によって、画面の風景を構成した画家に比べれば、常に風景を忠実に写したと言えるだろうが、彼の手法から、全く別の意味での画面構成が、直接に生ぜざるを得なかった。緑の野を描こうとして、その緑の明るさや強さを現そうとすれば、これに赤の斑点を加えて野原を合成しなければならなかった。青い空は、オレンヂの斑点を欲しがっている様に、彼には見えたに違いない。この時、彼の画架の傍で見物している男があって、この赤い点々は、野原の何処にあるのかと訊ねたとしたら、コローの場合の様に、銜えたパイプで、後の大木を指すわけにはいくまい。モネは、何処を指せばよかったか。彼は困って私は風景を描いているのではない、絵を描いているのだ、とでも答えざるを得なかったであろう。そういう事が、自然観が彼に於いては、もう変ったものになっているという事なのだ。コローは、自然は一番いい相談相手だ、と言ったが、モネになれば、もうそうは言わない。光を研究する事が一番大事だ、と言う。自然の命とか魂とかいう曖昧なものは、画家の仕事に這入って来る余地が全くなくなって来る。自然に向い乍ら、自然の存在というものさえ、実験出来ない単なる観念として、知らず識らずの中に、画家の考えから消え去った。彼等の努力は、専ら、具体的な、疑い様のない知覚や感覚に集中され、これを純化する事が、取りも直さず絵を純化する事だという道に進んで行った。モネの絵筆の動きを、考えの上から言えば、彼は絵筆を動かしながら、視覚というものに関する言わば経験批判論を書いていたと言っていい。視覚を分析批判して、純粋視覚というものを定義しようと努めていたと言っていい。心理学者は、感覚性 sensation と感受性 sensibilité とを区別している様だが、印象派が、その技法に導かれて、画面に現そうとしたところは、極端に言えば、あたかも、実験装置の新しい工夫によって、複雑な視覚の感覚性から、純粋な感受性を検出してみたいという風な事であった。世人の無理解や不評が集中したのもその点なのだが、それも無理はない事で、私達の感覚のうちで視覚や聴覚が高位の感覚と言われる所以も、簡単に言えば、その複雑な不純な曖昧な性質によるからであろう。私達が、生きて視覚を行使しているとは、ただ物が漠然と見える状態に止っている事が不可能であって、そこから直ちに物を見分けるという行為に移って行くという事を意味する。感受性が感覚性に深まる、そういう自然な性向、色から物へと働く視覚の普通の性向を、印象派は意識的に逆行した。

水のきらめきという、水の表面性は、視覚の表面性に、うまく合致するが、人間の笑顔には、表面性という様なものはない。人の顔に対するとは、こちらも見られているもう一つの眼を見る事だ。私達は、人を、互に眺め合う様にしか、見る事が出来ないものだ。肖像画家の対象は、ヘーゲルが言った様に、「果しのない主体性」なのである。印象派による風景画の勝利という事が言われるが、彼等は、自分達の手に合うものだけを取り上げたまでだ。先ず人間を無視してみなければ、新しい道を切り開く事が適わなかったまでだ。一束の藁が、青くも見え赤くも見えるのは、光の戯れによるが、人間になれば泣き顔を見せようが、笑い顔を見せようが、当人の勝手である。人の顔の表情は、外から来る光の条件などには、お構いなく、内から来る命の動きだけで刻々に変化する。もし印象派の画家達が、画題として人の顔を選べば、その手法の必然から、生きた顔を不思議な仮面に変えざるを得まい。そういうジレンマに比べれば、彼等が、無私な自然の観察を、ひたすら押し進めてみて、つまるところは、各人の気質に結ばれた不安定な印象を得たというジレンマの方が、まだまだ始末がいい。彼等は、この始末のいいジレンマで我慢したわけだが、画家の誕生とともに古い肖像画という問題、其処にポッカリと穴が開いたのを、放って置くわけにはいかなかった。マネやドガやルノアールが、印象派の影響下にあって、印象派の手法に強い反撥を感じながら仕事をしたというのも、彼等は、皆、人間に強い興味を持って、これを描きつづけたが為だ、と簡単に考えるのが、一番正しいかも知れない。

リルケは、セザンヌの自画像について、こんな事を言っている。彼が、彼自身によせた関心、或は信頼が、どれほど素朴で、ごまかしのないものであったかが、画を見ていると、直ぐ感じられる。それは、例えば、鏡をのぞいた犬が、おや、ここにも一匹犬がいると思う、その様なものだ、と言っている。私は、リルケの言葉が、ただ面白いからここに引用したのではない。こういう風に素朴にセザンヌの肖像画を見る事が正しいと考えるからだ。批評家達は皆、セザンヌの肖像画の独特な造型性というものを、強調している様だ。成る程、円筒と球と円錐で自然を処理せよ、という彼の有名な言葉は、肖像画に於いて、特に明らかに実証されている様で、「セザンヌ夫人」の顔は球体だし、胴は円筒だし、手は円錐だし、という風に扱われているのが、分析的に眺めれば、よく解るのだが、彼の驚くべき色の調和は、そういう風に分析的に画を眺めることを、強く拒絶しているのである。彼の絵の前に立って、彼の絵の色調の全体的なハーモニーのなかに引き込まれるくらい自然なものはない。ここでも、又、リルケの言葉が借りたくなる。リルケは、セザンヌの絵の魅力を夫人に説明しようとして、いろいろな風に手紙で書いているが、それは、いつも色と色との純粋な関聯という一筋の道を辿って書いている。彼の言葉はあたかもセザンヌの辿った道を極力模倣しようと努めている様に見えるが、リルケは、遂に、「色の内分泌作用」という面白い言葉を見附けている。犬の口腔で、消化してよい食物が来れば、同意の分泌が行われ、有害な食物が来れば、これを無害にする修正の分泌が行われる。セザンヌの微妙な色の関聯は、丁度同じ様な性質のもので、それぞれの色の内部で、他の色との接触に耐える為に、強化と弱化との分泌が、実に自然に行われている様だと言う。それぞれ一つの色は他の色に対して、謙遜に自己を抑えているかと思えば、率直に自己を主張し、又再び静かに己れを省察するという風に見えると言う。リルケの言い方は、セザンヌの色彩の手法について、その立体性とか造型性とか建築性とかいう一般に使われている言い方より、余程巧妙だと思われる。明暗法も遠近法も使わずに、純粋な色の面の関係から現れる画面の一種の奥行きはまことに特殊な美しさの現前で、立体感と言っても、直ちに彫刻や建築を思わせるものは何物もなく、ただ色彩自体で充実し、その調和した充実感は、寧ろ音楽の持続性とか時間性とかに似ている。立体を錯覚するのではなくて、色彩の綾の中に誘い込まれる。周囲から音が聞えて来る様に、色が触れて来る感じがする。そういう調和のなかに、人間が現れる。馬鈴薯や林檎や森や村が現れるのと全く同じ様に現れる。無論、これは彼の手法が円熟して、そういう自在を得てからで、肖像画の傑作が描かれたのは、晩年の十数年間の様に思われる。それは、つまりこういう事になる。セザンヌは、彼の達し得た精神の調和のなかで、自分の顔を眺め、ここにも一疋犬がいる、と言えたという事になる。セザンヌが印象派の棄てた肖像画を再び取上げたのは、コローのやり方を更新する事によってである。自然が語りかけて来る様に、人間が語りかけて来るのを待ったのである。

6

晩年のセザンヌは、ベルナールに「再びクラシックに還らねばならぬ。但し、自然によってである。」と教えているが、これは、ピサロと一緒に、ってである。と言うのは感覚によってである」と教えているが、これは、ピサロと一緒に、

晩年のセザンヌは、ベルナールに「再びクラシックに還らねばならぬ。但し、自然によってである。と言うのは感覚によってである」と教えているが、これは、ピサロと一緒に、風景画に熱中した時以来（一八七二年）、少しも変らないセザンヌの作画の態度だったと言ってよい。このクラシックという言葉の意味を詮索するにはあたるまい。彼は、同じ心構えを言おうとして、クラシックという代りに伝統とも言っている。彼には言葉の定義などは、無論、問題ではなかった。彼が、クラシックに還る、という言葉で、本当に言いたかったところは、恐らく、ピサロと出会った事が機縁となって、彼自身の心に起った大きな転回だったのである。それは、ドラクロアに酔っていた心の嵐に、はっきり別れを告げる事であった。自然が彼を襲い、彼の心は空しくなり、自己実現の手段としての絵画という考えが、みるみる崩壊したという事であった。彼の様な烈しい変身は、他の画家の生涯には、殆ど見られぬものだと思うが、そういうものを、印象主義の影響と考える事は出来ない。印象主義は一つの機縁に過ぎず、突如として定って、以後もう動く事のなかったこの決意は、彼自身のものであっただろう。当時の母親宛の手紙に、こんな言葉がある。「ピ

サロが、私に好感を持っているという事を、私は承知しています。又、その私が、自分自身に大いに好感を持っているのです。私は、周囲のどんな人々より強い人間になったと思いはじめています。自分自身に好感を持つとは、故意にそうし向ける事に他ならぬとは貴女も御承知でしょう。私は、いつも働いていなければならない。それも、愚人共が賞讃するあの完成というものに達するのが目当てではないのです」

セザンヌにとって、完成という考えほど遠いものはない。彼は、死ぬまで自分の仕事について、烈しい不満を抱いていた。が、これは、仕事に完成というものはあり得ないという確信によるものの様である。彼の言うクラシックとは、完成されたものではない。恐らく絵という仕事の正統とか本道とかいう意味であって、自然が彼を襲った時に、彼の心には、凡そ画家の仕事には、その本来の面目というものがあるに相違ないという強い予感が生じたのだろうと思われる。これについて彼には言葉がなかったので、クラシックと言ったまでであり、どんな自己主張も、忽ち流派《エコール》という虚偽に導かれる、という考えだけがはっきりしていた。印象主義は、主観的な規約や先入主に充満しているアカデミックな自然主義から、純粋な感覚を解放したが、この新しい客観主義も、光学理論による偏頗な手法を信じすぎて、一流派と化そうとしている事を、彼は見抜いた。

「私はもう年をとり過ぎた。何も実現出来なかったし、今となってはもう駄目だろう。私は、依然として自分が見附けた道の未開人でありたい」と彼はベルナールに語っている。これは、彼が自分の道を発見した時に予感した通りに、いや恐らく欲した通りに、まさしくなったという事ではないだろうか。彼の語るところ、自然の研究とか感覚の実現réalisationとかいう言葉が、しきりに現れるが、それは、当時の常識的な意味とはよほど異ったものだと考えられるので、彼が自然の研究という時に、彼が信じていたものは、画家の仕事は、人間の生と自然との間の、言葉では言えない、いや言葉によって弱められ、はばまれている、直かな親近性の回復にある、そして、それは決して新しい事ではない、そういう事だったと言えるだろう。

印象主義は、画家の視覚を言葉から解放したが、それが一種の感覚主義に堕する理由は何処にもないのである。セザンヌが、印象主義の分析的な手法に飽き足らなかったのは、感覚の実現の為の手法としては不足であるという様な事ではなかったと思われる。もっと根柢的な理由が、セザンヌにはあったので、これははっきり言い難いのだが、言ってみれば、印象主義の、印象は分析の可能な対象であるという考え方が、もうセザンヌには不満だったのであり、彼が言う感覚とは、画家にとって運命的な体験を指すのである。彼はヴォラールに語る。「不幸にして自分には、感覚の実現という事は、非常に辛い仕事だ。感官に拡って行く強度というものについて行けないのだ。自然を生かしているあの途徹もない彩色を、私は持っていない……。あの雲を見給え。あれが物にしたいのだ。モネには出来る。彼には腕力がある」。彼の言うモネは、印象派のモネではない。寧ろ彼自身を語っている。画家とは、言わば視覚という急所を自然の強い手でおさえられている人間なのだ。自然を見るとは、自然に捉えられる事であり、雲も海も、眼から侵入して、画家の生存を、烈しい強度で、充たすのである。セザンヌは客観主義の画家と言われるが、大事なのは、そういう言葉の意味なのであって、当時の芸術に非常に大きく影響した科学的客観主義の意味を、彼ほどはっきり見抜いていた画家はない様に思われる。「詩人とは、彼にとっては眼に見える世界だけが存在する、そういう人間である」というゴーチエの有名な言葉を、セザンヌは肯定しただろうが、彼の友のゾラもやはり肯定しただろう。だが、それはまるで違った意味でであったろう。セザンヌとゾラとの不和の原因は、その辺りにあった。仕事に関する信念の根本的な相違に、恐らくあったのである。セザンヌとゾラとの不和は、文献的にはかなり曖昧なものであるが、セザンヌは、ゾラから「制作」を贈られて、礼状を書いた後（一八八六年四月）、ゾラに文通する事を止めて了ったし、二度と会おうともしなかったという事ははっきりしているので、この礼状が、見掛けは礼状には違いないが、実ははっきりした絶縁状である事を見抜くのもむつかしくはないのである。「制作」の主人公は、自分の仕事に絶望して自殺するクロード・ランチエという画家で、ランチエのモデル問題は、当時の画壇を騒がせたが、真のモデルがセザンヌである事には、誰も気がつかなかった。それほど、セザンヌは、孤独な生活をしていた。ランチエの描き方、並びにこの才能がありながら挫折する画家を憐む友人サンドオスの涙に、恐らく、セザンヌは深く傷つけられ、ゾラの自分に関する理解の限界を、はっきり感じたのである。ルーゴン・マカールの実験小説の根本観念は、当時の風潮によく適合して、ゾラの成功を保証したが、セザンヌの行く道は、これと全く背馳していて、それが、ゾラにはデカダンスへの道と映っていた。ランチエは、印象主義の科学的な手法に開眼されながら、自由な創造という名の下に、混乱した文学的な夢想を呼び集め、合理的な仕事の方法を発展させる事が出来ずに破れ去る。ランチエは、セザンヌの捨て去ったものによって破れるのである。恐らく、セザンヌの文学的教養は、確かなものであって、彼は、ゾラの仕事を誤解していなかったし、侮蔑してもいなかったが、ゾラが、思う様に仕事に利用していた実証主義的思想が、画家の仕事では一片の頭脳的な教養に過ぎない事に苦しんでいた。文学的な夢想などは、全く捨て去っていたが、後に客観的観察という様な好都合なものが残らぬ事に苦しんでいた。確かに、画家とは、彼にとって眼に見える世界だけが存在する、そういう人間である。だから、心を空しくして自然を見るのであるが、心を空しくして自然を見るという事は、セザンヌには、彼の残した様々な言葉から推察すると客観主義という様なものとは、何か大変違ったものの様に考えられていた様である。彼の書簡に現れた、彼の仕事に関する苦しげな述懐を読んでいると、彼の仕事の中心観念となっている自然というものは、認識の勝利や進歩をもたらす、認識の対象として現れた例しは全くない様に見える。当方と相手との間の認識関係などというものが、そもそも彼には存在していない。その関係の一様態としての客観主義という様なものも、無論、彼には無意味だった様である。自然とは感覚の事だ、と彼は言う。そして感覚とは、彼にその実現を迫って止まぬものなのである。彼は絵のモチフを捜しに行くというが、彼は自分の方に、何んの用意も先入主も規準もない事をよく知っている。自然と出会うという事は、そういうものがすっかり無意味になって了う経験だ、と彼ははっきり知っていた。むき出しの彼の視覚が、自然に捕えられるのである。彼はそれを待っているだけだ。その強度に耐えられぬと感ずる処に立ちどまるだけだ。自然は画題に関する画家の選択や好悪などには全く無頓着に、到る処で生きている。彼は自然の方に向って自分を投げ出す。それが、自然は感覚だ、という意味なのであり、自然の方が人間の意識の中に解消されるなどとは露ほども考えていない。大事なのは、自然を見るというより、寧ろ自然に見られる事だ。彼は、自然に強迫されている生存というものだけを信じていた様に見える。自然の像を実現する困難を語る、彼の様子には、自然が彼の生存の構造と化しているという様な趣が見える。

7

「親父ピサロ」によるセザンヌの風景画家としての回生は、画家セザンヌの本当の誕生と言うべき、重要な事なので、それは、ドラクロアの言う辞書としての自然を捨てて、コローの様なモデルとしての自然に赴いたと、一応は言えるのであるが、そのセザンヌのやり方には凡そ徹底的なものがあり、その結果、この画家の視覚と風景との間には、独特の関係が生れるに至った。コローは、まことに謙虚な忠実な自然観察者であったが、彼の風景画の魅力は、彼の自然観察に基くとともに、彼の詩情に従って、風景が選択され構成されている処からも来ている。それがセザンヌの風景画となると、この画家には風景というものの機能が一変している事を直かに感じさせるものがある。コローの風景は無論だが、モネの風景にしても、音楽で言えば甘美な旋律が直ぐ捕えられるという趣があるが、セザンヌの風景には、もうそういう事を決して許さぬものが現れる。人間で言えば、一見したところ、まことに人づき合いの悪いものが現れる。それは、所謂美しい風景という様なものではない。更に言えば、画面には風景と呼ばれる事さえ拒絶している様なものがあり、眼に見える物象の存在の、確実さ、その強さ、そういうものだけで何故不足かと言いたげな様子が現れて来る。これは、恐らくそういう風に、自然が感じられるまで、画家が自然に近附いたという事なのであろう。風景画家となる為に、コローの詩人のアトリエなど無論必要はないが、モネの光学のアトリエからも逃れ出て、もっと直かな取引を自然と結ばねばならない。そういうセザンヌの考え、というより、生涯、彼に取り憑いた様な希いは、殆ど画家という特権の全くの放棄の様にさえ見える。彼の自画像を見ても、画家らしい様子など何処にも見附かりはしない。彼の書簡集を開くと、麦藁帽子をかぶった鬚男が、何やら重そうな荷物を背負い、杖をつき、百姓の様な風態で、野道を歩いて行く写真が出て来る。一八七三年、オーヴェル・シュル・オワズ附近で、モチフを捜しに出かけるセザンヌと書いてある。前に、セザンヌが、絵のモチフという言葉について語ったところを引用したが、此処で、それを思い起して貰うといいと思う。

モチフは自分の裡にはない。自由に発明出来るものでも、任意に思い附けるものでもない。だから、彼は捜しに出掛けるのだが、それが、何処で、どういう具合に見附かるかは、少しも明らかではない。明らかである必要はない。明らかであるとは、画家の常套から、美学の通念から、たとえ知らず識らずの裡にも、何かを盗んで来ている事だ。必要なものは、彼の言葉を借りれば、自然に対する「透視力」lucidité というものだけである。と言う事になると、彼が、モチフを捜しに出掛けるとは、自然の方でも、彼の裡にモチフを捜していると、固く信じ込んで出掛けるという事になりそうである。そんな風に言っても言い過ぎだとは私は思わない。セザンヌの作画態度には、何か極端に不安定なものがあり、彼はそれに意識して耐えていたに違いない。アンプレッショニストは、折角、純潔な感覚を画家の為に解放しながら、その不安定に、その強度に耐える我慢を欠き、早まった便法を発明した。それが、彼の「画布の上で色調をばらばらにして置いて、網膜の上でこれを取集める事しか出来ないアンプレッショニスト」という言葉の真意であろう。セザンヌにとって、画面と網膜とはその様な関係にはない。書簡集で、彼は画面 tableau という言葉と視覚像 image という言葉とを全く同じ意味に使っているが、恐らくこれは単なる言葉の混同ではないので、両者の一致は、画家の正しい制作の極限として、いつも考えられていたのである。更に、感覚 sensation という言葉が、視覚像 image という言葉と重なり合って使われるのが見られる。モチフ motif という言葉を、此処に持ち出してみても、セザンヌの気持ちの上では、やはり同じ事が起ると見て差支えあるまい。彼の混乱した説明が明らかにしている様に、それは画面でもあるし、視覚像でもあるし、感覚でもあるが、制作に際しての、普通の意味での導調でも着想でも中心観念でもないのである。彼は、自然の何処かで、モチフとぱったり出くわす。この時、彼に、はっきりしている事は、自然の或る様相、或る色や形の真実性に対し、こちら側には、これに応ずるどういう行為も言葉もないままに、感覚の強度だけが、否応なく増大して行くという事だろう。そして、そういう状態がそのまま、作画の強い予感として彼には感じられるのであろう。「自然は表面よりも深さの方を沢山持っている」という彼の言葉は、印象派の手法への抗言として屢々評家に取上げられているが、それは、光のみならず、物の造形性とか構造とかにも注意せよという様な単純な意味ではなかろう。

セザンヌは、自然というところを感覚と言ってもよかったのである。或は、感動とか魂とか言ってもよかったであろう。感覚を解放するとか純化するとかいう事は、感覚から感受性を隔離するという様な事ではない。そういう工夫は、感覚に対する言わば外的註釈に過ぎない。在るがままで、自足しているが、望めば望むだけいくらでも豊かにもなるし、深くもなる。そういう感覚はある。画家たらんと決意すれば立ちどころにある。静かに組み合わせ、握りしめた両手の中にある。一方の端は、自然に触れ、一方の端は、心の琴線に触れていて、その間に何んの術策も這入って来る余地はない。大事なのは、この巧まない感覚の新鮮な状態を保持し育成する事なのだ。彼の言葉に従えば、油断すれば、あらゆる言葉となって、行動となってばらばらに散って了う、この不安定なものを繰返し、静かに両手のうちに握り合わす事なのだ。「いつまでも、自分の開いた道の原始人に止まろうと努める事なのだ」。自然の深さとは、一切を忘れてこれを見る人の感覚の深さの事だ。

セザンヌの実感或は信念よりすれば、自然にも心の琴線があるという事である。彼は、実際、そういう風に振舞っていた。ギャスケの書いたところによると、セザンヌは、エクスのローヴのアトリエの入口にあるオリーヴの大木に人間の様に話し掛け、話し終って家に這入る時には、人間の様に抱く事もあった。これは私の友達だ、私の事なら何んでも知っている、とギャスケに言ったそうである。

もう一つ、前のと同じ意味で、評家達に引かれる有名なセザンヌの言葉がある。「自然に即してプーサンを描き直す」という言葉であるが、これもセザンヌの言いたかったところは、そう簡単ではなかった様に思われる。この言葉はやはりギャスケの「ポール・セザンヌ」の中に出て来るのだが、次の様になっている。「自然に即して描き直されたプーサンというものを想像して見給え。私の言うクラシックという意味は、そこにあるのだ。君を制約するクラシックという様なものは、私は許せない。大家の許に出入りすればする程、自分自身に還って来る、そうありたいものだと思う。私は、プーサンのところから出て来ると、いつも自分が何んであるかをいよいよはっきり知るのだ」。明らかに、話の重点は、セザンヌが、正しいと信じた古典とか大家とかいうものの意味にある。彼は、絵画の道は一つしかない、それは今も昔も変らない、そう言いたいのである。プーサンは、その代表的な例として引かれたまでである。プーサンは、風景画家ではなかった。伝説や歴史は、その好む画題であった。併し、プーサンが十七世紀人として使った思想 pensée という言葉に秘めた画家の心は、十九世紀の画家人としての自分が使う感覚という言葉の真意と異ったものではないとさえ、セザンヌは、言いたかったのではあるまいかと思う。プーサンは、忍耐強い頑丈なリアリストであった。彼は色彩派《コロリスト》ではなかった。画家が色彩に払う法外な努力を侮蔑していた。というのは、彼の考えによれば、そういう努力は、個人的な好みと結び、個人的な技巧を生み、そういうものには係わりのない、物の普遍的な真実性を覆って了うのが普通だからである。詩に於ける韻に耳を奪われて了う様に、絵の色の美しさに眼を奪われて了ってはならない。絵は見て眼を楽しますというより寧ろ描かれた物が何を語っているかを「正しく読むべきものだ」とさえ言っている。物の本性が見通せる様に眼を使う事、物がその本性を語る様に抽き出す事、それがプーサンの思想であった。彼も亦、自然は表面より深さの方を沢山持っていると考えた、とセザンヌは考え度かったであろう。

自然の見方は変って来るが、それはやり直しが利く自然が相変らず持続し存在しているからだ。色が、セザンヌにそう告げる。彼は色をそういう風に見た。嘗て、プーサンに、色彩派《コロリスト》の弱点と見えたところを、今は光線派《リュミニスト》がやっている。知性の言葉に従い、光は分割されるが、現前する色は黙して語らない。感覚の強度のうちには、自然からの分析的な言葉は聞えて来ない。「凡そ画家の意志というものは、黙ろうとする意志でなければならない。偏見の声という声を抑えたい、従っていたい。黙っていたい。完全な反響となりたい」と彼はギャスケに言う。

8

ヴォラールが、セザンヌのモデルになった経験を、くわしく書いている。坐りの悪いトランクの上に乗せた椅子に、身動きも出来ず、毎日、幾時間も坐らされたが、光線の具合が悪かったとか、エレベーターの音がしたとか、犬が吠えたとか、何や彼やと文句ばかり多くて、仕事は遅々として進まず、百十五回も、坐りに通ったが、とうとう絵は完成せず、セザンヌは田舎に帰って了った。手のところに二個所、絵具がつかぬ空白が残った。かねてから気にかかっていた空白なので、ヴォラールが、その事を言うと、私の絵で行き当りばったりに塗られたところは、何処にもない。うっかり塗れば、もう一度全体を描き直さねばならない事になるだろう。今度パリに出て来るまでには、私も少しは進歩しているだろうから、空白を埋める色調の見当がつくかも知れない。セザンヌはそう答えたと言う。もう六十歳にもなった画家から、そんな言葉を聞いて、ヴォラールは驚いている様子である。

セザンヌの為に、モデルに坐るのは、彼の奴隷になる様なもので、とても普通では我慢が出来るものではないので、モデルになり手がない。仕方がないので、セザンヌは、自画像をやったり、細君を描いたりしていたが、モデルが容易に見附かったら、あれほど肖像画の好きだったセザンヌの事だから、肖像画は、余程豊富なものになっていただろう。ヴォラールは、そういう意見だが、これは、プロヴァンスにサント・ヴィクトアールの様な山が、もう二つ三つあったならと言うのと同じ事で、セザンヌにしてみれば、身辺にいた数人のモデルで充分満足だっただろうと思われる。題材に対して画家が無関心になるという傾向は、印象主義の画家達とともに始ったのであるが、この傾向は、彼等の意識的な企図であったというより、寧ろ、題材の個性を、光という一様な性質のうちに吸収して了う彼等の手法から自ら生じたのであった。だが前にも述べた様に、彼等は、言わば外的な機械的な手法に導かれるままに、人間という「限りない主体性」を語る題材を避けて来た。それが、セザンヌとなると、題材への意識的な支配は、決定的なものになる、題材とか画題とかいう言葉は消えて、風景も静物も人間も、一様に単なる視覚の対象として並んで現れて来る。どれも絵の純潔を乱す様な、勝手な口は利いてはならぬ、と命令されている様な姿で現れて来る。セザンヌが、ピサロとともに歩いた風景画家の道は、風景のある見方という様なものへ達したのではない。風景が、純潔な普遍的な視力を錬磨したという意味で、セザンヌは再び、ミレーやコローに戻ったと言っていい。彼は、「感覚に即してコローを描き直す」と言ってもよかったのである。

ヴォラールの書いているところによると、モデルが動くと、林檎は動くか、とセザンヌは腹を立てたそうだ。勿論、こういう時、セザンヌは冗談を言っているのではないのであって、彼は人間という静物を目がけていたのである。自分は、モデルを見詰めていると、もう眼がどうしても離せなくなる、まるで眼から血が出て来る様な気がする、とセザンヌはギャスケに語っているが、そういう眼が、言わば林檎が林檎の中に閉じこもっている様に、よくよく見れば、人間は人間の中に閉じこもっている、という画家の確信を語っている様である。印象派によって、地名を失い、輝く物象となった風景は、セザンヌの凝視の下に、その表情的な動きをことごとく失うに至った。彼の晩年の言葉を借りれば、風景は、「地質学的な層」を露出しなければならなくなったが、彼の眼は、人間という最も動き易い、黙らせにくい対象に挑んで、言わば、その生物学的な層を露呈させたと言っていいだろう。併し、これでは未だ言葉が足りない様に思う。モネの空から、その移ろい易い色を消して、エメラルドの様に動かぬ色を見附けたセザンヌの視力にとって、人間という対象は、容易に解ける応用問題ではなかったに相違ない。ヴォラールは、絵画の帰するところは肖像画だ、というセザンヌの言葉を聞いたと言う。恐らく、肖像画は、晩年のセザンヌの執拗な努力の傾注された仕事であって、彼の肖像画を見ていると、これは、言ってみれば大画家として当然な話になるのだが、この仕事で試されているものは、視力というより思想であり、人間観だという考えに導かれるのである。

ヴォラールに限らない。セザンヌに描かれた人間達は、誰でも「林檎は動くか」と言われている様な様子をしていて、肖像を描いて貰う気構えでポーズをとっているという風な人物は見られない。恐らく、これは、ポーズなどには全く無関心な画家の態度の反映なのである。例えば、一人の青年が椅子に腰かけている。彼は、セザンヌについても、絵画についても、モデルに坐るという事についても、何んの知識も関心も持っていない。ただ動くなと言われて、不様な恰好で、椅子に坐り、退屈し切っている。机の上に肱を置き、頬杖をついているのは、そうしていないとくたびれるからである。

同時代の肖像画の達人達、例えば、マネやドガやルノアールに描かれた人間と比べると、セザンヌに描かれた人間達は、殆ど異様に感じる程、顔から表情を失い、姿態から運動を失っている。マネの「ベルト・モリゾー」の顔の表情には、彼女の才能も感受性も、彼女が生活していたパリの芸術家達の雰囲気まで感じられるし、ドガの「踊子」の動きは、見物の視線も音楽も吸い込んでいる様だし、ルノアールの「裸婦」は、自然と共にいる幸福を発散している。そういう一見して明らかな人間の生きている徴しは、セザンヌの人間達から消える。彼等は彼等に特有な生活の雰囲気から引離されて、実験台に上る様に、セザンヌのモデル台に乗せられるのだが、彼等は、其処で、自分達の性格や心理さえ主張する事を禁止されている様な様子である。確かにセザンヌは、人間という静物を目がけているのだが、人間は、色感や量感の分析や綜合の為の口実にはなってないし、画面に現前するものは、決して林檎ではない。ここに、まことに言い難いセザンヌの肖像画の魅力がある。ドラクロア以来、近代絵画は、人間の動きに対して、いよいよ敏感になって来ていたが、セザンヌは、意識して明らかにこの傾向に逆行した。恐らく、彼には、人間の動きというものを、或は、動きによる自己表現というものを過信しているという考えがあったに違いないと思う。人々は、思想や感情が、直ちに言葉や表情や行動となって動き出すところに、自己が現れると軽信し勝ちであるが、本当の自己は、もっと深く隠れたものではあるまいか。例えば、あまり表情の動き過ぎる女の顔は、狂人の顔の様に、殆ど何ものも現していない。そういう感じ方を徹底させれば、セザンヌの肖像画のモチフに行き着けるだろう。風景画家としての、セザンヌのモチフは、前に述べた様に、ちりぢりになって消えて行くものは決して追わぬ、というところにあった。人間の生は、何んという混乱した、不安定な、消えやすい動きの中にあるか。これに捕えられて、人々が見失っている、言わば生存の深い理由に出会う事、それが恐らく、セザンヌの肖像画のモチフであった。ここにも亦セザンヌの古典主義が現れる。古典的肖像画のモデル達は、彼等の特権的な社会上の地位を語る衣裳や化粧によって威厳をととのえて、動きのない、言わば他所行きの顔を拵えなければならなかった。そういう形式主義の為に、沢山の肖像画が死んだ事は確かであろうが、この形式上の制約は、不安な気紛れな表情や一時的な偶然な身動きを禁止するから、肖像画の大家が、この制約を逆用して、モデル自身も意識しない、本質的な、持続する生命を現すのに成功した事も確かである。セザンヌが、時流に抗して、考えていたのは、そういう肖像画の伝統的形のうちに隠れていた意味だったと思われる。

「カルタをする二人の男」をセザンヌは何枚も描いているが、そのうちの傑作と覚しいものがルーヴルにあって、私はそれを見た時に実に美しいと思った。「セザンヌは、セザール・フランクの弟子である。いつも古風な大オルガンを鳴らしている」という何処かで読んだゴーガンの言葉を思い出した。「カルタをする二人の男」は、向い合って、カルタを持った両手を、静かに机の上に置いているが、それは大オルガンの鍵盤の上に乗っていると言ってもいい。フランクの慎重な微妙なクロマティスムが、青、紅殻、紫、黄、などの和音のうちを静かに進行する。二人は、カルタをしているが、実は、それに聞き入っている様である。彼等は農夫らしいが、明日になれば、畠に出るとも思えず、じっとして、勝負は永遠につづく様である。彼等は画中の人物となって、はじめてめいめいの本性に立ち返った様な様子であるが、二人はその事を知らず、二人の顔の姿態も、言葉になる様なものを何一つ現してはいない。ただ沈黙があり、対象を知らぬ信仰の様なものがあり、どんな宗派にも属さぬ宗教画の感がある。

セザンヌは、夫人の肖像をいくつも描いているが、ここにも同じ音楽が流れて、「セザンヌ夫人」は「匿名夫人」となっている。或は、言わば「永遠の夫人」と化している。表情という騒音を消された卵形の顔が何を語っているか誰にも言う事は出来まい。卵の中には、彼女の思い出が、何一つ失われず、閉じこめられている様でもあり、又、それ故に、彼女は、総てを忘れ果てた様な顔をしているのかも知れない。どの肖像を見ても、一種物悲しい感情が漂っているが、そう呼んでいいものかどうかは解らない。私の感情は、私がこれを物悲しいと名附ける前に、もっと名附難い感情に既に確かに捕えられて了っている様だ。私は勝手に考える、それは例えば「女の一生」と題する音楽の力の様なものではあるまいか、と。モーパッサンは、「女の一生」を描いて来て、終末になって、この世は、人が思う程、善いものでも悪いものでもない、と女に言わせる。「セザンヌ夫人」の像を見ていると、セザンヌの眼が、そんな事を、とうとう言いだす様に思われる。これは、余り文学的な絵の鑑賞だろうか。併し、「セザンヌ夫人」像に、キュービスト、ピカソの肖像画の先駆を見るのは、余り絵画的な鑑賞ではあるまいか。

セザンヌの思い出や伝記を書く人達は、皆、彼の病的に神経質な不安定な性格を言っている。彼の絵に、独創的な世界が、次第に現れる様になるにつれて、彼は、いよいよ人間嫌いになり、友達を避け、妻や子供さえ避けて、田舎での孤独な仕事にふける様になった。「世間は恐ろしいものだ」というのが彼の口癖になったそうである。あれほど幾枚も描いた夫人との間も、少しもうまく行かなかったらしい。彼は、心から信じ愛した人間の肖像を描いたわけではなかった。総ては、彼が、血の出る様な眼で、見出した、新しく形をととのえた人間の姿である。絵画は、セザンヌが、その不安定な心を救おうとする祈願だったであろうか。彼は、絵の上で実現した調和が、世間と少しも調和しない事に苦しんだ。ある人が「先生は、神を信じられるか」と聞いたところ、セザンヌは、「何んという馬鹿気た質問をするのかね。信じなければ、絵は描けまいさ」と答えたという話が、ヴォラールの思い出の中にある。

「神経の組織が、ひどく弱って了った。油絵をやるだけで、どうにか生きのびている」。これは、子供宛の手紙(一九〇六年)の一節であるが、同じ文句が、ゴッホやゴーガンの手紙のなかに見附かっても、誰も驚くまい。二人は、絵画への信仰と同時代への不信と叛逆とに於いて、セザンヌの真の弟子であった。

人形

或る時、大阪行の急行の食堂車で、遅い晩飯を食べていた。四人掛けのテーブルに、私は一人で坐っていたが、やがて、前の空席に、六十恰好の、上品な老人夫婦が腰をおろした。

細君の方は、小脇に何かを抱えて這入って来て私の向いの席に着いたのだが、袖の蔭から現れたのは、横抱きにされた、おやと思う程大きな人形であった。人形は、背広を着、ネクタイをしめ、外套を羽織って、外套と同じ縞柄の鳥打帽子を被っていた。着附の方は未だ新しかったが、顔の方は、もうすっかり垢染みてテラテラしていた。眼元もどんよりと濁り、唇の色も褪せていた。何かの拍子に、人形は帽子を落し、これも薄汚くなった丸坊主を出した。

細君が目くばせすると、夫は、床から帽子を拾い上げ、私の目が会うと、ちょっと会釈して、車窓の釘に掛けたが、それは、子供連れで失礼とでも言いたげなこなしであった。

もはや、明らかな事である。人形は息子に違いない。それも、人形の顔から判断すれば、よほど以前の事である。一人息子は戦争で死んだのであろうか。夫は妻の乱心を鎮めるために、彼女に人形を当てがったが、以来、二度と正気には還らぬのを、こうして連れて歩いている。多分そんな事か、と私は想った。

夫は旅なれた様子で、ボーイに何かと註文していたが、今は、おだやかな顔でビールを飲んでいる。妻は、はこばれたスープを一匙すくっては、まず人形の口元に持って行き、自分の口に入れる。それを繰返している。私は、手元に引寄せていたバタ皿から、バタを取って、彼女のパン皿の上に載せた。彼女は息子にかまけていて、気が附かない。「これは恐縮」と夫が代りに礼を言った。

そこへ、大学生かと思われる娘さんが、私の隣に来て坐った。表情や挙動から、若い女性の持つ鋭敏を、私は直ぐ感じたように思った。彼女は、一と目で事を悟り、この不思議な会食に、素直に順応したようであった。私は、彼女が、私の心持まで見てしまったとさえ思った。これは、私には、彼女と同じ年頃の一人娘があるためであろうか。

細君の食事は、二人分であるから、遅々として進まない。やっとスープが終ったところである。もしかしたら、彼女は、全く正気なのかも知れない。身についてしまった習慣的行為かも知れない。とすれば、これまでになるのには、周囲の浅はかな好奇心とずい分戦わねばならなかったろう。それほど彼女の悲しみは深いのか。

異様な会食は、極く当り前に、静かに、敢えて言えば、和やかに終ったのだが、もし、誰かが、人形について余計な発言でもしたら、どうなったであろうか。私はそんな事を思った。

樅の木

私が今住んでいる家は、鎌倉八幡宮の裏山の上にあって、こんもりと繁った山々に取巻かれ、山の切れ目に、海に浮んだ大島が見えるという大変見晴らしのよいところにある。終戦直後、知人からこの家を譲り受けた時、私は、家などろくに見もしなかった。山の上に住む不便も、住んでみてから、いろいろ解って来た事で、その時は考えてもみなかった。それほど見晴らしが気に入って、直ぐ決めてしまったのである。

狭い庭は、芝を植えたという他に、何の風情もないのだが、樅《もみ》の木が一本あって、もし周囲の森も海も庭つづきに見立てれば、造園上、庭樹は、ここにこれ一本と決まる、そういう姿で育っていた。樹齢何百年という大木である。無論、八幡宮の有名な銀杏のような名木ではないが、当時、ふと、参謀本部の地図で調べたら、独立樹として出ているのが解った。

目の前にあるのだから、毎日いやでもその姿を眺めるのだが、大木というものは、手入れもした事がないのだろうが、どうしてこうも姿のいいものかと思う。老醜という言葉がある。人間のみならず、私の家の犬も、老醜を現すに至っているが、大木には、これが全く当てはまらず、老いていよいよ美しいとはどうしたわけか。いろんな鳥がやって来るが、夏の夜、梟が来て鳴くのが一番楽しみであった。

ところが、ある時、今年は何んとなく元気のない様子だ、と気附いた。その頃、毛虫で鎌倉中の松がひどくやられたので、虫であろうと思い、植木屋に相談したら、これは虫ではない、やはり、木の弱りだと言う。弱りと言っても、自分の意見では、原因は病気ではない、風だと思う、仲間と一緒で生えていればいいが、一本立ちでいては、辛い事だと言う。

樅の木のてっぺんは、古く雷にでもやられたらしく枯れていたが、植木屋は、それを見上げて、あの頭を切ってやれば、木も大分楽になるだろうと言うので、上を三間ほど切って、ブリキの蓋をして貰った。寸がつまっても、それなりに、やっぱり立派な姿に見えた。だが、やはり助からず、二年後に枯死した。

私は切り倒す気にはならなかった。そのままにして置いて見ていた。枯木は枯木で、また、なかなか美しかったのであるが、そのうちに、強い風だと枝が折れて飛ぶようになったので、仕方なく切る事にした。植木屋を呼んで、仕様がない、もう切る、と言うと、彼は、仕様がない、切るには切るが、ついては何んとかいうお宮さんに行って、お伺いを立てて、水を貰って来ると言う。そんな習慣があるならあるでもっともな事と思えたから、彼にまかすと、二三日して一升瓶に水を持って来て、米と塩と一緒に供えて欲しいと言うので承知した。一昨年の事である。

恰好が附かないので、樅の木の後に、裏にあった、かなり大きなモチの木を、大騒ぎをして移した。まだ丸太が取れないが、根附いてくれた様子である。モチの木も好きな木で、眺めていると随分いいが、未だ樅の木を忘れ兼ねている。

天の橋立

もう大分以前の事だ。丹後の宮津の宿で、朝食の折、習慣で、トーストと油漬のサーディンを所望したところ、出してくれたサーディンが非常においしかった。ひょっとすると、これは世界一のサーディンではあるまいか、どうもただの鰯ではないと思えたので、宿の人に聞くと、天の橋立に抱かれた入江に居るキンタル鰯という鰯だと言われ、送ってもらった事がある。先日、宮津に旅行して、それを思い出した。この辺の海に、キンタル鰯というのが居るだろうと言うと、どういうわけか、近頃は、取れなくなったので養殖をしていると言われた。

私は、前に来た時と同じように、舟に乗り、橋立に沿うて、阿蘇の海を一の宮に向った。振り返ると、街には大規模なヘルス・センターが出来かかっているのが見える。やがて、対岸までケーブルが吊られ、「股のぞき」に舟で行く労も要らなくなると言う。そんな説明を聞くともなく聞きながら、打続く橋立の松を、ぼんやり眺めていた。それは、絶間なく往来するオートバイの爆音で慄えているように見えた。

わが国の、昔から名勝と言われているものは、どれを見ても、まことに細かな出来である。特に、天の橋立は、三景のうちでも、一番繊細な造化のようである。なるほど、これは、キンタル鰯を抱き育てて来た母親の腕のようなものだ、と思った。とても大袈裟な観光施設などに堪えられる身体ではない。気のせいか、橋立は何んとなく元気のない様子に見えた。

キンタル鰯の自然の発生や発育を拒むに到った条件が、どのようなものか、私は知らないが、子供の生存を脅した条件が、母親に無関係な筈はあるまい。僅かばかりの砂地の上に幾千本という老松を乗せて、これを育てて来たについては、どれほど複雑な、微妙に均衡した幸運な条件を必要として来たか。瑣細な事から、何時、がたがたッと来るか知れたものではない。例えば、鰯を発育させない同じ条件が、この辺りの鳥の発育を拒んでいるかも知れない。或る日、一匹の毛虫が松の枝に附いた時、もはやこれを発見する鳥は一羽もいないかも知れない。いったん始った自然の条件の激変は、昼も夜も、休まず、人目をかすめて作用しつづけているであろう。ケーブルが完成した時、橋立は真っ赤になっているかも知れない。観光事業家は、感傷家の寝言と言うであろうか。

大江山の、なだらかな曲線が見えて来る。「大江山生野の道の遠ければ、まだ文も見ず天の橋立」は、百人一首で誰も知っている。この歌は、金葉集の詞書で有名になった。作者小式部内侍は、幼時から歌に巧みであったが、時人は、これを怪しんで、母親和泉式部の潤色によるものと言っていた。或る歌合せで、丹後に住む母親からの使は未だか、とからかわれ、即座に、この歌を詠み、人を驚かせたと詞書は言う。よく知られた話だが、拵え話に過ぎまい。この歌は、読人しらずでも一向差支えのない名歌であって、余計な伝説など少しも必要としていないように思われる。

大江山と言われれば、山はいかにも大江山のような姿をしているし、生野の道とは何処にあるか知らないが、京から丹波路を行く旅人は、行けども行けども大江山が追いかけて来るような道を歩いた事であろう。阿蘇の海に辿りつくと、一の宮から、白砂青松の不思議な参道が、海を延びて来ているのを見て、驚きもし安堵もしただろう。天の橋立という名は、いかにも自然に、誰かの心に浮んだのであろう。歌を思い出すだけで、もはや現代の私の心を去ったと思われる旅情が蘇る。名歌は橋立より長生きするだろう。

お月見

知人からこんな話を聞いた。ある人が、京都の嵯峨で月見の宴をした。もっとも月見の宴というような大袈裟なものではなく、集って一杯やったのが、たまたま十五夜の夕であったといったような事だったらしい。平素、月見などには全く無関心な若い会社員たちが多く、そういう若い人らしく賑やかに酒盛りが始ったが、話の合い間に、誰かが山の方に目を向けると、これに釣られて誰かの目も山の方に向く。月を待つ想いの誰の心にもあるのが、いわず語らずのうちに通じ合っている。やがて、山の端に月が上ると、一座は、期せずしてお月見の気分に支配された。暫くの間、誰の目も月に吸寄せられ、誰も月の事しかいわない。

ここまでは、当り前な話である。ところが、この席に、たまたまスイスから来た客人が幾人かいた。彼等は驚いたのである。彼等には、一変したと見える一座の雰囲気が、どうしても理解出来なかった。そのうちの一人が、今夜の月には何か異変があるのか、と、茫然と月を眺めている隣りの日本人に、怪訝な顔附で質問したというのだが、その顔附が、いかにも面白かった、と知人は話した。

スイスの人だって、無論、自然の美しさを知らぬわけはなかったろうし、日本にはお月見の習慣があると説明すれば、理解しない事もあるまい。しかし、そんな事は、みな大雑把な話であり、心の深みに這入って行くと、自然についての感じ方の、私たちとはどうしても違う質がある。これは口ではいえないものだし、またそれ故に、私たちは、いかにも日本人らしく自然を感じているについて平素は意識もしない。たまたまスイス人といっしょに月見をして、なるほどと自覚するが、この自覚もまた、一種の感じであって、はっきりした言葉にはならない。スイス人の怪訝な顔附が面白かったで済ますよりほかはない。

この日本人同士でなければ、容易に通じ難い、自然の感じ方のニュアンスは、在来の日本の文化の姿に、注意すればどこにでも感じられる。特に、文学なり美術なりは、この細かな感じ方が基礎となって育って来た、といえば、これはまず大概の人々が納得している事だろう。ところが、近代化し合理化した、現代の文化をいう場合、そんな話を持出すと、ひどく馬鹿げた恰好になる。何か全く見当が外れた風になるのはどうしたわけか。細かな感受性の質などには現代文化は本当に何の関係もないものになってしまったのか。それとも、そんな風な文化論ばかりが流行し、文化に関心を持つと称する人々が、そんな文化論ばかりを追っているという事なのか。

意識的なものの考え方が変っても、意識出来ぬものの感じ方は容易には変らない。いってしまえば簡単な事のようだが、年齢を重ねてみて、私には、やっとその事が合点出来たように思う。新しい考え方を学べば、古い考え方は侮蔑出来る、古い感じ方を侮蔑すれば、新しい感じ方が得られる、それは無理な事だ、感傷的な考えだ、とやっとはっきり合点出来た。何んの事はない、私たちに、自分たちの感受性の質を変える自由のないのは、皮膚の色を変える自由がないのとよく似たところがあると合点するのに、随分手間がかかった事になる。妙な事だ。

お月見の晩に、伝統的な月の感じ方が、何処からともなく、ひょいと顔を出す。取るに足らぬ事ではない、私たちが確実に身体でつかんでいる文化とはそういうものだ。古いものから脱却する事はむずかしいなどと口走ってみたところで何がいえた事にもならない。文化という生き物が、生き育って行く深い理由のうちには、計画的な飛躍や変異には、決して堪えられない何かが在るに違いない。私は、自然とそんな事を考え込むようになった。年齢のせいに違いないが、年をとっても青年らしいとは、私には意味を成さぬ事とも思われる。

季

　私は、文筆で生計を立て始めてから、顧みると、もう三十五年ほどになる。たしかに文筆業者には違いないが、さて何を専門にやって来たかと考えると、どうもうまく答えられない。普通、私は、文芸評論家と言われているが、文芸評論家とはっきり自覚した事は、いっぺんもないし、文芸評論から遠ざかってからも既に久しい。音楽の事ばかり考えていた時期もあったし、ただ絵画についてばかり書いていた時期もあった。一定の対象も決めず、一定の方法もなく、ただ好んで物を考えて来た、そんな気質の男が、たまたま約束の少い、自由な散文という表現形式を選んだ、というより他はないようである。

　そういう次第であるから、私は文学者と呼ばれていても、自分の書いて来たものの文学的価値というようなものについて、確信を抱いた事はない。今もそうである。私が自分の裡に育てて来たものは、考えるという事は実に切りのないものだ、という一種の得心めいたものだけである。もう暫くの間は、何や彼と考え続ける事が出来るだろう。そんな事を思っているだけだ。

瞑想という言葉があるが、もう古びてしまって、殆ど誰も使わないようになった。言うまでもなく瞑とは目を閉じる事で、今日のように事実と行動とが、ひどく尊重されるようになれば、目をつぶって、考え込むというような事は、軽視されるのみならず、間違った事と考えられるのが当然であろう。しかし、考え詰めるという必要が無くなったわけではあるまいし、考え詰めれば、考えは必然的に瞑想と呼んでいい形を取らざるを得ない傾向がある事にも変りはあるまい。事実や行動にかまけていては、独創も発見もないであろう。そういう不思議な人間的条件は変更を許さぬもののように思われる。

現代思想を宰領しているものが、科学的思想である事は誰も承知しているが、困った事には、現代の科学自体は、私達一般人には、手がつけられぬほど複雑に専門化している。従って、科学的思想というものの実相を痛切に経験しているのは極く限られた人々だけであり、私達は、ただ科学的思想の尊重という漠然たる通念のうちに、ぼんやり坐っているようなものである。科学的思想のモデルになるものは、勿論、数学であろう。これとても同じ事だ。それは考え方の抽象性、論理性、厳密性の理想型に違いないという通念を持っているに止まる。

私は、数学にはまるで不案内であるが、岡潔氏が、現代日本で世界第一流の数学者であるくらいな事は、人から聞いて承知している。その岡氏の「春宵十話」という文章を、この春、ある新聞で読み、大変面白かった。面白かったと言うより、文学者の名文とはまた違った一種の感銘を受け、こういうものは、書物になる期もなかろうかと思い、切抜きを保存している。この文には「数学を学ぶ喜びを食べて生きている」人の境地が語られているのだが、ひと口で言うなら、それは、やはり瞑想という古風な言葉で言うのが一番適切な境地のように私には思われた。

数学に関する私達の通念にとっては意外な事だが、数というものを考え抜いたこの思想家の言うところを信ずるなら、「職業にたとえれば、数学に最も近いのは、百姓」なのである。「種子をまいて育てるのが仕事で、その独創性は、ないものから、あるものを作ることにある。数学者は、種子を選べば、あとは大きくなるのを見ているだけのことで、大きくなる力はむしろ種子の方にある」と言う。これに比べると理論物理学者は、指物師のようなもので、そのオリジナリティーは加工にある。それは、近年急速に進歩して、わずか三十年足らずのうちに原爆を完成し、広島に落した。「こんな手荒な仕事は、指物師だから出来たことで、とても百姓には出来ない」と言う。

私は、氏の言うところを、はっきり理解したとは言わないが、これは、数式ではなく文章なのである。極めて専門的な数学的表現の生れる境地を語るのに、岡氏が何等専門的な工夫を必要としていない限り、私には、その境地の性質が直覚出来る。数という種子をまき、目を閉じて考える純粋な自足した喜びを感ずる事が出来る。数学の極意は、計量計算の抽象的世界にはないらしい。岡氏の文章は、瞑想する一人の人間へ、私を真っすぐに連れて行く。そういう人間の喜びを想っていると、ひたすら事実と行動との尊重から平和を案じ出そうとする現代の焦躁は、何か全く見当が外れているようにも思われて来る。

数学の世界で、大戦前からそうであったが、戦後著しくなったのは、仕事がいよいよ抽象化される傾向だそうである。「風景で言えば、冬の野の感じで、カラッとしており、雪も降り、風も吹く。こういうところもいいが、人の住めるところではない」と岡氏は言う。「そこで私は一つ季節を廻してやろうと思って、早春の花園のような感じのものを二、三続けて書こうと思い立った。その一つとしてフランス留学時代の発見の一つを思い出し、もう一度とりあげてみたが、あのころわからなかったことが、よくわかるようになり、結果は格段に違うようだ。これが境地が開けるということだろうと思う。だから欧米の数学者は年をとるといい研究が出来ないというけれども、私はもともと情操型の人間だから、老年になればかえっていいものが書けそうに思える。欧米にも境地が深まっていく型の学者がいるが、それをはっきりとは自覚していないようだ」

大分以前の事だが、ある時、田舎にいて、極めて抽象的な問題を考えていた事があった。晩春であった。夜、あれこれと考えて眠られぬままに、川瀬の音を聞いていると、川岸に並んだ葉桜の姿が心に浮んで来た。その時、私たち日本人が歌集を編み始めて以来、「季」というものを編み込まずにはいられなかった、その「季」というものが、やはり、私の抽象的な考えの世界にも、川瀬の音とともにしのび込んで来る、そういう考えが突然浮び、ひどく心が騒ぎ、その事を書いた事がある。私の思索など言うに足らぬものだが、岡氏の文を読んでいて、ふと、それが思出され、私の心は動いたのである。

踊り

志賀直哉氏に、「馬と木賊《とくさ》」という小品がある。

赤城の山で、放牧されている一匹の母馬が、首を高く上げ、しきりに嘶いて、はぐれた仔馬を呼んでいる。山の中腹にいて、これに気附いた仔馬が、夢中になって駈け下りて来る。再会した親子の馬は、暫くの間、ゴム鞠を弾ますように、一つところで跳躍していたが、急にそれを止めると、何事もなかったように、首を垂れ、草を食い始めた。「一方ならぬ喜び方をしたあと、急に常の様に還へる、この鮮かな変り方は人間の場合では却々かうは行くまいと思つた」と作者は言う。

それから七年経って、作者は、厩橋の能舞台で、梅若六郎の「木賊刈」を見ていて、不意に、この馬の事を思い出す。人さらいに連れて行かれた子供に、思いがけなく再会した老人が、――「よくよく見ればさすがげに」「親なりけり」「子なりけるぞや」、――で、

「足を揃へ、すつくと立ち、黙つて両手をひろげ、袖と共に鳥の羽搏きのやうに、幾度となく、それを上下さしてゐたが、止めると、足早に子に近づき、倚添つて、右手を挙げ、自分の顔と子の頭とを袖で被ふやうにして凝然《じつ》とする」

老人のこの不思議な表現は、見ていて自然に涙を催すものであり、それは「馬の親子が出会つた喜びに暫く跳んでゐたのによく似てゐた」と作者は言う。

この簡潔に、立派に書かれた作品から、私が、ここに右のような妙な引用をするのは、先月、沖縄に旅した折、或る夜、那覇のホテルのベッドの上で、突然、これが心に浮び、いろいろと考えたからだ。その日、私は、沖縄の踊りを見せてもらって、感動していたのである。その前日、沖縄南部の戦跡を案内されて、気が滅入っていた。幾つもある供養塔の前で、頭を下げたが、私の心は頑なに沈黙していた。こんな猫の額のような所に追詰められた十五万の人間が、空から降る一坪平均六噸の鉄の下で、身動きも出来ずに死んだ。このつい先だって起った事は、理解しようにも、あんまり化物じみている。化物は、人間の供養さえ拒絶している。この重い、無言の想念が、私を疲らせた。野山は、春の緑だが、焦土を、これだけ着色するのに十五年かかった、と自然は語るだけであった。

旅行すると、よくその土地の郷土舞踊というものを見せて貰うが、そう面白いと思った事はない。沖縄の舞踊も、ただ漠然とした気持ちで見ていたのだが、ある女性が、「花風」

というのを舞うのを見ていて、ひどく感動して了った。情人を船で海に送り出し、独りになって寂しい、と傘を手にして非常に静かに舞う。その姿には、例えば、徳川の極く初期の風俗画に描かれている女性の、はっきりした強い線が動くような感覚があって、私が見慣れている、この種の日本舞踊に、いつも附纏っている、科《しな》を作った曖昧な情感を、きれいさっぱりと捨てたものがあった。女は、殆ど直立して舞い、感情は、気持ちのよいリズムで動く白足袋の足にこめられた様子であった。その動きは、繰返し、不思議な形できまる。真っ直ぐにした片足が、斜にスイッと出て、踵で舞台を、トンと突くようにして、足の裏を反らせる形で、繰返しきまる。それが、いかにも美しかった。

私の踊りに関する知識は浅薄で、特に好んで見に行くという事もないのだが、折にふれて見て来たところから言えば、日本の古い舞踊は、すべて、文学的なもの或は戯曲的なものの重荷を負い過ぎている、と感じている。このどうしようもない重荷の解釈の為に、洗煉された処理の為に、名人の肉体の動きは追われて、もはや踊ることが適わぬ。六郎の両袖が、鳥のように羽搏き、突然、踊りの魂が現れて消える。これに出会う為に、私達は、どれほど長い間、文学の舞踊的翻訳に附合わねばならないか。これは致し方のないものか。多分そうであろう。能好きなら、それが能の面白さだというだろう。私は、近頃は、我慢が辛くなったので、能もあまり見ない。

さくら

「さくら　さくら　弥生の空は　見わたすかぎり　霞か雲か　匂ひぞ出づる　いざや　いざや　見に行かん」という誰でも知っている子供の習う琴歌がある。この間、伊豆の田舎で、山の満開の桜を見ていた。そよとの風もない、めずらしい春の日で、私は、飽かず眺めていたが、ふと、この歌が思い出され、これはよい歌だと思った。いろいろ工夫して桜を詠んだところで仕方があるまいという気持ちがした。

「しき嶋の　やまと心を　人問はば　朝日ににほふ　山ざくら花」の歌も誰も知るものだが、これも宣長の琴歌と思えばよいので、やかましく解釈する事はないと思う。散り際が、桜のように、いさぎよい、雄々しい日本精神、というような考えは、宣長の思想には全く見られない。後世、この歌が、例えば、「敷島の大和心を人問はば、元の使を斬りし時宗」などという歌と同類に扱われるに至った事は、宣長にしてみれば、迷惑な話であろう。だが、この歌が日本主義の歌ではないとしたら、どういう事になるか。不得要領な単なる愚歌ではないか。明治の短歌復興にともない、そういう通念が専門歌人を支配するようになった。これはおかしな話であろう。

この歌は、宣長が、還暦に際して詠み、自画像に自賛したものだ。それはよく知られているが、宣長という人が、どんなに桜が好きな人であったか、という肝腎な事が、よく知られていないのは、どうも面白くない。それを知れば、この歌は先ず何をおいても、桜が好きで好きでたまらぬ人の歌だと合点して受取れるわけで、そうすれば何の事はない、「やまと心を人問はば」の意は、ただ「私は」と言う事で、「桜はいい花だ、実にいい花だと私は思う」という素直な歌になる。宣長に言わせれば、「やまとだましひ」を持った歌人とは、例えば業平の如く、「つひに行く道とはかねて聞きしかど、きのふけふとは思はざりしを」というような正直な歌が詠めた人を言う。

宣長ほど、桜の歌を沢山詠んだ人はない。死ぬ前の年などは、三百首も詠んでいる。同じような歌が幾つでも、桜の花のように開くので、上手下手など言ってみても詰らぬ事だ。彼は、若いうちから、庭に桜を植えていたし、墓の後には桜を植えよ、諡《おくりな》は、秋津彦美《あきつひこみ》豆桜根大人《ずさくらねのうし》とせよ、と遺命して死んでいる。

宣長の遺言書は、実に綿密周到なもので、死装束から棺の構造から、葬送の行列まで詳しく指定しているが、普段使い慣れた桜の木の笏を、どういう具合に霊牌に仕立てるかが図解され、墓も図取りされている。石碑の後方に塚が、その上に、「山桜の木」が描かれている。この山桜は、山桜のなかでも、彼が最も愛した品、「葉あかくてりて、ほそきが、まばらにまじりて、花しげく咲きたる」様に描かれている。

先日、笹部新太郎氏の「桜を滅ぼす桜の国」という文を面白く読んだが、それによると、日本人が、桜に関する実際的理論や技術を、最高度に身に附けた時期は、丁度、宣長が生きていた頃と考えていいようである。宣長は、歿後、塚の上に植えさせる桜につき、「山桜之随分花之宜き木を致吟味植可申候」と言っておけば、何の心配もなかったであろう。桜への無関心と無智とが、すっかり蔓延して了った今日では、国内の桜の八割九割までが、ソメイヨシノという桜とは言えぬ桜の屑ばかりになって了った、と笹部氏は言う。桜の専門家がそう言うのなら、私達素人は返す言葉もないわけだが、やはり、それは、急激な文明の進歩の問題と桜の問題とを一緒に解く事がひどくむつかしかったという次第であって、桜を好む私達の子供らしい心に、異変が生じたという事ではあるまい。私の家の向うの山には、桜が沢山咲く。これは、とてもソメイヨシノどころの段ではないらしい。青い葉っぱを無闇に出し白っぽい花をばらばらにつける。それでも、毎年花が待たれ、咲けばやっぱり桜であって、きれいである。

もみじ

私の家は、山の上にあるので、見晴らしはよい。正面に伊豆の大島が見える。左右から迫った近くの山に挟まれた海面に、一杯に浮かんでいるので、非常に大きく、目近かに見える。来る人々に、あれが大島だと言っても信ずる人は稀れである。夜、御神火が見える時もある。朝目覚めると三原山が雪だった事もあった。周りの海山の眺めがやたらにいいから、私のささやかな庭なぞ物の数ではない。従って、庭をどうしようというような考えを起した事もなかったが、最近、ふと、後水尾天皇の故智に倣って、内外の景色の調和を計ってみてはどうかと思った。庭の植込みを多くして、無暗に広い見晴らしを、惜しがらずに制限すればよいわけで、原理的にも簡明な事だし、手間のかかる仕事でもないと思われたから、早速、実行してみた。やってみると、遠近法の少々の変化で、眺めがこれほど見事なものになるかと、我ながら驚いた。眼がだまされるという事は、楽しい事だ。鎌倉は、気候温暖だから、若葉はいいが、紅葉はさほどでもない。ことに今年は、秋口の嵐で、やられたから駄目だが、右の次第で、私の仕事机からの眺めが、一段と高級になったから、低級な紅葉の風情も捨て難い。楓の葉は弱く、海風に致命傷を負って了ったが、どうだんやにしきぎは、抵抗して、不具になりながら懸命に紅葉して、まことに複雑な色合いを見せている。はぜは丸坊主にされたが、気候異変で、早速若芽をふき出していたが、この若葉がどんな風にもみじするかと見ていると、まるで桜の花びらのような色っぽい春の粧いを始めた。もう二三度時雨が来たら、この正直者は、どんな表情を見せるだろうか、と思って見ている。

花見

先日、文藝春秋社の講演旅行で、東北を旅した。講演旅行もずい分したものだと思う。講演は好まないが、旅は楽しいからだ。友達と一緒に、見知らぬ土地をぶらぶら出来る、そういう段取りを附けてくれるのが、私のような不精者には何よりで、毎晩、三十分ほど、何や彼やお喋りするくらい仕方がないと思っている。今度も、同行の今日出海君から、弘前のお城の桜が見頃だろうと言われ、お花見が楽しみで出向いた。

酒田の町に着いた夜、宿で、独りで酒を飲んでいた。この頃は、歳の順で、講演も後廻しにされる事が多い。待っている間、ぼんやり飲んでいるのが常である。長押の扁額に、中川一政述書として、和歌と漢詩とが書かれている。右の方から、

み山木のその梢とも見えざりし桜は花にあらはれにけり　源　頼政

馬上少年過　世平白髪多　残軀天所許　不楽復如何　　伊達政宗

散り残る岸の山吹春ふかみ此ひと枝をあはれといはなむ　　源　実朝

私は繰返し読んでいた。無論、歌としては、実朝のものがずば抜けているだろう。しかし、こうして三人の武将の正直な告白を、並べて眺めていると、どうも実朝ばかり贔屓にしてはいられない気持ちになって来る。実朝は鶴ヶ岡で殺されたが、頼政は平等院で自害した。その辞世は有名である――「埋木の花さく事もなかりしに、身のなるはてぞ悲しかりける」。乱戦のさ中に、歌なぞ詠めたとも覚えぬが、恐らく、この歌好きは、平素から案じていた一首を思い出したのであろう、あわれである、と「源平盛衰記」の作者は言っている。この弓の上手は、弓だけで出世は出来ぬと悟って、懸命に歌を詠んだが、桜は花にあらわれず終ったらしい。彼の抱いた憂悶の情は、実朝と同じように、生涯霽れる機がなかったであろう。

政宗は、大往生をとげた成功者のようだが、彼の詩には亦彼のあわれが浮んでいるように見える。彼には元服が出陣だっただろう。この片目の少年は、父親とともに悪戦苦闘して育った。父親は、帰属した敵将に謀殺された。母親は、長男政宗を好まず、弟の方を溺愛していた。秀吉が、小田原に進攻するに及び、母親は、弟を擁して、これに服属せん事を計った。彼女は、政宗を饗応して毒を盛ったが、彼は危く一命を取止めた。秀吉から参陣を迫られ、彼は母を追い、弟を殺し、斬死を覚悟して小田原に赴いた。一説には、秀吉を刺さんとしたが果さなかったと言う。関白秀次の切腹事件でも、秀吉に疑われて、死装束で上洛している。朝鮮では、秀吉の為に戦い、関ヶ原では、家康の為に戦い、野心は胸中深くかくしていた。やがて、大坂の陣が終って、死期を知った家康に後事を託される。その辺りから、政宗は、戦っていたのが実は時の流れという眼に見えぬ大敵であった事を、はっきり知ったのではあるまいか。私は、そんな事を思った。

暗い、込み入った、油断も隙もなかった生活を、彼は、「世は平かにして白髪多し」、という簡明な文句で要約してみた。一体、要約は出来たのだろうか。「残軀は天の許すところ」――彼が残軀という言葉を思い附いた時、この言葉は、彼の心魂に堪えたであろう。この詩の季を春としても差支えあるまい。残軀は桜を見ていたかも知れない。「楽しまずんば復如何せん」

中川一政さんは、ただ好きな歌を、思いつくままに書連ねたのかも知れないが、私は、この扁額を肴に飲んでいるうちに、三人の心が、互に相寄って、一幅の絵を成すような感に捕えられた。これを領するものは、飾り気のないあわれとも言うべきもので、一種清々しい感じなのだが、そのイメージは描けない。酔眼を閉じると、春が来て、斑雪を乗せ、海に臨んだ鳥海山の昼間見た姿が眼に浮んだ。やがて、会場に呼ばれたが、講演にはひどく不都合な気持ちであった。鳥海山が離れない。これは弱ったと思っていると、ええ、只今、伊達政宗の詩を読んでおりまして……と口に出て了った。楽しまずんば復如何せんと繰返したが、もう言う事がない。仕方がないから、いい文句ですな、と言って黙って了った。聴衆は笑い出した。私は、笑われて、やっと気を取直した。

この辺の桜は、もう散っている。弘前の桜は、間に合うか知らん。一昨年は、これも城址の桜で有名な信州高遠の「血染めの桜」を見に行った。一門親族の変心や内応によって全く孤立無援になった武田勝頼の最期は、まことに気の毒なものであった。ただ弟の仁科信盛一族だけが、高遠城に拠り、織田勢を迎えて死んだ。戦は北国の花が一時に開く頃ではなかったかと思う。その時から、城内の桜は赤く染められたと伝えられる。わざわざ見に出掛けたのだが、遠い花の名所で、花の見頃にめぐり合うのはむつかしい事で、打合せはして置いたのだが、行った時には、盛りを過ぎていた。それでも、花は、まことに優しい、なまめかしい色合であった。血染めと聞いてすざまじい名と思ったのも、未だ花を見ぬ時の心だったようだ。来て眺めれば、自然に、素直に生れて来た名とも思える。人々は、戦の残酷を忘れたい希いを、毎年の花に託し、桜の世話をして来たであろう。桜は、黙って希いを聞き入れて来たと思える。

汽車は、桜に追い附こうと、ひたすら走っているようであったが、弘前近くになると、未だ浅緑の野や山に、桜が咲き出すのが眺められた。弘前城の花は、見事な満開であった。背景には、岩木山が、頂の雪を雲に隠して、雄大な山裾を見せ、落花の下で、人々は飲み食い、狂おしいように踊っていた。実に久しぶりの事だ。こんなお花見らしいお花見は、私の記憶では、十二三の頃、飛鳥山に連れて行かれた時までさか上らないと見附からない。東京附近の花は、もう皆亡びた。

その夜も亦、新築の立派な市民会館で、「今日は、結構なお花見をさせて戴きまして」と言って、文化講演とやらには全くそぐわない気持ちになって了った。外に出ると、ただ、呆れるばかりの夜桜である。千朶万朶枝を圧して低し、というような月並な文句が、忽ち息を吹返して来るのが面白い。花見酒というので、或る料亭の座敷に通ると、障子はすっかり取払われ、花の雲が、北国の夜気に乗って、来襲する。「狐に化かされているようだ」と傍の円地文子さんが呟く。なるほど、これはかなり正確な表現に違いない。もし、こんな花を見る機は、私にはもう二度とめぐって来ないのが、先ず確実な事ならば。私は、そんな事を思った。何かそういう気味合いの歌を、頼政も詠んでいたような気がする。この年頃になると、花を見て、花に見られている感が深い、確か、そんな意味の歌であったと思うが、思い出せない。花やかへりて我を見るらん、——何処で、何で読んだか思い出せない。

DDT

「アメリカでは、春が来ても、自然は黙りこくっている。そんな町や村が、いっぱいある。いったい何故なのか。わけを知りたいと思う人は、読んで欲しい」と言って、アメリカのカーソンという生物学者が、「サイレント・スプリング」という本を書いた。青樹簗一氏の、熱意をこめた邦訳によって、私は、いったい何故なのか、はっきり知った。

私がもう三十何年来棲んでいる鎌倉の町は、空襲も受けず、山に取りかこまれた狭い土地は、商工業の発展にも適せず、環境の急激な変化を経験していないのだが、ここ数年の間に、春が来ても、自然は急に黙りこくって了った。蝶も蜻蛉もいなくなり、蟬の声は弱り、鳥もめっきり少くなった。庭の梅の木の巣箱で、毎年、四十雀の卵が孵る。四十雀は来年も、確かに来るだろうか。

みんなDDTという殺虫剤の作用だくらいは、私も承知していた。これが万年豊作に固く結ばれた現象なら、春が黙るくらいは、どうも仕方がない、我慢しなければならない。ところが、カーソンの著書は、素人が承知している事くらい当にならぬものもない事を知らせてくれた。

炭素分子の操作によるＤＤＴという画期的な発明が、第二次世界大戦で実験され、その驚くべき効果が実証されて以来、大資本による、この系列の有機化合剤の大量生産が急速に行われ、またたく間に、植物も土壌も水も空気も、これを吸収し、今や、その「汚染」が、科学者を悩ます大きな難題となったとは、なるほど、これは春が黙ったどころの沙汰ではない。一九四二年以来、人間は、ＤＤＴを体内に貯え始めた。今日では、私達は誰でも、脂肪組織のなかに、ＤＤＴ或はこの系列の物質を、せっせと蓄積している。アラスカの北極側にいるエスキモーなどは例外にしてよさそうだが、調べてみるとやっぱり検出された。アンカレッジのアメリカ公衆衛生局の病院に、手術を受けに入院している間に、ニューヨーク市民並みに、清浄野菜なぞ食わされたからである。

ＤＤＴが、人体に無害だという事は、これを迎えうって、その分子構造を変化させる肝臓の酵素の戦いが、私達の側にはあるという意味を出ない。肝臓という防塞が、いつ破られるか、誰も知るものはない。ＤＤＴ或はこれに類する化学薬品の蓄積量は、このままでは、どこまでふえて行くか誰にもわからない。従って、この程度なら安全だ、などと言ってみても、無意味である。DDTが普及した一九五〇年代から、肝臓の障碍は、急激に増加して、止まるところを知らない。両者の間に、密接な関係があるとして、これを究めねばならないという科学者の考えは常識である、とカーソンは言う。

広島が浴びた放射線に、慄然として以来、私達は、放射能に、生物に作用するどんな力が隠されているかを知るようになった。X線を当てられた生物が、次の世代で突然変異を起すという有名な発見については、私も何かで読んだ事があるが、DDTを撒かれた蚊にも、同じ事が起るとは知らなかった。庭の蚊を追払う為に使っていた化学薬品に、染色体を破壊する力が隠れているなどという事実を、誰が予想出来ただろう。それというのも、生物学が、人間からアミーバに至るまで、凡そ生き物に共通した、エネルギーの生産と伝達という、細胞の基本的な機能と機構に直面したのは、つい先だっての事だったからである。早い話が、新しい電子顕微鏡が現れて、染色体の数を数える事が出来たのは、ほんの数年前の事である。研究は緒についたばかりだ。

放射能の雨ばかり心配していても駄目である。私達は、化学薬品の雨でずぶ濡れなのだ、とカーソンは言う。みんなが癌を恐がって、癌の特効薬を期待しているが、人間に潜在的な影響力を持った突然変異誘導体或は正銘の発癌物質が、毎日新しく発明され、製造されている事には、まるで関心がない。快適な生活をしようが為に、生活環境の汚染に努力している。まるで、今に恐ろしい事態が起るのを望んでいるように見える。カーソンの分析を読むものは、誰でも、いやな気持ちになるだろう。この人はノイローゼではあるまいか。でなければ、余程旋毛の曲った人だ、と思いたいだろう。誰も、自分の身の上について、あんまり本当の事を聞くのは不愉快に違いない。現実暴露記事が流行するのも、これは他人事だと思えばこそだ。だが、そんな日常心理なぞ詰らぬ事である。私が感銘を受けたのは、生命現象という暗い深い世界に関する本格的研究は、今、始ったばかりだというはっきりした認識に立った生物学者だけに抱ける危懼の念である。生きた自然に対する真実な感情である。

ＤＤＴの撒布に対して、昆虫界は、突然、前代未聞の反抗を示した。適者生存を説いたダーウィンも、これを見たら胆をつぶしたに違いない。実際、昆虫達は、カーソンに言わせれば、眼もくらむような早さで武装し始めた。ＤＤＴで虱を退治すれば、やがて虱は、ＤＤＴの上に卵を生み、子供を平気で育てるようになる。伝染病の媒介者、ペストの蚤、チフスの虱、睡眠病の蠅、熱病のダニにしても、人間が日に毒性を強める薬剤に対して、武装しないような間抜けな奴は一匹もいない事が判明した。そして、この勝負では、というよりこの悪循環ではどうやら、昆虫の方が、いつも一ラウンド先きを走っている。ＤＤＴの大規模な生産は、医学に於ける抗生物質の多量生産とほとんど時を同じくしたが、決定的と思われたどちらの勝利も、直ぐあやしげなものとなった。無論、カーソンは、科学の進歩や科学者の努力を笑うような愚かな事は、少しも言ってはいない。ただ、生物学的には未知な化学薬品の暴力では、自然には勝てない、と警告する。免疫性というパスツール以来の問題が、今日生物体の深部における混乱状態或は生きた自然の抵抗性という極めて鋭い形で現れた。その意味を、科学者は、摑み直さなくては適うまいと言うのである。

カーソンの眼は、生きた自然の均衡に向けられている。この観念は、自然詩人の誕生とともに古いのである。こういう私達の情緒や愛情に基く観念、と言うより私達の生得の直観と言っていいものが、現代科学者の分析的意識のただ中に顔を出して来るとは面白い事だ。この、私なら審美的と呼びたい単一な直観を、科学者は、自然の複雑な分析や計量によってDDTを発明するように、発明する事は出来まい。恐らく、それは、そっくりそのまま、意識の深部から、意識の表面に顔を出したもの、顔を出してその抵抗性を示したものと言うより他はあるまい。原形質生物から、幾億年もの間、育てられて来た生物の、自然環境に生きる為の動的均衡に酷似した働きが、私達の心的世界にも存する事は疑えないように思われる。

ゴルフの名人

私は、或る出版社に関係しているので、出版依頼の原稿を、いろいろな種類に亘って、一応は読まされる機会が多いのである。或る日、私の叔父の紹介状を持った老紳士の訪問を受けた。叔父は、若い頃からアメリカで暮していた男で、アメリカ時代から、長年つき合って来た信頼する友人を紹介する、彼はゴルフの名人である、最近帰国して、ゴルフに関する本を出したい希望で、書いたものを持参するが、一読して欲しい旨、紹介状にあった。私が手紙を読み終るのを待って、客は、私の顔をまともに眺め、「そういうわけです」と一とこと言って、ニコリと笑った。いかにも気持ちのよい笑顔だったので、私の口は、直ぐほぐれた。

「貴方は、ゴルフの名人だそうで……」「ええ、叔父さんから伺ったが、貴方もゴルフをおやりだそうですね。まあ、貴方と比べれば名人でしょう。五十年もやっていますから、拙くはありません」。彼は、そう言いながら、風呂敷包から、ていねいに綴じた、部厚な原稿を取り出し、机の上に置いた。表紙に、「ゴルフ・ドック」と書かれている。「人間ドックという言葉がはやっておりますね。あれをもじってみたまでです。時に、貴方は、ハンディは幾つです」「正式に貰っていないのです。いつも仲間とばかり遊んでいますのでね」「そりゃいけません。それだけでも、いっぺんドックに這入って戴かなくては」。二人は、顔を見合せて、旧知の様に笑った。

しばらく、ゴルフについて、のんきな雑談をして、帰り際に、彼はこんな話をした。「内容については、何にも申し上げますまい。読んで御判断願えれば、それでよろしい」と言って、上げかけた腰を再び下し、考え込む様な面持になり、「私が、これを書く、まあ、動機と言ったもの……私は、今年で、七十四になります、とてもそうは見えないでしょう。元気なものです。やろうと思えば、今でも、パー・プレイが出来る」。彼は、又、気持ちのよい笑顔を作った。「元気は、元気なのですが、何十年振りで、こちらに還って来て、新潟県の田舎に引っ込みまして、お笑いになるかも知れないが、人生夢の如し、と考える様になった。いや、元気な事は、元気なのです。今は別に仕事もないのですが、少しもへこたれてはいません。それでいて、人生夢の如し、とはっきり感ずるのですね。妙な話になって恐縮です。無論、ゴルフは、私の商売ではありません。商売は貿易の方をやって来ました。まあ、その他、若い頃からいろいろな仕事をやって来た。ゴルフは、商売の合い間の慰みだったんですが、扨て、今になって、心を落ちつけて、よく考えてみると、私は、この慰みの方を、一貫して、少しも迷わず、一番しっかりとやって来たんですね。一生を振り返ってみて、これはもう確かな事だ。つまらぬ考えには違いありませんが、私としては、これは、妙な実感でございまして、私としては、七十年かけてやっと浮んだ考えの様に思えてなりません」

ここで、彼は、しばらく黙って了った。やがて、「お話ししていると、どうも原稿の弁護の様になりそうですから、止めにしましょう。とにかく、遺言と言っては、大げさになりますが、何となく、そういうものに類する心持をこめて書いたのです。お邪魔しました。それから、その紹介のお手紙は、私が戴いて還ります。貴方の叔父さんは、なかなか面白い字をお書きになる」。彼は、頑丈な手で、私の手を握って立ち去った。

一と月ほど経って、出版社の同じ応接室で、彼と会った。「お読み下さったか」と彼は直ぐ言い、私は「読みました」と答えたが、どう言葉を続けたものか迷った。確かに、前半は、ゴルファーのドックともいうべきもので、経験に即した面白い忠告に満ちていたが、彼の言う心持をこめて書いたと覚しい後半は、ゴルフから発した一種の人生哲学であった。私には、彼の人生哲学の、少しも空虚なものでない事が、よくわかっていた。それは、初対面の彼の顔や態度や、話し振りから、はっきりと直覚したものだったからだ。彼は、人生夢の如し、という言葉を、まるで名優の科白の様に発言したっけ、と私は原稿を読みながら考えた。原稿であるから、彼は、そんな妙な言葉は、何処にも使ってはいなかった。あの正確な響きは、一体何処へ行って了ったのであろう。原稿は、何も彼も台なしにして了っていたのである。原稿の方から、彼の人物に到達する道は、なかったのである。彼は穏やかな表情で、私の返答を待っていた。私は、仕方なく、

「文章がいけないのです」と言った。

「そりゃ、無論、いいわけがありません。何処、其処がいけないと言って下されば、喜んで訂正します」。その時、私は、ふと、彼の原稿の中で、フィーリングという言葉が、しきりに使われているのを思い出した。フィーリングというのは、感じという意味であろうが、ゴルフのプレイには、誰のものでもない自分自身のフィーリングというものを持つ事が一番大事である。これは人から教わる事も出来ないし、本にも書いてはないが、自分のフィーリングというものは、誰にも必ずあるもので、あると信じていれば、又、必ず得られるものだ、そういう事が書いてあった。

「貴方の文章には、フィーリングがないのです」という言葉が、直ぐ口に出た。

「うまい！」と彼は膝を叩いた。彼は、快心のショットを飛ばした時の様な、嬉しそうな

顔をした。

「よく、わかりました……これで、お仕舞い、お仕舞い」と言いながら、彼は、原稿を風呂敷につつんだ。

「ねえ、小林さん、私は、ゴルフのフィーリングは、しっかり持っているんですよ。だから、貴方の一と言が、実によくわかったのです。こんど機会があったら、一っぺん私と廻りませんか。いろいろ御忠告は出来ると思うんですよ」。彼は、いかにも愉快そうであった。

数カ月、彼から何の音沙汰もなかった。偶然叔父に会った時、彼の話をすると、先日死んだ、と叔父は言った。其の後、何かにつけて、二度しか会わなかった、この人物の事を思い出すので、ありのままを書いて置く気になった。

スポーツ

私は、学生のころから、スポーツが好きだった。身体の出来が貧弱だったから、スポーツ選手にはなれず、愚連隊の方に傾き、いつの間にか、文士なぞになってしまったが、好きなことは今でも変らない。先年も、里見弴氏の還暦のお祝いに野球大会があったが、野球と聞くと、ノコノコ出かけて行く。三十年もボールを手にしたことがないなど、念頭にないのである。石川達三がヘロヘロ球を投げる。大体、ストライクもボールも選ぶ値打ちのあるような球ではなし、打てばいいんだろ、と第一球から、つづいて三度振回したが、球にかすりもしない。見ていた奴が、バットとボールとが一尺は違っていたと言った。その他、なにやかや、つまらぬことばかりやって、珍プレー賞と書いたウィスキーをもらった。こんなことを今いっても、だれも信用しそうもないが、三十年前には、巨人の水原監督と一緒に、第一回都市対抗戦で、神奈川県代表の鎌倉軍に参加し、台湾代表の台北軍と、神宮球場で戦ったこともある。なさけない次第である。

新聞を見ていると、近ごろ、山の遭難が非常に多い。まことに遺憾なことである、と世の識者は嘆いている。むろん、遺憾でないことはないのだろうが、貴い青春を、たかが山登りなぞというつまらぬ遊びで失うのは愚の骨頂だ、という意見には組することはできない。考えてみれば人生、なんのために死ぬのが愚であるか、わかったものではない。そんな高踏的な意見を、私は持ってはいない。ただ私は、スポーツが好きだから、スポーツの好きな人々のスポーツから来る幸不幸には、スポーツの精神をもって対したいというまでだ。

昔は、今のように登山熱が盛んではなかったから、山の遭難というものも珍らしかった。中学三年の時、甲武信岳で、数人の東大生が遭難した。当時としては、希有の大事件だったので、新聞は大きくこれを扱い、私は心をおどらせて、詳細な遭難記事を読んだのだが、山というものが、突然、不思議な魅力で、私をとらえてしまった。仲間三人と語らい、米、みそ、油紙（これは野宿用である）などをひそかに家から持出して、雲取山に出かけた。今でこそ、雲取山なぞは、ハイキング・コースであろうが、そのころ、私たちはヒマラヤにでも登る気持ちであった。地図を持っているのは、山の本などを少々読みかじったリーダー格の男一人で、これに頼っていたのだが、雲取山の手前に、小雲取という山があり、地図の上では、名もない等高線のコブだものだから、リーダーは、コブ一つくらいどうでもよろしいと思い込んでいたらしい。ところが、くまざさの中を尾根を歩いて行けば、コブどころの騒ぎではない。行手に堂々たる山がそびえている。雲取山とはよくも名づけたものだと、感心しながら頂上をきわめたが、それがコブであった。その先きは、山が一つずつずれる勘定になったから、もう、なにもかもめちゃめちゃである。夕やみがせまり、黒ずんで化け物じみて見える山々が恐ろしく、三人の足は期せずして沢に向った。山で迷ったら、決して沢に降りるな、とは登山家の金言だ、とリーダーはいうが、こうなったら金言どころでないことは、リーダーもよく承知しているのである。身を軽くするためにいらない物は、みんな捨てよう、とリーダーがいう。私は何も捨てるものがないので、石鹸箱を捨てたことを、今でもよく覚えている。

谷川のほら穴で一夜を明かし、翌朝、水をのみのみ沢を下ったが、空腹でもう歩けぬというところで、偶然いわな釣りに出合った。彼は、三峰神社に抜ける道を教え、米も分けてやるから、せっかくだからついてこい、と親切に言ってくれたが、三人はもう足がすくんで動けない。山にかかる前に野宿した小河内村まで連れかえってもらった。あすこも、今はもうダムの水の底になっているだろう。いわな釣りに会わずに沢を下っていたら、むろん命はなかったのだが、そんな事でこりるどころか、これが、私の登山熱のきっかけを作った。だから、私は、自分の経験に照らして、近ごろの山の遭難記事は、いよいよ青年たちの登山熱を挑発するであろうと思っている。それは、まことに自然な事である。私の愚かな経験など取るに足りないが、山好きが慎重に行動して、しかも事故に会うことに、だれが文句をつけられよう。私は山好きを少しもロマンチストなどと思っていない。私の考えで、リアリストというものをひと口で定義するなら、好きなものは文句なく好き、嫌いなものは文句なく嫌いだという信条のうえに知恵を築いている人だ。利害打算に追われ、現実的観察なぞに追われている人々が、実はどんなに不安定な夢想家であるかを見抜くのは、難かしいことではない。

スキーもずいぶん好きでやったが、深田久弥という野人に指導されていたので、スキーを三本も折ったというだけの話でスキー術を覚えたわけではない。だから、リフトに乗って、ゲレンデで曲ってみせたり、止ってみせたりしに行くわけにはゆかない。それかといってリュックを背負って山にスキーを折りに出かけるわけにもゆかない。これもあきらめている。そういう次第で、このごろは、体力に相応したゴルフばかりやっている。もっともゴルフだって、体力がいらないわけではない。抜群の体力がなければ優勝選手になれぬ点では、たとえばボクシングやマラソンと少しも変りはしない。ただマラソンのまねごとを楽しむわけにはゆかないが、ゴルフなら、ゴルフみたいなものをやって、結構ゴルフをやっている気になれるところが異なるのである。だからその点をはっきり了解している仲間だけと、私は遊んでいる。

長年、アメリカでゴルフをやっていたある老人からこんな話を聞いた。近ごろのゴルファーでは、何と言ってもヘーゲンが一番の名人だそうだが、その名人がある本屋から頼まれてゴルフ上達法といった種類の本を書いた。実地経験から割出した苦心の理論書は、大成功であったが、当の名人の方は、理論を完成した途端に、全く当らなくなったそうである。ヘーゲンはこの思いも掛けなかったスランプから脱するのに一年もかかったそうだ。私のゴルフなど無論、ヘーゲンの嘆きどころの騒ぎではない。けれども、およそスポーツというものの魅力の中心にはヘーゲンの嘆きがある、という事は、よく納得出来て面白い。

自分の通達した一動作を分析しこれを理論附けてみるという事は、ヘーゲンにとって自然な愉快な仕事だったであろうが、上きげんで仕事を終ってみれば、いやでも肉体の会得したところは、必ずしも頭脳の理解するところではない事を見せられる。両者は相違するどころではない、ほとんど敵対関係にある、という事を、ヘーゲンは今更の様に痛感したであろう。今更の様にというのは、そんな事を知らないスポーツマンなぞ考えられないからである。ヘーゲンの長年の努力は、肉体と頭脳との働きの一致に向けられていたに相違ないが、努力するものが肉体であるか頭脳であるか判然しないままに、これを練習と呼んでいたであろう。彼は練習の結果、この一致を会得し名人になったのだろうが、名人になってもこの一致は、いつでも紛失する危険にさらされているのである。そして、彼は、スランプを脱するのに、性質不明の練習というもの以外に頼みになるものはなかったはずである。名人の芸談というものはあるが、名人の理論書というものはない。凡そスポーツは、そういう名人なしには済ませぬものだ。だれでも名人になれるわけのものではないが、だれでも名人を予想しなければ少しも楽しくない事は知っている。幼いスポーツマンの心にも、ヘーゲンの嘆きは宿っていて、彼はこの嘆きに深い愛着を持つのである。

人生の経験は一通り味わったが、スポーツの経験はかつてなかった中年者が、例えばゴルフでも始めようかと思いつく。みんなたかがスポーツだと思っている。もういっぺん子供に還って玉ころがしをやってみるのも悪くないとか、近ごろ出て来た腹をへこましたいとか言っているのだが、始めてみると、おや、これはちと様子が変だ、と感附くのである。感附いた時にはもう遅い。始めた動機なぞ、もうどうでもよろしい。みんな同じスポーツの原理のとりこになっている。何の足しにもならぬ一種特別な動作の究明に大骨を折るだけが楽しみになる。

正義感と合理性との魅力が、一般生活のうちに普及してない国では、探偵小説というものは流行しない。英国が本格的探偵小説の本場であることは、英国の国民性に大いに関係があるだろう。そういう意見を、なにかで読んだことがある。ゴルフの本場は英国であってみれば、これもなにか国民性と関係のありそうなスポーツだという気もする。大選手だってそうだが、私達の様なゴルファーになれば、風の吹きまわしでボールはどこに飛ぶかわからないのだから、だれ一人見ていないところで、プレーをする場合は、たいへん多いのである。つまり、審判官は自分一人であり、だれにも知られず、ストロークをごまかせる機会は、まあ、われわれの試合だと、一試合のうちに何度かはあるものだ。ところが、ごまかす奴など一人もいない。ごまかしたいのはやまやまだが、ごまかして勝ってみたところで何がおもしろいか。ごまかすくらいならゴルフをやめた方がいい。われわれ凡夫でも、スポーツでは、がんこな正義派にならなければ、ちっともおもしろくない、というところに、スポーツのおもしろさがある。実生活ではそうはゆくまい。ごまかしがなければ、世間は渡れまい。というよりごまかしとはそもそもどういう意味だ。実生活においては、正義という観念は、まことに複雑である、云々。悧巧そうな現代人ならだれもいっているそんな意見は、私には退屈で、ちっとも興味がない。スポーツと実生活とは違う。しかし、現代の実生活を、審判官もいなければ、喜んで守るべき絶対的正義もないスポーツと観じて悪い理由もあるまい。自民党の正義と社会党の正義とは違う。アメリカの正義とソヴェトの正義とは違う。審判官はいない。いても選手は耳をかさない。なんとばかばかしい、無意味なスポーツか。別に冗談をいっているつもりでもない。正義に関する歴史的相対主義も、よくよく考えれば一時代の一片の流行的空想にすぎないかもしれないからである。

ゴルフというスポーツは野球や相撲と違って見世物には適しない。野球や相撲を見ることは好きだが、スポーツを見世物と見做して昂奮しているファンというもののかもし出す空気は、私はあんまり好きではない。見世物が好きなのとスポーツが好きなのとは、まるで違ったことだということが、ファンなどという残酷な心の持主にはまるでわかっていないように思われて仕方がない。なるほどスポーツも職業となれば、人気商売である。大企業化した野球の選手など、対世間的な心労は多かろうし、これに処するばか悧巧もあるはずだ。しかし根本のものは、野球の実際技術にあるとは、選手自身が骨身にこたえて承知していると思う。ところで、この実際技術の微妙さは、ファンなどという素人のあずかり知るところではあるまい。ファンはただ昂奮していればよい。選手は、ファンの昂奮などに巻込まれまいと必死の努力をしている。ただ、捕球とか打撃とかに、すべてを忘れなければならぬ。そういう時の選手は、確かにスポーツに純粋に生きている。そういう人間の集中された精神の努力のうちにある喜びや悲しみを思うと、おれたちはみんな金を払って見に来ているんだ、となにかといえばすぐ腹を立てるファンの心理には、全く動物的な欲望しかないように思われる。

むろん、これは極端な考えだ。私だって野球ファンの一人であるから、ファンの心理は、全く動物的であるなぞという意見は承服しがたい。ただ、今日のスポーツの驚くべき隆盛を、私なりに分析しようとすると、まずそういう極端な物の言い方が必要だと思われたまでだ。スポーツ・ファンの心理は雑然としている。勝敗に関する昂奮や、ファイン・プレーの快感や、人気とかひいきとかの感情や、そんなものに十重二十重に包まれているが、これを一枚一枚はがしてゆけば、当人も知らない裸の心が現れよう。そして、それはきっと純乎たるスポーツ精神というものに強くひかれているであろう。この精神は、おそらくオリンピック以来少しも変ってはいないと思う。オリンピックが語る通り、スポーツの起源は、宗教的なものだ。選手達は戦いの動機の純粋性を互に信じ合い、戦う条件や手段の公示と潔白とを認め合い、審判の絶対性に対する共通の信仰を持つ。ただ、そういうものを現代の享楽的なスポーツ・ファンの心理に結びつけるのが唐突に思われるだけだろう。今日のように、どんなにスポーツがただの見世物として客を集めるようになろうが、行われているものがスポーツである以上、客の心は、スポーツの魂に、どこかで必ず触れていると考えざるを得ない。今日の大衆的見世物、映画にしろ、芝居にしろ、あえて言いたいが、小説類にしろ、スポーツという見世物の持っているような一種のまじめさ、一種の純潔さは持っていないと私は考えている。

スポーツという見世物ほど、人間の正銘な実力というものが、はっきり見られる世界はないようである。スポーツのうえに鮮やかに現れる実力というものを、少しでも吟味してみるとよい。人間が一定の目的を定め、定められた方法と秩序とに従い、精神と肉体との完全な協力のもとに、全努力を傾注し、そこにおのずから、個性の優劣がはっきりと現れ出て来る。しかも選手たちは、定められた秩序や方法を、制約とは少しも感じていない。規律があることが楽しいのである。まず規約がなければ、自由な努力などすべてむなしいというむずかしい問題を、楽々と解いている。詐術も虚偽も粉飾も、這入りこむ余地はない。そんなものを、だれも望みはしないし、考えてもみない。野球のような、団体の競技にしても、スポーツの精神の力でたちまち理想的な団体が出来上がる。成員を結ぶものは理論でも主義でも党派心でもない。もっと人間的な信頼感が彼らを結ぶのだが、これは個人的な関係をこえたものでありながら、各人の個性の発揮を、少しも妨げていない。恐らく、勝敗というものも、周囲の人々が考えているほど、選手たちの心を動かしているものではない。新前の選手ならいざ知らず、少しでもスポーツの極意に通じた選手なら勝ちたいと望むよりは、勝つためには実際どう行為すべきか、の問題が彼の心を占めているであろう。勝つとは、実は相手に勝つことではなく、自分の邪念に勝つことだと本能的に承知しているであろう。

スポーツの世界では、人間の実力は、ほぼそんなふうに現れる。近ごろ、新聞でよく見る実力行使という言葉と比べてみるのも悪くはあるまい。スポーツの職業化、商業化は社会の勢いのおもむくところだ。その悪を言い、学生スポーツへの悪影響をいってみたところで空言となろう。それよりも、どんな社会的条件の下に行われようと、スポーツというものが行われる以上、スポーツ固有の精神が現れざるを得ない、というところをはっきり知る方がよいと思う。スポーツには、容易に外部から侵されにくい健全な強固な内部の心棒がある。ファンは、その懐疑主義と享楽主義とをもって、スポーツに臨むことに間違いないが、彼が心の底で、われ知らず求めて得ているものは、人間らしい道義なのではあるまいか。

スランプ

野球で、あの選手は、当りが出ているとか、この頃はスランプだとか言う。先日、国鉄の豊田選手と酒を飲んでいて、そのスランプの話になったが、彼は、面白い事を言った。「スランプが無くなれば、名人かな――こいつは何んとも言えない。だが、はっきりした事はある。若い選手達が、近頃はスランプだなどとぬかしたら、この馬鹿野郎という事になるのさ」。その道の上手にならなければ、スランプの真意は解らない。下手なうちなら、未だ上手になる道はいくらでもある。上手になる工夫をすれば済む事で、話は楽だ。工夫の極まるところ、スランプという得態の知れない病気が現れるとは妙な事である。

どうも困ったものだと豊田君は述懐する。周りからいろいろと批評されるが、当人には、皆、わかり切った事、言われなくても、知っているし、やってもいる。だが、どういうわけだか当らない。つまり、どうするんだ、と訊ねたら、よく食って、よく眠って、ただ、待っているんだと答えた。ただ、待っている、なるほどな、と私は相槌を打ったが、これは人ごとではあるまい、とひそかに思った。私はその道の上手でも何んでもないが、文学で、長年生計を立てて来たのだから、プロはプロである。スランプの何んたるかを解しないでは相済まぬ次第であろうか。

一と昔前の芸術家は、好んでインスピレーションという言葉を使ったが、今では、ひどく詰らぬ言葉に成下って了った。芸術という極めて意識的な仕事の中に、霊感というような漠然とした観念は、這入り込む余地はない。インスピレーションに頼って仕事をするような、分析的意識の未発達な時代は過ぎた、そういう考え方が優勢であるが、芸術に関する考え方が進歩したからと言って、その道の名人上手に成り易くなったわけではない。そんな事には決してならないのが面白い。私達は、昔の人の使った言葉を、勝手に当世風に使いたがる。インスピレーションという言葉も、今日のような詰らぬ意味で、昔使われていたとは限らない。人間がこんな言葉を発明する必要があったのも、凡そ芸事は思案の外という、その道の苦労人の鋭い意識によったのであろう。

野球は言うまでもなく、高度に肉体に関わる芸である。肉体というものは、自分のものでありながら、どうしてこうも自分の言う事を聞かぬものか、スポーツの魅力は、その苦労から出て来る。今日の文学の世界では、観察だとか批判だとか思想だとかいう言葉がしきりに使われ、そういうものに、文学は宰領されているとも見えるが、文学の纏ったそういう現代的な意匠に圧倒されずに、文学の正体を見るなら、文学もスポーツとそう違った事をやっているわけではなし、その基本的な魅力も、同じ性質の苦労から発している。では、文学者にとって、その肉体とは何か。自分の所有であり、自分の意に従うものと見えながら、実は決してそうではない肉体とは何んだろう。それは、彼が使っている言葉というものだ。そう直ちに返答が出来るようになれば、文学者も一人前と言える、プロと言えるだろう。

私の職業は、批評であるから、仕事は、どうしても分析とか判断とかに主としてかかずらう。従って、こちらの合理的意識に、言葉は常に追従するという考えから逃れる事が難しかった。その点で、詩人や小説家に比べて、成育が、余程遅れたと自分は思っている。だが、やがては思い知る時が来た。書くとは、分析する事でも判断する事でもない、言わば、言葉という球を正確に打とうとバットを振る事だ、と。私は野球選手ではないから、今はスランプだとは言わない。しかし、勝負に生きる選手の言うスランプという言葉が、勝負を知らぬ文学の仕事の上に類推されれば、スランプは私の常態だと言うだろう。職業には、職業の慣れというものがあるので、その慣れによって、意識の整備の為に、精神を集中するという事は、私にはさして難儀な事ではない。さて、そういう事が出来た後には何をすればよいか。ただ、待つのである。何処かしらから着想が現れ、それが言葉を整え、私の意識に何かを命ずる。私は、昔の人のように、陳腐なインスピレーションを待っている。若い時には、その意味も解らず使っていた天分という言葉も、今はほぼ理解出来る。はっきりしたところ、自分の天分は、かなり低級なものだ、とこだわりなく言う事が出来る。

オリンピックのテレビ

何か感想を書かねばならぬ約束で、原稿紙はひろげたものの、毎日、オリンピックのテレビばかり見ていて、何もしないのである。こんなに熱心に、テレビを見た事は、はじめてだ。オリンピックに、特に関心があったわけではなかったので、これは、自分にも意外な事であった。オリンピックと聞いて嫌な顔をして、いろいろ悪口を言っていた人も、始ってみれば、案外、テレビの前を離れられないでいるかも知れない。

競技の途中で、中共の核実験のニュースが這入る。おやおや、そうかい、と私は思う。テレビを前にして、重大なニュースが這入ったなどと余計な事を考える要も認めない。ゼウスという祭神を失って了った現代のオリンピックは、なるほど、妙な事になっているようだが、しかし、中味が、空っぽになったわけではあるまい。ホイジンガで有名になった「ホモ・ルーデンス」の姿は、生き残っている。「遊戯する人間」は、もはや、全社会の懐に、しっかり抱かれた子供のような姿は取れずにいるが、ホイジンガとともに、これを惜しんでみても詮ない事だろう。それより、油断も隙もない今日の実用主義の社会が、オリンピックの競技に課する様々な条件にもかかわらず、ここに見られるものは、やはり正銘の遊戯する人間の姿だ、と考える方がいいだろう。

そして、確かに、そういう姿を、そういう姿だけを、テレビは映し出しているように思われた。実物ではない。たかが小さな硝子板に映し出されたカメラによる模写である。だが、この抽象的な映像は生きている。その自立した抽象性が、私を、静かな感銘に誘い込む。場内の昂奮から自由になっている私の視力を、カメラの技術的視力が援助してくれる。私は、競技する人間の、肉体による表現力を満喫した。

依田選手を、七年間訓練したという吉岡コーチの書いている文章を、雑誌で読んだが、そのなかに、こういう言葉があった。「オリンピックに出る選手なら、誰でも自分との闘いに心を傷つけているものだ。オリンピックとは、そんな人間と人間との勝負なのだ」

私が親しんで来た近代文学の世界は、「自分との闘いで心を傷つけて来た人間達」の告白で充満している世界だが、それだからと言って、私に、吉岡コーチの言葉が、よく理解出来るとは言えない。文学の世界には、勝負がない。勝負の客観性或は絶対性というものが欠けているからだ。これを欠いているが為に、この世界の選手達は、自分と闘っているのだか、自分を偽っているのだか、考えてみれば、まことに判然としない心労を重ねている。私が、経験によって、よく理解しているのは、この心労だけだからである。

　或る外国の女子選手が、これから円板を投げるところだ。彼女の顔が大きく映る。しきりに円板に唾を付けている。この緊張した表情と切迫した動作は、一体何を語るのか。どんな心理、どんな感情の表現なのか。空しく言葉を求めていると、解説者の声が聞えて来る。口の中はカラカラなんですよ、唾なんか出やしないんですよ――私は、突然、異様な感動を受けた。解説者の声というような意識は、私には全くなかったからだ。ブラウン管上の映像が口を利いたと感じたからである。私は全身が視覚となるのを感じた。

　依田選手が、スタート・ラインで釘を打っている。両手をつけて、鉢巻をしめた顔を上げる。サロメチールを塗る。トンボ返りをやる。これらの黙した動作の継続を見守っていると、これが私の全部だ、私は、何一つ内に秘めてはいないと言われているように思う。依田選手だけではない。勝負するすべての選手達が、その肉体の動きによって、私の眼に、何も彼も、さらけ出している。その表情の簡明、正確、充実には、抗し難い魅力がある。吉岡コーチの言うように、勝負する選手達は、みな孤独かも知れないが、その彼等の内心の孤独が、私には、外部からまざまざと見えており、その魅力に抗し難いとは不思議な事である。孤独だとか、自分との闘いだとか、そんな文学的常套語を使うより、選手達の口のなかはカラカラだと言う方がいいかも知れないのである。

感想

終戦の翌年、母が死んだ。母の死は、非常に私の心にこたえた。それに比べると、戦争という大事件は、言わば、私の肉体を右往左往させただけで、私の精神を少しも動かさなかった様に思う。日支事変の頃、従軍記者としての私の心はかなり動揺していたが、戦争が進むにつれて、私の心は頑固に戦争から眼を転じて了った。私は「西行」や「実朝」を書いていた。戦後、初めて発表した「モオツァルト」も、戦争中、南京で書き出したものである。それを本にした時、「母上の霊に捧ぐ」と書いたのも、極く自然な真面目な気持からであった。私は、自分の悲しみだけを大事にしていたから、戦後のジャーナリズムの中心問題には、何の関心も持たなかった。

母が死んだ数日後の或る日、妙な経験をした。誰にも話したくはなかったし、話した事はない。尤も、妙な気分が続いてやり切れず、「或る童話的経験」という題を思い附いて、よほど書いてみようと考えた事はある。今は、ただ簡単に事実を記する。仏に上げる蠟燭を切らしたのに気附き、買いに出かけた。私の家は、扇ケ谷の奥にあって、家の前の道に添うて小川が流れていた。もう夕暮であった。門を出ると、行手に螢が一匹飛んでいるのを見た。この辺りには、毎年螢をよく見掛けるのだが、その年は初めて見る螢だった。今まで見た事もない様な大ぶりのもので、見事に光っていた。おっかさんは、今は螢になっている、と私はふと思った。螢の飛ぶ後を歩きながら、私は、もうその考えから逃れる事が出来なかった。ところで、無論、読者は、私の感傷を一笑に附する事が出来るのだが、そんな事なら、私自身にも出来る事なのである。だが、困った事がある。実を言えば、私は事実を少しも正確には書いていないのである。私は、その時、これは今年初めて見る螢だとか、普通とは異って実によく光るとか、そんな事を少しも考えはしなかった。私は、後になって、幾度か反省してみたが、その時の私には、反省的な心の動きは少しもなかった。おっかさんが螢になったとさえ考えはしなかった。何も彼も当り前であった。従って、当り前だった事を当り前に正直に書けば、門を出ると、おっかさんという螢が飛んでいた、と書く事になる。つまり、童話を書く事になる。後になって、私が、「或る童話的経験」という題を思い附いた所以である。

ゆるい傾斜の道は、やがて左に折れる。曲り角の手前で、螢は見えなくなった。人通りはなかった。S氏の家を通り過ぎようとすると、中から犬が出て来て、烈しく私に吠えかかった。いつも其処にいる犬で、私が通る毎に、又、あいつが通るという顔附きをする、言わば互によく知り合った仲で、無論、一ぺんも吠えついた事なぞない。それが、私の背後から吠えつくのが訝しかった。私は、その日、いつもの不断着で、変った風態に見える筈もなかった。それよりも、かなり大きな犬だから、悪く駈け出したりして、がぶりとやられては事だ、と思い、同じ歩調で、後も見ず歩きつづけたが、犬は、私の着物に、鼻をつける様にして、吠えながらついて来る。そうしているうちに、突然、私の踝《くるぶし》が、犬の口に這入った、はっと思ううちに、ぬるぬるした生暖かい触覚があっただけで、口は離れた。犬は、もう一度同じ事をして、黙って了った。私は嫌な気持をこらえ、同じ歩調で歩きつづけた。後を振りかえれば、私を見送っている犬の眼にぱったり出くわすであろう。途端に、犬は猛然と飛びかかって来るだろう。そんな気持がしたから、私は後を見ずに歩いた。もう其処は、横須賀線の踏切の直ぐ近くであったが、その時、後の方から、あわただしい足音がして、男の子が二人、何やら大声で喚きながら、私を追いこし、踏切への道を駈けて行った。それを又追いこして、電車が、けたたましい音を立てて、右手の土手の上を走って行った。私が踏切に達した時、横木を上げて番小屋に這入ろうとする踏切番と駈けて来た子供二人とが大声で言い合いをしていた。踏切番は笑いながら手を振っていた。

子供は口々に、本当だ、本当だ、火の玉が飛んで行ったんだ、と言っていた。私は、何んだ、そうだったのか、と思った。私は何の驚きも感じなかった。

以上が私の童話だが、この童話は、ありのままの事実に基いていて、曲筆はないのである。妙な気持になったのは後の事だ。妙な気持は、事後の徒らな反省によって生じたのであって、事実の直接な経験から発したのではない。では、今、この出来事をどう解釈しているかと聞かれれば、てんで解釈なぞしていないと答えるより仕方がない。と言う事は、一応の応答を、私は用意しているという事になるかも知れない。寝ぼけないでよく観察してみ給え。童話が日常の実生活に直結しているのは、人生の常態ではないか。何も彼もが、よくよく考えれば不思議なのに、何かを特別に不思議がる理由はないであろう。

二ヵ月ほどたって、私は、又、忘れ難い経験をした。これが童話であるか、事実談であるかは、読者の判断にまかす事にして、ともかく、それは次の様な次第であった。或る夜、晩く、水道橋のプラットフォームで、東京行の電車を待っていた。まだ夜更けに出歩く人もない頃で、プラットフォームには私一人であった。私はかなり酔っていた。酒もまだ貴重な頃で、半分呑み残した一升瓶を抱えて、ぶらぶらしていた。と其処までは覚えているが、後は知らない。爆撃で鉄柵のけし飛んだプラットフォームの上で寝込んで了ったらしい。突然、大きな衝撃を受けて、目が覚めたと思ったら、下の空地に墜落していたのである。外壕の側に、駅の材料置場があって、左手にはコンクリートの塊り、右手には鉄材の堆積、その間の石炭殻と雑草とに覆われた一間ほどの隙間に、狙いでもつけた様に、うまく落ちていた。胸を強打したらしく、非常に苦しかったが、我慢して半身を起し、さし込んだ外燈の光で、身体中をていねいに調べてみたが、かすり傷一つなかった。一升瓶は、墜落中、握っていて、コンクリートの塊りに触れたらしく、微塵になって、私はその破片をかぶっていた。私は、黒い石炭殻の上で、外燈で光っている硝子を見ていて、母親が助けてくれた事がはっきりした。断って置くが、ここでも、ありのままを語ろうとして、妙な言葉の使い方をしているに過ぎない。私は、その時、母親が助けてくれた、と考えたのでもなければ、そんな気がしたのでもない。ただその事がはっきりしたのである。

胸が苦しいので、しばらく横になろうとしている時、駅員が三人駈けつけて来た。後で聞いたが、私が墜落するのを、向う側のプラットフォームから見た人があり、その人が報告したからである。私が最初に聞いたのは、「生きてる、生きてる」という駅員の言葉であった。これも後から聞いたが、前の週、向う側のプラットフォームから墜落した人があって、その人は即死した。私は、駅員達に、大丈夫だ、何処もなんともない、医者も呼ばなくてもいい、何処にも知らせなくてもよい、駅で一と晩寝かせて欲しい、と言った。私は、水を貰って呑み、朝までぐっすり寝た。翌日、迎えに来たS社の社員に、駅の人は、どうも気の強い人だ、と言ったそうだが、私はちっとも気の強い男ではない。ただ、その時私は、実に精神爽快だっただけなのである。

この時も、私は、いろいろと反省してみたが、反省は、決して経験の核心には近附かぬ事を確めただけであった。私は、一偶然事について、勝手な想像を行ったに過ぎない、という考え方、無論、私も現代人だから、附き合い上、そういう考え方をする振りをしているだけだ。そういう考えに通っている条理は見掛けに過ぎまい。偶然といい、想像といい、全く曖昧な言葉なのだから。科学者は、例えばポアンカレの様に、偶然を「人間の無知の尺度」と定義するかも、知れない。それなら、心理学者は、これに準じて、想像を、表象コンプレックスと外部現実との照合に関する無関心の尺度とでも定義せざるを得まい。それが定義なら、言葉の戯れに過ぎまい。だが、それよりも、こういう言葉の戯れに達せざるを得ない知性も一種の生物だと考えた方がよさそうだ。彼も亦、否定の力というどうにもならぬ宿命を負わされて、人生を渡り、相手次第で、様々な劇を演ずるのであろう。ソクラテスのダイモンは、現代人にも同じ事をささやいているのだ。プラトンによれば、ソクラテスには、幼い時から、屢々、この世のものとは思えぬ声が聞える事があって、彼は、これにあらがう事が出来なかった。このダイモンの声は、いつも、何かをしてはならぬという禁止の命令であって、何かをせよと命令したことは決してなかった。ソクラテスの知性は、初め、自然のメカニスムの究明に熱中したが、或る日、アポロンの神殿の「汝自身を知れ」という謎めいた銘に感じて、これを哲学の出発点とする事を決意した。この時から、彼の知性の真の劇が始まった。彼の「問答法」は、どんな種類の論理形式でもない。ダイモンから生を享けた否定の力という劇の主人公の運命的な台詞なのだ。それは、プラトンが見事に描いた通りである。この定義の達人は、「不知の知」という有名な最後の定義に達するのだが、終末に向って直進する彼の足どりは、典型的な悲劇人の足どりである。終幕は、死刑を宣告された法廷であるが、彼は「弁明」の終りに臨んで、「裁判官たる市民諸君、実は、驚くべき事が、私に起ったのである」と冒頭し、次の様な打明話をする――、平素あれほど馴染みだった例のダイモンの声が、私の最悪の日に当って沈黙して了った。瑣細な事にでも、あれほど屢々私に干渉した声は、今日、家を出た時から、私の言動に、例の禁止の命令を全く発しなくなって了ったのである。

当時、私は、ソクラテスの事なぞ考えていたわけではない。最近、ソクラテスのダイモンについて書く事を強制され、しばらくプラトンばかり読んでいたので、ソクラテスについて、想いを新にしたままでなのである。当時の私はと言えば、確かに自分のものであり、自分に切実だった経験を、事後、どの様にも解釈できず、何事にも応用出来ず、又、意識の何処にも、その生ま生ましい姿で、保存して置く事も出来ず、ただ、どうしようもない経験の反響の裡にいた。それは、言わば、あの経験が私に対して過ぎ去って再び還らないのなら、私の一生という私の経験の総和は何に対して過ぎ去るのだろうとでも言っている声の様であった。併し、今も尚、それから逃れているとは思わない。それは、以後、私の書いたものの、少くとも努力して書いた凡てのものの、私が露わには扱う力のなかった真のテーマと言ってもよい。

事件後、発熱して一週間ほど寝たが、医者のすすめで、伊豆の温泉宿に行き、五十日ほど暮した。その間に、ベルグソンの最後の著作「宗教と道徳との二源泉」をゆっくりと読んだ。以前に読んだ時とは、全く違った風に読んだ。私の経験の反響の中で、それは心を貫く一種の楽想の様に鳴った。私は、学生時代から、ベルグソンを愛読して来た。彼が死んだのは、大戦の始まった年である。恐らく、本国でも、この哲学者の死を静かに悼む暇はなかったであろうが、まして日本の一愛読者は、新聞紙上の簡単な報道以外に、彼に関して何一つ読む事が出来なかった。私は彼の遺稿集の出版を待った。最後の本を出してから十年近くも沈黙して死んだこの大哲学者に、豊かな遺稿集を期待するのは、当然の事に思われた。本が自由に買える時が来ると、早速書店に註文したし、フランスに行った時も捜したが、無駄であった。私は、その理由を解する事が出来なかった。先日、私がベルグソンの本を捜している事を知っている友人が、“Écrits et Paroles”という新刊をとどけてくれた。それは、今まで、単行本に収められていなかった講演や論文の類を集めたものであったが、序文を読んで、はじめて事情が、私には明らかになった。彼は、死ぬ四年前、一九三七年の一月に、遺書を書いているのであった。

「世人に読んで貰いたいと思った凡てのものは、今日までに既に出版した事を声明する。将来、私の書類其の他のうちに発見される、あらゆる原稿、断片、の公表をここに、はっきりと禁止して置く。私の凡ての講義、授業、講演にして、聴講者のノート、或は私自身のノートの存するかぎり、その公表を禁ずる。私の書簡の公表も禁止する。J・ラシュリエの場合には、彼の書簡の公表が禁止されていたにも係わらず、学士院図書館の閲覧者の間では、自由な閲覧が許されていた。私の禁止がそういう風に解される事にも反対する」

随分徹底したものだ。この遺書の、法律上の実効はどういう事になるか、私にははっきりしないが、これが、彼が公表した、彼の最後の思想であると見れば、感慨なきを得ないのである。彼は、「宗教と道徳との二源泉」で、真の遺書を書き終えた、と念を押したかったのであろう。自分の沈黙について、とやかく言ったり、自分の死後、遺稿集の出るのを期待したりする愛読者や、自分の断簡零墨まで漁りたがる考証家に、君達には何もわかっていない、と言って置き度かったのである。一九三二年に、最後の本を書き上げた時、彼は、「諸君、驚くべき事が起った。私のダイモンは沈黙して了った」と言うのを忘れたのである。私は恥かしかった。

信ずることと知ること

この間テレビで、ユリ・ゲラーという人が念力の実験というのをやりまして、大騒ぎになったことがありましたね。私の友達の今日出海君のお父さんというのが、もうとうに亡くなったが、心霊学の研究家であった。インドの有名な神秘家、クルシナムルテという人の会の会員でした。だから私はああいうことは学生の頃からよく知っていました。念力というような超自然的現象を頭から否定する考えは、私にはありませんでした。今度のユリ・ゲラーの実験にしても、これを扱う新聞や雑誌を見ていますと、不思議を不思議と受けとる素直な心が、何と少いかに驚く。テレビで不思議を見せられると、これに対し嘲笑的態度をとるか、スポーツでも見て面白がるのと同じ態度をとるか、どちらかでしょう。念力というようなものに対してどういう態度をとるのがいいかという問題を考える人は、恐らく極めて少いのではないかと思う。今日の知識人達にとって、己れの頭脳によって理解出来ない声は、みんな調子が外れているのです。その点で、彼等は根柢的な反省を欠いている、と言っていいでしょう。

その時分、私が丁度大学に入った頃、ベルグソンの念力に関する文章を読んで大変面白く思った事があります。その文章は、一九一三年にベルグソンがロンドンの心霊学協会に呼ばれて行なった講演の筆記なのです（「生きている人のまぼろしと心霊研究」）。その大体のところを覚えていますので、お話ししようと思います。ベルグソンがさる大きな会議に出席していた時、たまたま話が精神感応の問題に及んだ。あるフランスの名高い医者も出席していたのだが、一婦人がこの医者に向ってこういう話をした。この前の戦争の時、夫が遠い戦場で戦死した。その時、パリにいた夫人は、丁度その時刻に夫が塹壕で斃れたところを夢に見たのです。それをとりまいている数人の兵士の顔まで見たのです。後でよく調べてみると、丁度その時刻に、夫は夫人が見た通りの恰好で、周りを数人の同僚の兵士に取りかこまれて、死んだ。これに関するベルグソンの根本の考えは実に簡明なのです。この光景を夫人が頭の中に勝手に描き出したものと考えることは大変むずかしい。と言うよりそれは、不可能な仮説だ。どんな沢山の人の顔を描いた経験を持つ画家も、見た事もないたった一人の人の顔を、想像裡に描き出す事は出来ない。見知らぬ兵士の顔を夢で見た夫人は、この画家と同じ状況にあったでしょう。夢に見たとは、たしかに念力という未だはっきりとは知られない力によって、直接見たに違いない。そう仮定してみる方が、よほど自然だし、理にかなっている、と言うのです。

ところがその話を聞いて、医者はこう答えたというのです。私はその話を信ずる。夫人は立派な人格の持主で、嘘など決して言わない人だと信じます。しかし、困ったことが一つある。昔から身内の者が死んだ時、死んだ知らせを受取ったという人は非常に多い。けれども、その死の知らせが間違っていたという経験をした人も非常に多い。つまり沢山の正しくない幻もあるわけです。どうして正しくない幻の方をほっておいて、正しい幻の方だけに気を取られるのか。たまたま偶然に当った方だけを、どうして取り上げなければならないか、とこう答えたというのです。ベルグソンは横でそれを聞いていたのです。そうすると、そこにもう一人若い女の人がいて、その医者に、「先生、先生のおっしゃることは私にはどうしても間違っていると思われます。先生のおっしゃることは、論理的には非常に正しいけれど、何か先生は間違っていると思います」と言ったというのです。ベルグソンは、私はその娘さんの方が正しいと思ったと書いている。

これはどういうことか。ベルグソンはその講演で、こういう説明をしています。一流の学者ほどと言ってもいい程だが、学者は自分の方法というものを固く信じているから、知らず識らずのうちに、その方法の中に這入って、その方法の虜《とりこ》になっているものだ。だから、いろいろな現象の具体性というものに目をつぶってしまうものだ。今の場合でも、その医者は夫人の見た夢の話を、自分の好きなように変えてしまう。その話は正しいか正しくないか、つまり夫人が夢を見た時、たしかに夫は死んだか、それとも、夫は生きていたかという問題に変えてしまうと言うのです。しかし、その夫人はそういう問題を話したのではなく、自分の経験を話したのです。夢は余りにもなまなましい光景であったから、それをそのまま人に語ったのです。それは、その夫人にとって、たった一つの経験的事実の叙述なのです。そこで結論はどうかというと、夫人の経験の具体性をあるがままに受取らないで、これを果して夫は死んだか、死ななかったかという抽象的問題に置きかえて了う。そこに根本的な間違いが行なわれていると言うのです。

なるほど科学は経験というものを尊重している。しかし経験科学と言う場合の経験というものは、科学者の経験であって、私達の経験ではない。普通の経験が科学的経験に置きかえられたのは、この三百年来のことなので、いろいろ可能な方向に伸ばすことができる。私達が、生活の上で行なっている広大な経験の領域を、合理的経験だけに絞った。観察や実験の方法をとり上げ、これを計量というただ一つの点に集中させた、そういう狭い道を一と筋に行ったがために、近代科学は非常な発達を実現出来た。近代科学はいつも、その理想としての数学を目指している。

近代科学の本質は計量を目指すが、精神の本質は計量を許さぬところにある。そこで近代科学は、先ず精神現象を、これと同等で、計量出来る現象に置きかえられないかと考えたのです。そこで、十七世紀以来、脳の動きが心の動きと同等であるかのように研究は進められて来た。脳の本性は知られていないとしても、それは力学上の事実に分解出来る事は確かですから、科学は脳の事実に執着すればよかったのです。

常識は、脳と意識と密接な関係がある事を否定してはいない。しかし心身は厳密に並行しているなどとは考えていない。脳の分子や原子の運動によって表現したところを、意識の言葉によって繰返す、そんな贅沢を自然はしたろうか。無用な機能は消えて了うのが自然の傾向である。くり返しに過ぎぬ意識など、たとえ生れたとしても、宇宙から消えていた筈でしょう。私達の行動にしても、習慣によって機械的なものになれば、無意識になることを、誰でも知っています。ベルグソンは、常識に従った。常識の感じているところへ、決定的な光を当ててみる事は出来ないかと考えたのです。そして失語症の研究に這入って行った。脳の中に、判断や推理の働きの跡があると考える理由などないが、失語症という言葉の記憶の病気は、脳の或る局所の傷害に対応しているのです。彼は失語症の研究を長い間した後、身心並行の仮説は成立しないという結論を得た。脳髄の、記憶が宿っていると仮定されているところが損傷されると、人間は、記憶が傷つけられるのではなくて、記憶を思い出そうとするメカニズム、記憶を感知する装置が傷つけられるのです。そのため人間は記憶を失うので、記憶自体は少しも傷つけられてはいない。もし並行しているならば、そういう局所に損傷を受ければ、記憶そのものがなくなってしまうわけです。しかし、記憶自体はなくならない。ただそれを呼び起すメカニズムが損傷されるから、記憶がまるでなくなってしまうような状態になる。

ベルグソンのたとえで言いますと、脳は精神というオーケストラを指揮している指揮棒だが、指揮棒は見えるが音は決して聞えないという風になっている。僕等の脳髄はパントマイムの器官なのです。パントマイムの舞台で、俳優がいろいろな仕草をするのを、僕等は見ることができる。脳髄の運動はそういう仕草をしている。けれども台詞は決して聞えない。この台詞が記憶なのです。精神なのです。だから脳髄は精神の機能ではない。脳髄は、人間の精神をこの現実の世界に向けさせる指揮をとる装置なのだ。だから彼は、人間の脳髄は現実生活に対する注意の器官であると言っています。注意の器官だが、意識の器官ではないのです。意識を、この現実の生活につなぎとめる作用をしているのです。私達はみな、忘れる忘れると不平そうに言いますが、人間にとって忘れる事はむずかしい、生きる為に忘れようと努力しているというのが真相なのだ。例えば溺れて死ぬ男が死ぬ前に自分の一生を一度に思い出すとか、山から転落する男がその瞬間に自分の子供の時からの歴史をぱっと見るとかいう話は、よく知られている事実です。記憶が一時によみがえる。何故そうなるかというと、その時、その人間は、この現世、現実生活というものに対する注意力を失う、この現実に対して全く無関心になるからなのです。人間は脳髄というものを持っているお蔭で、いつも必要な記憶だけを思い出すようになっている。脳髄はいつでも、僕に現実の生活をするのに便利な記憶だけを選んで思い出させるようにしている。その注意の器官たる脳髄の作用が、異常な状態の裡で衰弱すると、記憶はぱっと出て来る。だから諸君はいつでも、諸君の全歴史をみんな持っている。だが、有効に生活する為には、そのようなものに顔を出されては困る。それは、無意識の世界に追いやられる。諸君の意識は、諸君がこの世の中にうまく行動するための意識なのであって、精神というものは、いつでも僕等の意識を越えているのです。その事を、はっきりと考えるなら、霊魂不滅の信仰も、とうの昔に滅んだ迷信と言うわけにはいかなくなるだろう。もしも、脳髄と人間の精神が並行していないなら、僕の脳髄が解体したって、僕の精神はそのままでいるかも知れない。人間が死ねば魂もなくなると考える、そのたった一つの根拠は、肉体が滅びるという事実にしかない。それなら、これは充分な根拠にはならない筈でしょう。

私がこうして話しているのは、極く普通な意味で理性的に話しているのですし、ベルグソンにしても、理性を傾けて説いているのです。けれども、これは科学的理性ではない。

僕等の持って生れた理性です。科学は、この持って生れた理性というものに加工をほどこし、科学的方法とする。計量できる能力と、間違いなく働く智慧とは違いましょう。学問の種類は非常に多い。近代科学だけが学問ではない。その狭隘な方法だけでは、どうにもならぬ学問もある。

ベルグソンが記憶の研究に這入っていった頃、心理学の方でも、意識心理学から無意識心理学への転換が行なわれる機運が来ていた。これはどういう事だったかというと、一と口で言えば、唯物論の上に立った自然科学の方法だけを頼んで人間の心を扱う道は、うまく行かなくなったという事です。心はそれ自体で存在するものではなく、私達の感官によって確かに知る事が出来る物的現象の現れである。そう考えるのが、心に関する空論を一切排して心を研究する唯一の道である、とする心理学者の自負が崩れて来たという事なのだ。心は物的現象の現れだというが、そういう心理学者のうち、一人として、何故、物が意識となって現れるのか知っているものはない。それが不問に附されているなら其処には現れという言葉しかないという事になる。そういう反省が始まったと言ってもよいのです。大昔の人達は、誰も肉体には依存しない魂の実在を信じていた。これは仮説を立てて信ずるという点で、近代心理学者達と同格であり、何も彼等の考えを軽んずる理由はない。精神より物質を優位に据える仮説では、いろいろ不都合が生ずる事になるなら、精神は、無意識と呼んでいい、近附き難い、謎めいた精神的原理の上に立つと考え直してみるのもいい事だ。新しい道が拓けるかも知れないのです。

＊

この間、こちらへ来る前に柳田国男さんの「故郷七十年」という本を読みました。前から聞いていたのですが、まだ読んでいなかった。この「故郷七十年」という本は、この碩学が八十三の時の口述を筆記したもので、神戸新聞に連載された。昭和三十三年の事です。その中にこういう話があった。柳田さんの十四の時の思い出が書いてあるのです。その頃、柳田さんは茨城県の布川という町の、長兄の松岡鼎さんの家にたった一人で預けられていた。その家の隣に小川という旧家があって、非常に沢山の蔵書があったが、身体を悪くして学校にも行けずにいた柳田さんは、毎日そこへ行って本ばかり読んでいた。その旧家の奥に土蔵があって、その前に二十坪ばかりの庭がある。そこに二三本樹が生えていて、石で作った小さな祠があった。その祠は何だと聞いたら、死んだおばあさんを祀ってあるという。柳田さんは、子供心にその祠の中が見たくて仕様がなかった。ある日、思い切って石の扉を開けてみた。そうすると、丁度握り拳くらいの大きさの蠟石が、ことんとそこに納まっていた。実に美しい珠を見た、とその時、不思議な、実に奇妙な感じに襲われたというのです。それで、そこにしゃがんでしまって、ふっと空を見上げた。実によく晴れた春の空で、真っ青な空に数十の星がきらめくのが見えたと言う。その頃、自分は十四でも非常にませていたから、いろんな本を読んで、天文学も少しは知っていた。昼間星が見える筈がないとも考えたし、今ごろ見える星は自分等の知った星ではないのだから、別にさがしまわる必要もないとさえ考えた。けれども、その奇妙な昂奮はどうしてもとれない。その時鵯が高空で、ぴいッと鳴いた。その鵯の声を聞いた時に、はっと我に帰った。そこで柳田さんはこう言っているのです。もしも、鵯が鳴かなかったら、私は発狂していただろうと思う、と。

私はそれを読んだ時、感動しました。柳田さんという人が分ったという風に感じました。鵯が鳴かなかったら発狂したであろうというような、そういう柳田さんの感受性が、その学問のうちで大きな役割を果している事を感じたのです。柳田さんには沢山の弟子があり、その学問の実証的方法は受継いだであろうが、このような柳田さんが持って生れた感受性を受継ぐわけには参らなかったであろう。それなら、柳田さんの学問には、柳田さんの死とともに死ななければならぬものがあったに違いない。そういう事を、私はしかと感じ取ったのです。柳田さんは、後から聞いた話だと言って、おばあさんは中風になって寝ていて、いつもその蠟石を撫でまわしていたが、お孫さんが、おばあさんを祀るのなら、この珠が一番よろしかろうと考えて、祠に入れてお祀りしたと書いている。少年が、その珠を見て怪しい気持ちになったのは、真昼の春の空に星のかがやくのを見たように、珠に宿ったおばあさんの魂を見たからでしょう。柳田さん自身それを少しも疑ってはいない。疑っていて、こんな話を、「ある神秘な暗示」と題して書ける筈がないのです。尤も、自分には痛切なものであったが、こんな出来事を語るのは、照れ臭かったに違いない。だから、布川時代の思い出は、「馬鹿々々しいといふことさへかまはなければ、いくらでもある」と断って、この出来事を語っている。こういう言い方には、馬鹿々々しいからと言って、嘘だとは言えません、という含みがあります。自分は、子供の時に、一と際違った境遇に置かれていたのがいけなかったのであろう、幸いにして、其後実際生活の上で苦労をしなければならなくなったので、すっかり布川で経験した異常心理から救われる事が出来た、布川の二年間は危かった、と語っている。

柳田さんの淡々たる物の言い方は、言ってみれば、生活の苦労なんて、誰だってやっている、特に、これを尊重する事はない、当り前の事だ。おばあさんの魂の存在も、特にこれをとり上げて論ずるまでもない、当り前のことだ、そう言われているように思われ、私には大変面白く感じられた。自分が確かに経験したことは、まさに確かに経験した事だという、経験を尊重するしっかりした態度を現したものです。自分の経験した直観が悟性的判断を越えているからと言って、この経験を軽んずる理由にはならぬという態度です。例えば、諸君は、死んだおばあさんをなつかしく思い出すことがあるでしょう。その時、諸君の心に、おばあさんの魂は何処からか、諸君のところにやって来るではないか。それが昔の人がしかと体験していた事です。それは生活の苦労と同じくらい彼等には平凡なことで、又同じように、真実なことだった。それが信じられなければ、柳田さんの学問はなかったのです。

柳田さんの話になったので、ついでにもう一つお話ししましょう。柳田さんに「山の人生」という本があります。山の中に生活する人の、いろいろな不思議な経験を書いている。その冒頭に、或る四人の話を書いている。それを読んでみます。

「今では記憶して居る者が、私の外には一人もあるまい。三十年あまり前、世間のひどく不景気であつた年に、西美濃の山の中で炭を焼く五十ばかりの男が、子供を二人まで、鉞《まさかり》で斫《き》り殺したことがあつた。

女房はとくに死んで、あとには十三になる男の子が一人あつた。そこへどうした事情であつたか、同じ歳くらゐの小娘を貰つて来て、山の炭焼小屋で一緒に育てゝ居た。其《その》子たちの名前はもう私も忘れてしまつた。何としても炭は売れず、何度里へ降りても、いつも一合の米も手に入らなかつた。最後の日にも空手で戻つて来て、飢ゑきつて居る小さい者の顔を見るのがつらさに、すつと小屋の奥へ入つて昼寝をしてしまつた。

眼がさめて見ると、小屋の口一ぱいに夕日がさして居た。秋の末の事であつたと謂ふ。二人の子供がその日当りの処にしやがんで、頻りに何かして居るので、傍へ行つて見たら一生懸命に仕事に使ふ大きな斧を磨いて居た。阿爺《おとう》、此《これ》でわしたちを殺して呉れと謂つたさうである。さうして入口の材木を枕にして、二人ながら仰向けに寝たさうである。それを見るとくら〳〵として、前後の考も無く二人の首を打落してしまつた。それで自分は死ぬことが出来なくて、やがて捕へられて牢に入れられた」

「山の人生」は大正十四年に書かれているが、その当時の思い出が「故郷七十年」の中で語られている。明治三十五年から十余年間、柳田さんは法制局参事官の職にあって、四人の特赦に関する事務を扱っていたが、この炭焼きの話は、扱った犯罪資料から得たもので、これほど心を動かされたものはなかったと言っている。「山に埋もれた人生」を語ろうとして、計らずも、この話、彼に言わせれば、「偉大なる人間苦の記録」が思い出されたというわけだったのです。

柳田さんは、田山花袋と親しくしていたが、花袋が小説のタネを欲しがっていたので、これを話した事がある。すると花袋は、「そんなことは滅多にない話で、余り奇抜すぎるし、事実が深刻なので、文学とか小説とかに出来ないといつて、聞き流してしまつた」と書いている。これは注意すべき言葉です。そして、「田山の小説の如きは、かういふ話の内容に比べれば、まるで高の知れたものである」と言っている。柳田さんは田山花袋を決して軽蔑などしていなかった。それは花袋が亡くなった時に書かれた「花袋君の作と生き方」という情理を尽した名文を読めばよくわかるので、人間を制約する時代の力も強かったが、この真面目すぎた好人物が、後生大事に小説を書いているうちに、結局は己れが築城した自然主義の山頂に、あまりにも個人的な生活の告白のうちに、立て籠って了ったのは残念な事だと言っている。

花袋の作では、柳田さんは、「重右衛門の最後」しか認めていなかった。自分を驚かせた彼の作は、この後にも前にもなかったと言っている。そういう断言の仕方には「偉大なる人間苦の記録」という柳田さんの言葉を、何となく想わせるものがあります。周知の如く、花袋は明治四十年に、「蒲団」を発表して大変な評判をとる。柳田さんは、花袋を有名にした作品については、世評に雷同した事はない。むしろ内心の不満を隠すのに骨を折った、殊に「蒲団」に至っては、末にはその批評を読むのさえいやであったと言っている。言うまでもなく、ここでの問題は、花袋評ではなく、隠すのに骨を折ったという柳田さんの内心の不満なのだが、柳田さんにしてみても、不満は感じていたが、その性質を見極めていたとは言えまい。しかし、明治四十年といえば、やはり「山に埋もれた人生」を語った、あの「遠野物語」が、もう直ぐ現れる頃だ。柳田さんの学問の端緒は摑まれていた筈であり、それが、直輸入の新しい自然主義文学運動とは全く逆に、忘れられたわが国の古伝説に向って行く。そのはっきりした意識は、「遠野物語」の序文に現れています。「思ふに遠野郷には此類の物語猶数百件あるならん。我々はより多くを聞かんことを切望す。国内の山村にして遠野より更に物深き所には又無数の山神山人の伝説あるべし。願はくは之を語りて平地人を戦慄せしめよ。此書の如きは陳勝呉広のみ」と。これはなかなか烈しい言い方です。

なるほど、炭焼きの話は実話であって、伝説ではない。だが、この実話には、伝説を軽んずる人々には近附く事が出来ない含みがある。或いはこうも言えよう。この事実には、先きにも言ったが、事実は小説より奇なりと言って、好んで、素材を事実に求めたがっている自然主義作家のような不徹底な態度で事実というものに臨んでも、全く歯の立たぬ性質がある。九百年前の「今昔物語」の著者が、当時に在って、既に「今は昔」と言って語らねばならなかったのに比べれば、自分がこれから語ろうとする伝説は、すべてこれ、「目前の出来事」であり、「現在の事実」だ、と「遠野物語」の著者は言うのである。これは、自分の語らんとする話は、どれも皆、わが国の山村生活のうちで、現に語られ、信じられ、生きられているという意味でしょう。

「斯る話を聞き斯る処を見て来て後之を人に語りたがらざる者果してありや。其様な沈黙にして且つ慎み深き人は少なくも自分の友人の中にはある事なし」と言う。明らかに問題は、話の真偽にはなく、その齎す感動にある。伝説の豊かな表現力が、人の心を根柢から動かすところに、語られる内容の鮮やかな像が、目前に描き出される。柳田さんが言いたいのは、そういう意味合いの事なのです。

さて、炭焼きの話だが、柳田さんが深く心を動かされたのは、子供等の行為に違いあるまいが、この行為は、一体何を語っているのだろう。こんなにひもじいなら、いっその事死んでしまえというような簡単な事ではあるまい。彼等は、父親の苦労も痛感していた筈である。自分達が死ねば、阿爺《おとう》もきっと楽になるだろう。それにしても、そういう烈しい感情が、どうして何の無理もなく、全く平静で慎重に、斧を磨ぐという行為となって現れたのか。しかし、そういう事をいくら言ってみても仕方がないのである。何故かというと、ここには、仔細らしい心理的説明などを、一切拒絶している何かがあるからです。柳田さんは、それをよく感じている。先きに引用した文でおわかりのように、柳田さんは、余計な口は、一と言も利いていない。この「山の人生」の話は、「故郷七十年」で、又繰返されているが、その思い切って簡潔な表現は、少しも変っていないのです。「小屋の口いっぱいに夕日がさしてゐた。秋の末のことであつたといふ」という全く同じ文句が繰返されている。読んでいると、何度くり返しても、その味わいを尽す事は出来ないと言われているような感じがして来ます。夕日は、斧を磨ぐ子供等のうちに入り込み、確かに彼等の心と融け合っている。そういう心の持ち方しか出来なかった、遠い昔の人の心から、感動は伝わって来るようだ。それを私達が感受し、これに心を動かされているなら、私達は、それとは気附かないが、心の奥底に、古人の心を、現に持っているという事にならないか。そうとしか考えようがないのではなかろうか。先ず、そういう心に動かされて、これを信じなければ、柳田さんの学問は出発出来なかった。これは確かな事です。民俗学の、柳田さん自身もうまく行かなかった定義など、少くともここでは、どうでもよろしいのです。

炭焼きの子供等の行為は、確信に満ちた、断乎たるものであって、子供染みた気紛れなど何処にも現れてはいない。それでいて、緊張した風もなければ、気負った様子も見せてはいない。純真に、率直に、われ知らず行なっているような、その趣が、私達を驚かす。機械的な行為と発作的な感情との分裂の意識などに悩んでいるような現代の「平地人」を、もしわれわれに還るなら、「戦慄せしめる」に足るものが、話の背後に覗いている。みんなと一緒に生活して行く為には、先ず俺達が死ぬのが自然であろう。自然人の共同生活のうちで、幾万年の間磨かれて本能化したこのような智慧がなければ、人類はどうなったろう。

そんなものまで感じられると言ったら、誇張になるだろうか。ともあれ、柳田さんは、其処に、「山びと」という古い言葉、――まだ文字もない遠い昔から使われて来た国語が、反響するのを聞いていた。「上古史上の国津神が末二つに分れ、大半は里に下つて常民に混同し、残りは山に入り又は山に留まつて、山人と呼ばれ」、そこに古い伝説が生き永らえる事になったわけだが、「我々の血の中に、若干の荒い山人の血を混じて居るかも知れぬといふことは、我々に取つては実に無限の興味であります」と「山人考」の文は結ばれている。柳田さんは、曖昧な比喩を弄しているわけではない。もし、己れの意識を超えた心の、限度の知れぬ拡りを、そのまま素直に受入れる用意さえあれば、山びとの魂が未だ其処に生きている事を信ぜざるを得ない、とはっきり言っているのです。山びと達は、在るがままの自然に抱かれ、山の霊、山の神の姿を目《ま》のあたりにして暮していた。そういう彼等の生活経験の、極度の内面性に想到する事が、今日の人々には、大変困難になったようにに見える。と言うよりむしろ、しっかりした理由もなく、困難は回避されている。物事の外部を明らめようとするので多忙になった眼は、心の暗い内側など振り向いてもみないというのが、柳田さんの考えだったようです。「遠野物語」の序は、「今の事業多き時代に生れながら問題の大小をも弁へず、其力を用ひる所当を失へりと言ふ人あらば如何《いかん》。明神の山の木兎《みみづく》の如くあまりに其耳を尖らしあまりに其眼を丸くし過ぎたりと責むる人あらば如何。はて是非も無し。此責任のみは自分が負はねばならぬなり」という言葉で終っています。

「遠野物語」を書いた著者の目的は、遠野の物語に心動かされたがままに、これを語ることによって、炭焼きの実話に反映している、その遠い先祖達の生活の中心部へ、責任をもって、読者を引入れるにあった。生活の中心部へとは、山びと達の生活は、山の神々との深刻な交渉なしには、決して成り立たなかったという、そういうところへという意味だ。彼等の生活は、山野にしっかりと取巻かれて行なわれていた。彼等は、自分等を捕えて離さぬ山野に宿る力、自分等の意志などからは全く独立しているとしか思えぬ、その計り知れぬ威力に向き合い、どういう態度を取って、どう行動したらいいか、真剣な努力を重ねざるを得なかった。これに心を砕いているうちに、神々の抗し得ぬ恐ろしさとともに、その驚くほどの恵みも、これを身をもって知るに到ったのである。そういう道を行って、彼等は、人生の基本的な意味や価値の味わいを、身に附ける事が出来たのであった。彼等の物語は、そういう次第を語っている。そこに読む者を動かす彼等の物語の生命がある、柳田さんはそう信じた。だが話がこういうことになれば、「遠野物語」から実例を一つ引いた方がいいでしょう。

こういう話がある。或る猟人が白い鹿に逢った。「白鹿は神なりと云ふ言伝へあれば、若し傷けて殺すこと能はずば、必ず祟あるべしと思案せしが、名誉の猟人なれば世間の嘲りをいとひ、思い切りて之を撃つに手応へはあれども鹿少しも動かず。此時もいたく胸騒ぎして、平生魔除けとして危急の時の為に用意したる黄金の丸《たま》を取出し、これに蓬を巻き附けて打ち放したれど、鹿は猶動かず。あまり怪しければ近よりて見るに、よく鹿の形に似たる白き石なりき。数十年の間山中に暮せる者が、石と鹿とを見誤るべくも非ず、全く魔障の仕業なりけりと、此時ばかりは猟を止めばやと思ひたりきと云ふ」(遠野物語、六一)

少し注意して、猟人の語るところを聞くなら、伝説に知性の不足しか見えないような眼が、いかに洞《うつ》ろなものかは、すぐ解るだろう。この伝説に登場する猟人は、白鹿は神なりという伝説を、まことか嘘かと、誰の力も借りず、己れの行為によって吟味しているではないか。そして、遂に彼は「全く魔障の仕業なりけり」と確かめる。「猟を止めばや」と思うほどの、非常な衝撃のうちに確かめる。漠然と感じていた白鹿の神への畏れが、懸命な吟味により、猟を止めばやと思うほどはっきりした形を取ったと彼は語るのである。だが、彼は猟は止めない。日常生活の合理性は自分の宗教的経験に一向抵触するところがないという、極く当り前な理由によると見て少しも差支えないでしょう。同時に、進んでこうも考えられよう。この名誉ある猟人は、眼前の事物を合理的に実際的に処理することにかけては、衆に優れていた筈だが、そういう能力は、基本的には「数十年の間山中に暮せる者が、石と鹿とを見誤るべくも非ず」とあるところに働いている感覚と結んだ知性の眼を出ない。と言うのは、この眼がいよいよ明らかになっても、これは、人生の意味や価値を生み出す力を持っていない。そういう事を、猟人は確かめたという事になろう。そういう次第なら、遠野の伝説劇に登場するこの人物が柳田さんの心を捕えたのは、その生活の中心部が、万人の如く考えず、全く自分流に信じ、信じたところに責任を持つというところにあった、その事だったと言ってもいい事になりましょう。

すると、この猟人が、本当に衆にすぐれていた所以は、一ぱいに働いていた彼の個性の力にあったと考えざるを得なくなります。だが、彼の個性の力と此処で言うのには、自己を主張するという現代風の意味はない。何度も繰返すようだが、彼は自然の懐に、しっかりと抱かれて生きていた。その充実感を、己れの裡に感じ取っていたという、ただそれだけの事を言うのでして、これが素朴な人々の尋常な生き方であった事が、納得いくなら、現代の人々の愛好する自己主張という言葉は、自然との異常な断絶を背景としているのが見えて来るのではないでしょうか。猟人に、自己を主張するというような事が思い附けなかったのも、彼にはその相手がなかったからだ。己れに疎遠な外界との対立を、まるで感じていなかったからだ。言わば、自然全体のうちに、自分は居るのだし、自分全体のうちに自然は在るというのが、彼の生きて行く味わいだったのです。かくの如く、己れを取巻く自然が充分に内面化されている場所は、自己とはかくの如きものと主張する分別の如きが出る幕ではない。そういう言い方も出来ると思う。このように言って来れば、彼の個性の自由な働きを支えているのは、想像力と結んだ彼の自然感情である事は、もはや明らかでしょう。彼は、自然がその心をこちらの心へ通わせて来る、というどうしても疑えぬ事実について語るのだが、其処には、決して明瞭な言葉にはならないものがある。語りかけて来る自然の恐ろしさは、何とは知れぬ親しさを秘めているし、自然の美しい心は、異様な奇怪なものを含んでいる。彼は、言葉にならぬ自然という実在に面しているのだが、その直接な経験が、言葉にならぬというその事が、彼に表現を求めて止まないのです。言わば、実在は彼を信じ、君の信ずるところを語れと迫る。彼は心を躍らし、その最上と思われる着想、即ち先ず彼自身が驚くような着想によって、実在を語る。どうしてこのような物語が、人から人へと伝えられないわけがありましょうか。

さて、又柳田さんの文からの引用でお終いにしたいと思います。これは「妖怪談義」という文にある。少々長いが、大変面白い。

「化け物の話を一つ、出来るだけきまじめに又存分にして見たい。けだし我々の文化閲歴のうちで、これが近年最も閑却せられたる部面であり、従つて或民族が新たに自己反省を企つる場合に、特に意外なる多くの暗示を供与する資源でもあるからである。私の目的はこれに由つて、通常人の人生観、分けても信仰の推移を窺ひ知るに在つた。しかもこの方法をやゝ延長するならば、或は眼前の世相に歴史性を認めて、徐々にその因由を究めんとする風習をも馴致し、迷ひも悟りもせぬ若干のフィリステルを、改宗せしむるの端緒を得るかも知れぬ。もしさういふ事が出来たら、それは願つても無い副産物だと思つて居る。

私は生来オバケの話をすることが好きで、又至つて謙虚なる態度を以て、この方面の知識を求め続けて居た。それが近頃はふつとその試みを断念してしまつたわけは、一言で言ふならば相手が悪くなつたからである。先づ最も通例の受返事は、一応にやりと笑つてから、全体オバケといふものは有るもので御座りませうかと来る。そんな事はもう疾《と》つくに決して居る筈であり、又私がこれに確答し得る適任者でないことは判つて居る筈である。乃ち別にその答が聴きたくて問ふのでは無くて、今はこれより外の挨拶のしやうを知らぬ人ばかりが多くなつて居るのである。偏鄙な村里では、怒る者さへこの頃は出来て来た。なんぼ我々でも、まだそんな事を信じて居るかと思はれるのは心外だ。それは田舎者を軽蔑した質問だ、といふ顔もすれば又勇敢に表白する人もある。そんならちつとも怖いことは無いか。夜でも晩方でも女子供でも、キヤツともアレエともいふ場合が絶滅したかといふと、それとは大ちがひの風説はなほ流布して居る。何の事は無い自分の懐中にあるものを、出して示すことも出来ないやうな、不自由な教育を受けて居るのである。まだしも腹の底から不思議の無いことを信じて、やつきとなつて論弁した妖怪学時代がなつかしい位なものである。無いにも有るにもそんな事は実はもう問題で無い。我々はオバケはどうでも居るものと思つた人が、昔は大いに有り、今でも少しはある理由が、判らないので困つて居るだけである」

この文章の含みも、なかなか深い。字面だけ辿って、何が解るものでもない、少々、註釈が要るようです。先ず、柳田さんは、オバケの話を「出来るだけきまじめに存分にしてみたい」というその目的について明言しています。お化けの話は昔の通常人の人生観であった、信仰であったと言ってもいいが、この信仰の推移を窺わんとする企ては、その赴くところ、一と筋に眼前の世相の歴史性にまで届かざるを得ない。ところが、こういう考え方が、現代の歴史家には気に入らない。その気負った意識に強く影響した唯物史観は、この史観も亦現代の信仰を出ないという、わかり切った真実を覆い隠して了っている。引いては、歴史を言うなら、先ず何を措いても、歴史を生かしている人生観の変遷というものを言わねばならぬという、全く常識に適《かな》った考えさえ覆って了う。言葉の惑わしというものは怖いものです。

歴史家には限らない。今日の一般の人々に、お化けの話をまじめに訊ねても、まじめな答えは決して返って来ない。にやりと笑われるだけだ、と柳田さんは書いているが、これは鋭敏な表現でして、この笑いは、お化けの話に対して、現代人がとっている曖昧な態度と言うよりも不真面目な態度を、端的に現していると、柳田さんは見ているのです。お化けの話を、何故真面目に扱わねばならないかという柳田さんの考えは、其処には、これを信ずるか、疑うかという各人の生活上の具体的経験が関係して来るからだという所にありました。この各人の具体的な経験というものを見ぬふりをする。物事を正しく考えて誤らぬ為には、個性も感情も、一応見ぬ振りしなければならぬ、——そういう横着な現代人の通念に、強い反撥を柳田さんは感じている。そこで、迷いも悟りもせぬ現代俗物の笑いという烈しい言葉が出て来るのです。

ところで、お終いの文は、その最も大事な含みです。お化けというものは有るものか無いものか、と頭から問う愚にも附かぬ質問はさて措き、「我々はオバケはどうでも居るものと思つた人が、昔は大いに有り、今でも少しはある理由が、判らないので困つて居るだけである」と柳田さんは文を結んでいる。ここで、柳田さんが露わには言わなかったところを、露わに言ってみれば、およそ次のような事になりましょうか。歴史の上で、信仰の推移というものが、まざまざと見えて来るのも、人の心に於ける信仰性の不易ということが念頭にあっての事である。今では、お化けを信ずる人は少くなったという問題は、人智の進歩と言われる流行の問題に属するが、歴史というものの実体は不易と流行とで一体をなしているという古くからの考え方に、反対する理由はないのです。専門の歴史家はさて措き、普通の歴史好きというものは、過去に生活していた全くの別人と、今日の隣人の如く親しく話し合っているものなのだ。そこでどういう事になりますか。お化けを信ずる人は少くなったが、決して無くなりはしない、そこが、柳田さんのいうように、困った事なのだ。しかし、歴史の実体というような事を言い出す以上、これに直面して、困った事だと言うのは、尋常な私達の態度を示す。証拠が無ければ信じないという今日の流行思想によって、お化けは、だんだん追い払われるようになったが、何処から来るとも決してわからぬ恐怖に襲われる事は、人間の生活がつづく限り、続くのです。それはお化けは死なないという言葉で言って悪い筈はあるまい。お化けの話となると、にやりと笑うのだが、実はその笑いにしても、何処からやって来るのか、笑う当人には判っていないではないか。という事は、追っぱらっても、追っぱらっても、逃げて行くだけのお化けは、追っぱらった当人自身の心の奥底に逃げ込んで、その不安と化するのである。人間の魂の構造上、そういう事になる。そこで、追っぱらわれたお返しに、彼をにやりと笑わせる。笑っても、人生で何一つ実質あるものが得られない、全くうつろな笑いを笑わせるのです。そんな事まで出来なければ、お化けとは言えますまい。このような次第になったのも、「自分の懐中にあるものを、出して示すことも出来ないやうな、不自由な教育を受けて居る」結果であると、柳田さんははっきり言っています。懐中にあるものとは、言うまでもなく、私達の天与の情《こころ》です。情操教育とは、教育法の一種ではない。人生の真相に添うて行なわなければ、凡《およ》そ教育というものはないという事を言っている言葉なのです。

（昭和四十九年八月、国民文化研究会の九州霧島講演に基く）

解説

水上　勉

この本は「人生について」という題名のとおり、小林秀雄さんの数多い論文の中から、人生について語られたものがえらんである。小林さんは当代の思想家であり、文章家であるが、いったい、どんなことを材料に語られても、そこに人生が語られないことのない文章家である。私はそのように思ってきたし、いまもかわらない。天の橋立を語っても、お花見を語っても、DDTを語っても、スポーツを語ってもである。つまり、そういう小林さんの精神といってもいい、ふところといってもいいものをてっとり早く覗いてみたい若い人のために、この文集は編まれている。

圧巻は、何といっても「私の人生観」である。私は何ど読んだか数知れぬほどだが、こんどまた読み返して、あらたな感懐をいだいた。論文が発表されたのは、昭和二十四年（創元社刊）だが、三十年経って、どの頁の一行にも、色あせたことばは出てこない。生き生きとつたわる。いいかえれば小林さんのいいたい心が、今日もなお、なまなましくつたわるのである。私は今日、六十になったが、読み返して、平易でしかもいよいよ感懐ふかまる本をあまりもたない。

小林さんは、「私の人生観」を語るため、明恵を語り、西行を語り、釈迦を語り、芭蕉を語り、宮本武蔵を語っておられる。宗教を語り、文化を語り、政治を語り、自然を語りしておられる。わずか百数十枚の枚数だが、小林さんのつめこまれた無数のことばは、一字一字つぶだって力づよくつたわってくる。この快感は、正しく読書のよろこびというものを教えるのだが、じつは、こんど読み返して、思いあたたなのは、そのリズムの絶妙さに酩酊したことだ。もともと講演だからといえば、つまる話にきこえようが、これはそういうものではないのである。名文とはこういうものかと、語る人の心がひしひしとつたわってくる。若い読者はそこでゆっくりと足をとめ、文章の極意を学ぶといい。たとえば「観」にふれ、小林さんは宗教観を語っておられるが、その語りはやがて自然論と画僧たちの水墨画論に移行してゆく。

「山水は徒らに外部に存するのではない、寧ろ山水は胸中にあるのだ、という確信がもし彼等になかったなら、何事も起り得なかったというところが肝要なのである」

禅家の観法の工夫と美術観とをむすびつけられて、さらに、

「自然観とは真如感という事である。真如という言葉は、かくの如く在るという意味です。

何とも名附け様のないかくの如く在るものが、われわれを取巻いている。われわれの皮膚に触れ、われわれに血を通わせてくるほど、しっくり取巻いているのであって、何処其処の山が見えたり、何処其処の川を眺めるという様な事ではない。これを悟るには、精神の烈しい工夫を要する」

こういう小林さんの絵画、自然に対する考えは、今日もくり返し説かれるところである。心こまかく読んでゆくと、三十年のち完成された大作『本居宣長』の、さくら花をあわれとめでる心につながるのである。

「あらゆる思想は、通貨の様なもので、人手から人手に渡って、薄穢く汚れるものです。仏教思想も例外ではない。仏教の厭世思想とか虚無思想とか言われるものも、その汚れを言うのであります。芭蕉が、貫道する処は一なりと言った意味は、何々思想とかイデオロギイとかいう通貨形態をとらぬ以前の、言わば、思想の源泉ともいうべきものが、達人達の手によって捕えられた、という意味であろう」

明晰な、ゆるがぬ小林さんの思想の根底である。

「批評しようとする心の働きは、否定の働きで、在るがままのものをそのまま受納れるのが厭で、これを壊しにかかる傾向である。かような働きがなければ、無論向上というものはないわけで、批評は創造の塩である筈だが、この傾向が進み過ぎると、一向塩が利かなくなるというおかしな事になります。批評に批評を重ね、解釈は解釈を生むという具合で、批評や解釈ばかりが、鼠算の様に増え、人々はそのなかでうろうろして、出口がまるで見付からぬ、という事になる。（中略）実は、凡そ堪《こら》え性のない精神が、烈しい消費に悩んでいるに過ぎず、而も何かを生産している様な振りを、大真面目でしているに過ぎない。まことに巧みに巧んだ精神の消費形式の展覧である。何が文化活動でしょうか。文化活動とは、一軒でもいい、確かに家が建つという事だ」

私は小林さんを批評家とよんだことはない。冒頭に思想家といい、文章家とよんだのはここの消息である。

小林さんは、物を作ることが好きである。物を作らずしていろいろと物をあげつらうことをきらわれる。だまって手仕事をする勤労をよろこばれる。小林さんはいまも植木職人や、大工、左官のしずかな仕事ぶりを愛しておられる。身のまわりのそういう物つくりのほかに文化はあり得ないとする思想家のそれは生活態度である。手仕事につとめる人は、眼の前にある物について心をくだいているのである。物に衝突する心の手ごたえを小林さんは重視して、批評という乗り物に乗って知ったかぶりをする人を拒むのである。だから次のように、温かくて、勇気づけることばで、「私の人生観」を結ばれている。

「思想が混乱して、誰も彼もが迷っていると言われます。そういう時には、又、人間らしからぬ行為が合理的な実践力と見えたり、簡単すぎる観念が、信念を語る様に思われたりする。けれども、ジャアナリズムを過信しますまい。ジャアナリズムは、屢々現実の文化に巧まれた一種の戯画である。思想のモデルを、決して外部に求めまいと自分自身に誓った人。平和という様な空漠たる観念の為に働くのではない、働く事が平和なのであり、働く工夫から生きた平和の思想が生れるのであると確信した人。そういう風に働いてみて、自分の精通している道こそ最も困難な道だと悟った人。そういう人々は隠れてはいるが到る処にいるに違いない。私はそれを信じます」

私など貧農・大工の子に生れ、父母のよく働いた姿を思いだしながらも、都会に出てきてながいあいだ出生にまつわる職人一家の貧しい家風に劣等感をもちつづけてきたが、小林さんにふれて、眼のウロコが落ちたことを告白する。これほど、無学な私をしっかり生きろと勇気づけてもらったことばを知らない。

小林さんの論文を難解だという人がいる。じつは、それは読む側の心が足りないのである。心をよせれば、中学卒の私にだって難解と思われた活字もやがて解けてきた。小林秀雄という思想家は、凡庸を蔑まない。だから、私たちをやさしくみつめているのである。そうでなければ、明晰な知識の山から降りて、手づくり職人の手のぬくみは語れまい。そういう人がむずかしいはずはない。といって、私は、小林さんの論文がすべて私にわかるかといえば、そうだといいきれぬ。が、それはこっちのよりそい方が足りぬからだとわかっている。小林さんは無私ということばがお好きである。お好きというより、そのむずかしさをいち早く悟った人である。物がわからぬとは、邪魔なものをいっぱいつめているからだろう。私はこんど、「私の人生観」を読み返して、そういうことを教わった。若い読者は何を教わるか。めいめいの心で、小林さんの心を、めいめいで汲むしかないが、わからねば、私のように何ども頭を空《から》にして汲みたまえというしかない。

この本には、「私の人生観」のほかに、まだ名篇がいくつもある。解説は、「私の人生観」で紙数を超過してしまって不手際となったが、じつは、何を語っても人生を語ってお られる小林さんの掌篇一つ一つを読む心がまえについて、私は語ったつもりだ。正直いえば、諸君が解説を産めばいいのである。だが、それでは解説者の資格もないことになるから、一篇だけえらんでみる。「感想」という小林さんの小説風な文章である。小説風といったが、小説でないとかあるとかいうことでなく、小林さんの語りの妙がうかがわれる名文だからこんなふうにいうのである。お母さんが亡くなられた数日後の夕暮れ、扇ケ谷のお宅の近くの川にそうた道を歩いておられて、一匹の螢がとんでいるのを見とめ、「おっかさんは、今は螢になっている、と私はふと思った」それから小林さんは螢を見失ない、ある家の前にきて、犬に吠えつかれる。「犬は、私の着物に、鼻をつける様にして、吠えながらついて来る。そうしているうちに、突然、私の踝《くるぶし》が、犬の口に這入った、はっと思ううちに、ぬるぬるした生暖かい触覚があっただけで、口は離れた。犬は、もう一度同じ事をして、黙って了《しま》った」それから小林さんは、横須賀線の踏切近くまで来て、子供らが、「火の玉が飛んで行ったんだ」とさわいでいるのを目撃される。

こんな話を「童話的体験」としてのべられたあとで、さらに、それから二カ月ほどしたのち、酔っていて、水道橋のプラットホームから半分呑みのこした一升瓶をかかえて、地めんへ墜落する。そのとき、一升瓶は粉みじんになったが、不思議にカスリ傷一つなかった。「私は、黒い石炭殻の上で、外燈で光っている硝子《ガラス》を見ていて、母親が助けてくれた事がはっきりした」と、お母さんのことを語られるのである。みな、お母さんが亡くなられてまもない出来事なのである。

小林さんの簡潔な話しぶりは、感傷をこえてすばらしい小説である。ところが、そこから、小林さんは、ソクラテスに、ベルグソンに言及されるのである。内容は、これで省略することにするが、こういう文章を書く思想家は稀れだ。小林秀雄という思想家を、文章家とよんだ所以がここにある。そういう消息を嚙みしめ味わってもらわぬと、この文集が編まれた目的が逃げてしまうのだ。

小林秀雄は、若い人々にとっても、六十歳の私にとっても、つきぬ知恵の井戸のような存在である。朝早く起きて汲めば、つるべに湯気のたつような、厳冬のぬくもりをもつ精神の井戸である。

（みずかみ・つとむ　作家）

巻末エッセイ

小林秀雄氏と講演

池田雅延

小林秀雄氏には、講演から生まれた名文がいくつもある。昭和十五年（一九四〇）十一月、『中央公論』に発表した「文学と自分」もそうだし、四十七年二月、『文藝春秋』に載せた「生と死」もそうである。本書に入っている「私の人生観」と「信ずることと知ること」も、それぞれ二十三年十月（小林氏四十六歳）、四十九年八月（同七十二歳）の講演が基になっている。

だが、「私の人生観」の冒頭で、氏は意外と言えば意外なことを言っている、私は講演というものを好まない、私の職業は書くことであり、自分の本当に言いたいことは、講演という形式では現すことができない、と考えているからです……。では、本書の「私の人生観」も、氏の本当に言いたいことは現わせていないのか……。むろんそうではない。氏は常に、講演の速記原稿を基として編集者が文章化し、講演録としての形がいちおう調った原稿が届けられると、こんどはそこに徹底的に朱を入れた。すなわち、文章家として本当に言いたいことが現れてくるまで、全篇にわたって筆を加えた。「私の人生観」も、こうして書き上げられた。その「私の人生観」が、いかに人生の微に入り細を穿っているかは、本書の「解説」で水上勉さんが濃やかに語っている。

今回、本書が改版されるにあたって中公文庫編集部から感想を求められ、思いを巡らし始めてすぐさま脳裏に浮かんだ言葉が「講演」であった。これはやはり、本書の劈頭に「私の人生観」が置かれ、掉尾に「信ずることと知ること」が置かれているという編集の妙に感応したこともちろんだが、それと同時に、本書の「解説」を水上勉さんが書いているということが大きかった。その「解説」から歴然と読み取れるとおり、水上さんは終生、小林氏を敬愛してやまなかったが、小林氏も小説「雁の寺」や「宇野浩二伝」等、水上さんの仕事を高く評価し、さらには水上さんの人柄をことのほか慈しんだ。小林氏は毎年、奥湯河原の旅館「加満田」で年を越すのを恒例とされていたが、歳末から新年にかけての四日間、批評家の中村光夫さんらとともに水上さんも「加満田」に呼ばれ、昼間は小林氏とゴルフに興じ、夜は酒席で浴びるほど飲まされた。そういう二人を結びつけていた絆のひとつが「講演」だった。

「私の人生観」では書くことを主とし、話すことを従とするような言い方をしていた小林氏であったが、話すことを軽視していたわけではない。軽視するどころか、話すことは話すことで重視していた。「私の人生観」を単行本として創元社から出した昭和二十四年十月の約半年後、雑誌『新潮』に「年齢」と題した文章を書き、「論語」に見える「耳順《じじゅん》」について、大略こう言っている。

――孔子が、自分の生涯を省み、思想と年齢の予定調和表の如きものを遺して置いたということは興味あることだ。「天命を知る」の次には、「耳順」という時機が来るが、これは恐らく孔子が音楽家であったことに関係があるだろう。自分は長年、思索の上で苦労してきたが、それと同時に感覚の修練にも努めてきた、六十歳になってやっと両者が全く応和するのを覚えた、自分のように耳の鍛錬を重ねてきた者には、人間は、その音声によって判断できる、誰もが同じ意味の言葉を喋るが、喋る声の調子の差違は如何《いかん》とも し難く、そこだけがその人の人格に関係して、本当の意味を現す、この調子が自在に捕えられるようになると、人間的な思想とは即ちそれを言う調子であるということを悟る。……

したがって、小林氏は、書くと同時に話すということにも心を砕き、講演は好まないと言いながらも、個人の義理でやむなくとはいえ引き受けた講演には雑誌に原稿を書くのと変らぬ真剣さで臨んだ。一と月も、それ以上も前から講演のための原稿に手を入れ、期日が迫るやそれをすっかり頭に入れ、そうした下準備のことは気ぶりも見せずに講壇に立ち、「私のは雑談です」などと言って空気をやわらげ、あえて昨日今日の思いつきを思いつい たまま喋るというような口調で語って聴衆を魅了した。

そういう小林氏の講演ぶりについて、水上さんが書いた文章がある。水上さんは計八回ほど、小林氏と講演旅行を共にしたというが、その「小林秀雄の語り」と題された文章の冒頭に、これは中村光夫さんから聞いた話だがとことわって書いている。

小林氏も中村さんも、まだ若かった頃の講演旅行だった。初日の講演を終えて夜の宴会もすませ、翌朝早く眼が覚めた中村さんは、近所を散歩してこようと外に出て公園に入った。するとベンチに小林氏が坐っていて、しきりに何か喋っている。不審に思いつつ寄って行って声をかけると、氏はちょっとばつの悪そうな顔をして、「ゆうべはうけなかったからね、今日はがんばってみようと思って練習してたんだ」と言ったという。それに加えて中村さんは、こうも言った、「小林さんは、講演ひとつにも真剣だった、聴衆をひきつけることができないで、どうして講演といえるか、といった気持ちで、いつも工夫を重ねていたようです……」。

この中村さんの経験談を、水上さんは自分自身にも覚えがあるかのように引き、小林氏は、講壇に立って話しながら、話芸といったものについて日頃考えていることを、自分で実演工夫しているように思えたと書いている。

そしてその「話芸の工夫」を、小林氏が水上さんに学ぶというかたちで行う場に、私は図らずも立ち会うことになった。


本書『人生について』が、中公文庫に入ったのは昭和五十三年の六月である。小林氏が執筆と推敲に十二年半という歳月をかけて書き上げた労作「本居宣長」が、新潮社から単行本として出たのは前年の十月で、当時の定価で四〇〇〇円、今なら一〇〇〇〇円に届こうかという高価な本が発売たちまちベストセラーとなり、本書が出た五十三年六月には累計一〇万部を記録した。

この単行本『本居宣長』の制作と販売に、私は小林氏の書籍担当編集者として深く関わったのだが、五十二年十月三十日の発売に向けて、和歌山、大阪で小林氏の講演会を催すこととなり、水上勉、大江健三郎の両氏にも、講師を頼んだ。ところが、初日の和歌山で、思わぬことが起きた。登壇順は大江氏、水上氏、小林氏となっていたが、小林氏が、水上さんの講演を自分も聴きたいと言い出されたのである。

小林氏は、文壇では早くから長老として遇され、したがって講演会でも登壇はいつも最後にされていた。そのため氏は、会場近くの飲み屋で軽く飲みながら出番を待つというのが通例だった。そこで私は、和歌山でも相応の席を用意して、夕刻、氏を案内しようとした。だが氏は、私を見るなり、「ベンちゃんは何時頃になる？」と訊かれた。水上さんの話は何時頃に始まるかというのである。「ベンちゃんの講演、うまいと評判だね。僕もいっぺん聴いてみたいと思っていたんだが、今日は早めに行って、舞台の袖で聴かせてくれないか……」。小林氏のこの要望は、異例中の異例だった。

たしかに当時、水上さんの講演上手は方々に聞こえていた。小林氏と私は早めに会場へ向かったが、氏は、舞台の袖へはベンちゃんが出て行ってからにしようと気を使われ、講師控室でしばらく時を見られた。

水上さんは、小林氏に聴かれているとは夢にも思わず、いつもの水上節を切々と語り上げて盛大な拍手を浴びた。水上さんが話し終えるや、小林氏は、「うまいもんだねえ、見事にベンちゃんが現れている」と一言、感に堪えたように言って立ち上がり、舞台から引き上げてくる水上さんを迎えられた。

小林氏のあの傍聴は、単に名人名手と評判だった水上さんの講演を、一度は聴いてみようというような好奇心からではなかっただろう、聴衆との接し方、聴衆への自分の伝え方、それを水上さんから学びたい、そういう思いがあってのことだったにちがいない、その思いが、「うまいもんだねえ、見事にベンちゃんが現れている」の一言となって、口を衝いて出たにちがいない……、東京に帰ってくるなり私はそう思った。
いまこうしてあの場を思い返していると、小林氏の「年齢」の一節、「人間は、その音声によって判断できる、誰もが同じ意味の言葉を喋るが、喋る声の調子の差違は如何《いかん》とも し難く、そこだけがその人の人格に関係して、本当の意味を現す、人間的な思想とは即ちそれを言う調子である」が、水上さんの声の調子とともに甦ってくる。

本書の水上さんの「解説」は、貴重である。小林氏と同時代を生きた人の証言という意味でもだが、単に同時代を生きたというだけでなく、小林氏の講演旅行に八回も同行し、毎年の年越しに招ばれてゴルフと酒の相伴に与り、氏の慈しみを全身で受けた水上さんの文章は、身近にいたればこそ体感できた小林氏の人生態度の微妙な風韻を伝えてくれている。たとえば、次のようにである。

——小林さんは、物を作ることが好きである。物を作らずしていろいろと物をあげつらうことをきらわれる。だまって手仕事をする勤労をよろこばれる。小林さんはいまも植木職人や、大工、左官のしずかな仕事ぶりを愛しておられる。身のまわりのそういう物つくりのほかに文化はあり得ないとする思想家のそれは生活態度である。手仕事につとめる人は、眼の前にある物について心をくだいているのである。物に衝突する心の手ごたえを小林さんは重視して、批評という乗り物に乗って知ったかぶりをする人を拒むのである。……

小林氏は、僕も職人だ、文章という「物」をつくる職人だと、終生口にし続けられた。原稿を書くことも、講演も、常に「手仕事」とされていた。

（いけだ・まさのぶ　元新潮社編集者）

発表紙誌一覧

私の人生観
「批評」第六十三号（昭和二十四年十月刊）《原題は「私の人生観」、本書37頁1行目まで》
「文学界」昭和二十四年七月号。《原題は「私は思ふ」、本書52頁12行目まで》
「新潮」昭和二十四年九月号。《原題は「美の問題」、本書69頁6行目まで》
《以下は、昭和二十四年十月、創元社より『私の人生観』と題してこの三篇をまとめて刊行するに際し、附せられた結語である。昭和二十三年十月、新大阪新聞主催の講演に基づく》

＊

中原中也の思い出
「文芸」昭和二十四年八月号

菊池　寛
「文藝春秋臨時増刊・風雲人物読本」（昭和三十年六月刊）《原題は「菊池寛——リアリストといふもの」》

＊

ゴッホ
「新潮」昭和三十年六、七、九月号

セザンヌ
「新潮」昭和二十九年七、八、九、十、十一、十二月号および昭和三十年一、二、三、五月号

＊

人　形
「朝日新聞」ＰＲ版 昭和三十七年十月六日号

樅の木
「朝日新聞」ＰＲ版 昭和三十七年十月十三日号

天の橋立
「朝日新聞」ＰＲ版 昭和三十七年十月二十日号

お月見
「朝日新聞」ＰＲ版 昭和三十七年十月二十七日号

季
「朝日新聞」ＰＲ版 昭和三十七年十一月三日号

踊　り
「朝日新聞」ＰＲ版 昭和三十八年四月二十一日号

さくら
「朝日新聞」ＰＲ版 昭和三十八年四月二十八日号

もみじ
「小説新潮」昭和三十七年二月号

花 見
「新潮」昭和三十九年七月号

＊

ＤＤＴ
「朝日新聞」ＰＲ版 昭和三十九年十月二十九日号

ゴルフの名人
「文藝春秋」昭和三十四年一月号

スポーツ
「日本経済新聞」昭和三十四年一月一日号

スランプ
「朝日新聞」ＰＲ版 昭和三十八年四月十四日号

オリンピックのテレビ
「朝日新聞」ＰＲ版 昭和三十九年十一月一日号

＊

感 想
「新潮」昭和三十三年五月号

＊

信ずることと知ること
「諸君」昭和五十一年七月号《昭和四十九年八月四日、国民文化研究会の霧島講演に基づく》

編集付記

一、本書は中公文庫『人生について』（一九七八年六月刊）の改版である。
一、改版にあたり、同文庫（一五刷　二〇一四年四月刊）を底本とし、明らかな誤植と思われる箇所は訂正し、新たに巻末にエッセイを付した。
一、本文中、今日の人権意識に照らして不適切な語句や表現が見受けられるが、著者が故人であること、刊行当時の時代背景と作品の文化的価値に鑑みて、底本のままとした。

中公文庫

人生《じんせい》について

1978年 6 月10日　初版発行
2019年 8 月25日　改版発行
2023年 8 月30日　改版 2 刷発行

著　者　小《こ》林《ばやし》秀《ひで》雄《お》

発行者　安部順一

発行所　中央公論新社
〒100-8152　東京都千代田区大手町 1-7-1
電話　販売 03-5299-1730　編集 03-5299-1890
URL https://www.chuko.co.jp/

DTP　嵐下英治
印　刷　三晃印刷
製　本　小泉製本

Published by CHUOKORON-SHINSHA, INC.
Printed in Japan　ISBN978-4-12-206766-0 C1195

各書目の下段の数字はISBNコードです。978－4－12が省略してあります。

中公文庫既刊より

い-38-3
珍品堂主人　増補新版
井伏鱒二
風変わりな品物を掘り出す骨董屋・珍品堂を中心に善意と奸計が織りなす人間模様を鮮やかに描く。関連エッセイを増補した決定版。〈巻末エッセイ〉白洲正子
206524-6

い-38-4
太宰治
井伏鱒二
師として友として太宰治と親しくつきあった井伏鱒二。二十年ちかくにわたる交遊の思い出や作品解説など太宰に関する文章を精選集成。〈あとがき〉小沼　丹
206607-6

い-38-5
七つの街道
井伏鱒二
篠山街道、久慈街道……。古き時代の面影を残す街道を歩いて、史実や文献を辿りつつ、その今昔を風趣豊かに描いた紀行文集。〈巻末エッセイ〉三浦哲郎
206648-9

い-38-6
広島風土記
井伏鱒二
広島生まれの著者による郷里とその周辺にまつわる回想や紀行文十七編、小説「因ノ島」「かきつばた」、半生記などを収める。文庫オリジナル。〈解説〉小山田浩子
207375-3

み-9-15
文章読本　新装版
三島由紀夫
あらゆる様式の文章・技巧の面白さ美しさを、該博な知識と豊富な実例と実作の経験から詳細に解明した万人必読の書。人名・作品名索引付。〈解説〉野口武彦
206860-5

み-9-11
小説読本
三島由紀夫
作家を志す人々のために「小説とは何か」を解き明かし、自ら実践する小説作法を披瀝する、三島由紀夫による小説指南の書。〈解説〉平野啓一郎
206302-0

み-9-12
古典文学読本
三島由紀夫
「日本文学小史」をはじめ、独自の美意識によって古今集や能、葉隠まで古典の魅力を綴った秀抜なエッセイを初集成。文庫オリジナル。〈解説〉富岡幸一郎
206323-5

み-9-13
戦後日記
三島由紀夫
「小説家の休暇」「裸体と衣裳」ほか、昭和二十三年から四十二年の間日記形式で発表されたエッセイを年代順に収録。三島による戦後史のドキュメント。
206726-4

み-9-17
三島由紀夫 石原慎太郎 全対話
三島由紀夫
石原慎太郎
一九五六年の「新人の季節」から六九年の「守るべきものの価値」まで初収録三編を含む全九編。七〇年の士道をめぐる論争、石原のインタビューを併録する。
206912-1

み-10-20
沢 庵
水上 勉
江戸初期臨済宗の傑僧、沢庵。『東海和尚紀年録』などの資料を克明にたどりつつ、権力と仏法のはざまで生きた七十三年を描く。〈解説〉祖田浩一
202793-0

み-10-21
一 休
水上 勉
権力に抗し、教団を捨て、地獄の地平で痛憤の詩をうたい、盲目の森女との愛に惑溺した伝説の人一休の生涯を追跡する。谷崎賞受賞。〈解説〉中野孝次
202853-1

み-10-23
禅とは何か それは達磨から始まった
水上 勉
栄西、道元、大燈、関山、一休、正三、沢庵、桃水、白隠、盤珪、良寛の生涯と思想。達磨に始まり日本で独自に発展した歴史を総覧できる名著を初文庫化。
206675-5

や-1-2
安岡章太郎 戦争小説集成
安岡章太郎
軍隊生活の滑稽と悲惨を巧みに描いた長篇「遁走」ほか、短篇五編を含む文庫オリジナル作品集。巻末に開高健との対談「戦争文学と暴力をめぐって」を併録。
206596-3

お-2-12
大岡昇平 歴史小説集成
大岡 昇平
「挙兵」「吉村虎太郎」など長篇『天誅組』に連なる作品群ほか、「高杉晋作」「竜馬殺し」「将門記」など戦争小説としての歴史小説全10編。〈解説〉川村 湊
206352-5

よ-5-9
わが人生処方
吉田 健一
独特の人生観を綴った洒脱な文章から名篇「余生の文学」まで。大人の風格漂う人生と読書をめぐる随想集。吉田暁子・松浦寿輝対談を併録。文庫オリジナル。
206421-8

各書目の下段の数字はISBNコードです。978－4－12が省略してあります。

こ-14-4
戦争について
小林秀雄
小林秀雄はいかに戦争に処したのか。昭和十二年七月から二十年八月までの間に発表された社会時評を中心に年代順に収録。文庫オリジナル。〈解説〉平山周吉
207271-8

こ-14-2
小林秀雄 江藤淳 全対話
小林秀雄
江藤淳
一九六一年の「美について」から七七年の大作『本居宣長』をめぐる対論まで全五回の対話と関連作品を網羅する。文庫オリジナル。〈解説〉平山周吉
206753-0

お-2-17
小林秀雄
大岡昇平
親交五十五年、評論から追悼文まで「人生の教師」であった批評家の詩と真実を綴った全文集。巻末に小林との対談収録。文庫オリジナル。〈解説〉山城むつみ
206656-4

う-3-17
青山二郎の話・小林秀雄の話
宇野千代
稀代の目利きと不世出の批評家を無垢の眼で捉えた全文集。両者と大岡昇平による著者をめぐるエッセイを併録。文庫オリジナル。〈解説〉林秀雄・宇月原晴明
206811-7

よ-15-9
吉本隆明 江藤淳 全対話
吉本隆明
江藤淳
二大批評家による四半世紀にわたる全対話を収める。『文学と非文学の倫理』に吉本のインタビューを増補し改題した決定版。〈解説対談〉内田樹・高橋源一郎
206367-9

え-3-2
戦後と私・神話の克服
江藤淳
癒えることのない敗戦による喪失感を綴った表題作ほか「小林秀雄と私」など一連の「私」随想と代表的な文学論を収めるオリジナル作品集。〈解説〉平山周吉
206732-5

や-68-1
日本の民俗学
柳田國男
「方法としての民俗学」を浮き彫りにする文庫オリジナル論集。折口信夫との対談、ロングインタビュー「村の信仰」を併録した柳田学入門。〈解説〉佐藤健二
206749-3

ウ-10-1
精神の政治学
ポール・ヴァレリー
吉田健一訳
表題作ほか「知性に就て」「地中海の感興」「レオナルドと哲学者達」の全四篇を収める。巻末に吉田健一の単行本未収録エッセイを併録。〈解説〉四方田犬彦
206505-5